La Reine crucifiée

NJB 6/24

Gilbert Sinoué

La Reine crucifiée

ROMAN

Albin Michel

Les amants ne pouvaient ni vivre ni mourir l'un sans l'autre. Séparés, ce n'était pas la vie, ni la mort, mais la vie et la mort à la fois.

J. BÉDIER, *Tristan et Iseult*, XV.

1

Burgos. Castille, 24 octobre 1340.

Dans la chapelle du château de San Servando, quelques
cierges jettent leurs feux sur le christ en pierre cloué au-
dessus de l'autel, éclairant au passage deux hommes aux
aguets.

— Crois-tu que le franciscain viendra cette fois-ci ? interroge le plus jeune.

Le fracas d'un charroi dévalant la ruelle en contrebas
couvre partiellement la réponse.

— Le message... Il a promis... Point d'inquiétude...

— Trois soirs que nous venons ici. Il a bien débarqué de
Rome, il y a plus de deux semaines, non ?

— Du calme. Il viendra.

Une saute de vent, venue d'on ne sait où, fait vaciller la
flamme des cierges et révèle du même coup le visage des
deux hommes. À première vue, ils se ressemblent ; à première vue seulement. L'un approche la quarantaine, mais
il fait dix ans de plus. Il a les traits labourés par le temps,
ou alors par une trop grande présence au soleil. L'autre,

de trois ou quatre ans son cadet, affiche un physique insignifiant. Sa figure oblongue et plate annonce une sorte de candeur. Seule l'épaisse cicatrice qui raye son front, juste au-dessus de l'arcade sourcilière, confère un peu de vie à ce visage.

– *Signori...*

Ils écarquillent les yeux pour essayer d'apercevoir parmi les ombres celui qui vient de les apostropher en italien.

– Frère Carducci ? questionne pour la forme le plus âgé des deux hommes.

– *Si. Sono io.*

– Approchez donc.

Quelques pas feutrés. Une silhouette se dévoile. Elle est vêtue de la tenue des Frères mineurs, une cotte brune, la taille serrée par une ceinture de corde, le crâne recouvert d'un capuchon. L'homme respire avec peine. L'âge sans doute.

– Vous êtes en retard. Que s'est-il passé ?

– Le voyage fut bien long, seigneur. Long et épuisant. Le mauvais temps... les routes...

– Je m'en doutais. Avez-vous le document ?

– *Certamente.*

– Montrez !

Pris d'une inquiétude soudaine, le moine se recule d'un pas.

– Et... notre accord ?

– Montrez d'abord !

Mouvements de mains. Glissement de tissus.

– Voici, dit le franciscain.

Il confie une sorte d'étui en peau retournée à l'homme aux traits burinés.

Avec fébrilité, celui-ci dénoue les rubans qui entourent l'étui et écarte les côtés. Plusieurs feuillets apparaissent. Il les présente à son compagnon.

– Qu'en penses-tu ?

L'autre se penche et déchiffre l'en-tête du premier feuillet :

– *EPISTOLA PRESBYTERI JOANNIS.*

Et, plus bas :

– *Nous Jean, prêtre, par la grâce de Dieu, roi tout-puissant sur tous les rois chrétiens, mandons salut à Manuel, empereur de Byzance, et au roi de France nos amis...*

Il s'interrompt, un sourire ambigu aux coins des lèvres.

– C'est bien.

– *Signori,* s'inquiète le franciscain. Alors ? Êtes-vous satisfaits ?

– Oui, répond l'homme le plus âgé. Il semble que vous ayez fait du bon travail.

Les traits du voyageur se détendent.

– Si vous saviez le mal que je me suis donné ! N'a pas accès qui veut aux archives du Latran. Ma récompense est méritée, je crois.

– Bien sûr.

L'homme pose l'étui sur le rebord de l'autel et s'avance.

– Mille maravédis, c'était bien la somme convenue, n'est-ce pas ?

– *Si, signore...*

Alors, tout se passe très vite.

L'homme pose sa main sur la garde de son épée. La lame jaillit, s'élève dans les airs, accomplit un demi-cercle et

plonge vers le cou de l'Italien. Ce dernier tend les bras
en un geste de protection ; en vain. Il pousse un cri au
moment où la pointe s'enfonce dans sa gorge. Le cri se
transforme en un gargouillis grotesque. Le sang éclabousse
le sol, le tabernacle et les grègues de l'homme au visage
buriné.

Le franciscain s'affaisse.

Bien après qu'il eut rendu l'âme on eût dit qu'il s'inter-
rogeait encore sur la raison de sa mort.

2

Palais de Montemor. Portugal. Le lendemain.

Était-ce bien le soleil qui descendait sur la campagne ou
une illusion rougeâtre, porteuse de sang, de tumultes et de
cris vengeurs ?

Depuis le matin, les voix du passé étaient revenues et
faisaient un vacarme assourdissant dans la mémoire
d'Afonso IV, roi de Portugal. Ces voix lui rappelaient les
mots qui avaient blessé, les brisures de son âme. Elles
gémissaient les souvenirs bâtards. Plus jamais ! Plus jamais !

Le souverain se couvrit les oreilles, le corps plié en deux
comme sous l'effet d'une douleur fulgurante. Plus jamais !
Il fallait oublier. Il murmura dans une sorte de plainte :
Isabel... Isabel... Puis se reprit aussitôt, se redressa, le menton hautain. Un roi n'appelle pas sa mère. D'ailleurs, sa
mère n'aurait pu l'entendre. La sainte femme reposait
depuis quatre ans dans sa tombe, là-bas, près de Coimbra,
dans le couvent de Santa Clara. Sainte elle vécut, sainte
elle mourut. Un jour, sûrement, on la canoniserait pour
toute cette vie consacrée au don et à la pureté. *La Pacifi-*

cadora... La pacificatrice, n'est-ce pas ainsi que le bon peuple l'avait baptisée ?

D'un geste nerveux, le souverain écarta un invisible fil de l'or de son pourpoint et reporta son regard sur la campagne. De la fenêtre du palais, elle semblait s'étendre à l'infini, par-delà les plaines de l'Alentejo, par-delà l'horizon, bien au-delà du royaume. Ce royaume, il l'aimait. Il aimait les parfums qui montaient de sa terre, âcres et rudes, fluides comme les flots du Guadiana et les rivières innombrables qui couraient entre les rocailles et les caroubiers têtus. Terre qui avait subi tour à tour l'emprise des Phéniciens, des Carthaginois, des Romains, des Wisigoths et enfin des Arabes. Les Arabes... Ah ! Cette plaie vive sur le corps de la péninsule ! Près de six cents ans plus tôt, partis du Maghreb, ils avaient eu l'audace de franchir le détroit du sud et s'étaient répandus, telle la peste, de cité en cité. Séville, Cordoue, Cadix, la vallée du Douro, semaine après semaine, aucune force n'avait résisté aux coups de boutoir de l'islam. C'était le passé. La foi chrétienne s'était ressaisie. Lui-même, Afonso, avait consacré près de quinze ans de sa vie à la Reconquête. Depuis la grande victoire de Las Navas de Tolosa et la chute de l'Algarve, ces envahisseurs ne représentaient plus de vraie menace pour son royaume, non plus que pour les voisins de Navarre, de Castille ou de León. Bousculés, repoussés, les Arabes seraient bientôt réduits à se terrer dans l'extrême sud de la péninsule, en la région d'al-Andalus. On respirerait enfin un air plus pur. Le combat – l'ultime sans doute – qu'Afonso s'apprêtait à livrer allait permettre la concrétisation de ce rêve.

Un coup frappé à la porte l'arracha à sa méditation. Il attendait ce visiteur.

– Entrez !

La silhouette d'un jeune homme de vingt ans se glissa dans la pièce.

– Vous m'avez fait mander, père ?

La voix était incertaine, comme si les mots butaient contre le palais avant de jaillir.

– Approchez-vous, dom Pedro !

Les deux hommes se ressemblaient tant que, s'il n'y avait eu trente années d'écart, on eût pu les croire jumeaux. Grands, la peau mate, le teint hâlé, l'œil et le cheveu noir, la face anguleuse et le nez droit ; l'un et l'autre étaient campés dans une attitude identique, mélange d'arrogance et d'orgueil.

Dom Pedro attendit que le souverain prît place et s'assit à son tour.

– Comme toujours, vous avez l'air épuisé, nota Afonso. Vous ne dormez pas assez, à ce qu'on me dit.

– Nous en avons déjà parlé, père. J'ai la nuit en horreur.

– Il faut bien dormir, pourtant. La nature le commande. Que faites-vous donc de vos nuits ?

– Je lis.

– Vous lisez ! De la poésie, bien sûr. De faméliques *cancioneiros*.

Un léger sourire apparut sur les lèvres de Pedro dont il eût été difficile de ne pas voir la pointe d'ironie.

– Je lis aussi les poèmes du fondateur de notre université, grand protecteur des Arts et des Lettres. Celui que les gens du peuple appellent le « roi poète ». Je veux parler de mon grand-père, feu le roi Denis. Mépriseriez-vous aussi ces écrits-là ?

– C'est de vous qu'il est question, non de mon père. Et je vous ferai remarquer qu'on le surnomme surtout le « roi laboureur » pour les milliers de pins qu'il fit planter afin de construire notre puissante flotte. Il est mort. Paix à son âme. D'ailleurs, il n'y a pas que vos lectures. Aux premières lueurs de l'aube, vous enfourchez votre cheval en compagnie de cet esclave dont j'ai oublié le nom...

– Massala.

– Massala. Et l'on ne vous voit réapparaître qu'au soleil de midi.

– Quel... mal... y a-t-il... à...

À nouveau cette difficulté à prononcer les mots quand la tension se faisait plus forte. Les doigts de dom Pedro se crispèrent. Il inspira à fond et reprit :

– Quel mal y a-t-il à chevaucher ?

– Chevaucher sans but est une perte de temps ! Vous le savez. Vous pourriez au moins consacrer quelques heures à la chasse. Voilà une occupation utile pour qui un jour sera appelé à régner. La chasse vous forge un homme. On y apprend la patience.

– Sans doute, père. Plus tard peut-être. Si vous me disiez plutôt la raison de ma présence ?

– Il en est deux.

Afonso se leva brusquement et marcha vers la fenêtre ouverte sur la plaine. Dos tourné, il annonça :

– Une armée mauresque appartenant à la branche des Marinides a débarqué à Gibraltar, répondant aux appels au secours lancés par l'émir de Grenade. Elle est commandée par Abou al-Hassan, le « sultan noir ». Tout porte à croire qu'il compte entreprendre une vaste contre-offensive et remonter vers le nord. Le roi de Castille et de León va se porter à sa rencontre. Il a réclamé mon aide.

Une expression dubitative apparut sur les traits du jeune prince.

– Et vous avez accepté ?

Afonso se retourna vivement.

– N'aurais-je pas dû ?

– L'Andalousie n'est pas le Portugal. Que je sache, vous n'avez pas toujours porté la Castille dans votre cœur. Grâce à la Reconquête – à laquelle pourtant vous avez participé corps et âme –, la Castille s'est taillé la part du lion. La Galice, le León, l'Estrémadure, les anciens royaumes musulmans de Tolède, Séville, Cordoue, Jaén, Murcie ! Il s'en est fallu de peu qu'elle ne fasse main basse sur le Portugal. L'an passé encore vous livriez bataille contre ce royaume et son souverain, votre homonyme : Afonso XI.

Le roi fit un geste d'impatience.

– Vous en savez la raison ! Afonso a épousé votre sœur, dona Maria. Elle ne supportait plus d'être maltraitée et avilie par son époux. Je n'ai pas eu d'autre choix que d'intervenir. Mais c'est de l'histoire ancienne. Depuis, mon gendre a fait amende honorable et tout est rentré dans l'ordre.

– Tant mieux. Moi je n'aurais pas absous ce personnage de sitôt.

– Parce que vous avez l'entêtement de la jeunesse et que vous ignorez tout des choses de la politique. La politique est un jeu cruel qui n'a pour seul but que de préserver l'intérêt du royaume dont on a la charge. De plus, les liens de famille sont sacrés ! Ce n'est pas seulement dona Maria qui nous attache à nos voisins castillans. Votre propre mère, la reine Béatrice, n'est-elle pas la fille de feu le roi Sanche qui régna sur la Castille ? D'autre part, vous semblez oublier que depuis toujours les Maures sont nos ennemis communs. Tout ce qui met en péril la Reconquête met en péril le Portugal.

Afonso balaya l'air d'un geste agacé.

– Votre étonnement est absurde !

Et il fit remarquer d'un ton cassant :

– Mais il n'est pas pour me surprendre. Si vous vous intéressiez plus aux affaires, vous n'auriez pas été surpris par ma décision. N'ai-je point raison ?

– Quand partez-vous ?

– Ah ! Vous voilà bien un enfant de cette terre ! Toujours à répondre à une question par une autre ! Je prends la route demain, à la tête de mille lances.

– Puis-je vous accompagner ?

– Pas question ! Si je devais perdre la vie au combat, le royaume ne pourrait rester orphelin. Votre mère ne m'a donné qu'un seul mâle pour deux filles. Vous êtes mon unique héritier.

– Comme il vous sied. Je resterai donc.

Il y eut un nouveau silence. Le souverain regagna sa place et fourragea dans sa barbe avant de reprendre la parole.

– J'ai autre chose à vous dire.

Pedro hocha la tête et attendit.

– Vous allez vous marier.

– Me... marier ? Encore ?

20

– Vos premières épousailles avec Blanca de Castille ne comptent pas. Vous aviez à peine une dizaine d'années et elle guère plus. De toute façon le mariage a été annulé dans les mois qui suivirent.

L'infant s'efforça de sourire.

– Pour cause de débilité physique et mentale de mon épouse...

– C'est le passé ! Écoutez-moi. Ainsi que vous le rappeliez, il est vrai que l'orage a souvent sévi entre la Castille et nous. Mon ancêtre, le roi Henriques, a dû livrer une âpre bataille pour que les Castillans acceptent enfin de reconnaître l'intégrité de nos frontières.

– Une bataille et aussi l'intervention d'un pape.

– C'est exact. Sans la reconnaissance de l'Église, notre royaume serait resté chimère. Cependant, aujourd'hui, même si les rivalités et les jalousies subsistent, l'union de dona Maria et du roi de Castille nous a permis d'envisager le présent plus sereinement. Le présent... Reste l'avenir.

– L'avenir ?

– Vous, mon fils. L'avenir du royaume c'est vous. Si nous voulons que la paix si difficilement gagnée perdure, et poursuivre le rapprochement amorcé entre nous et nos voisins...

– Vous souhaitez que...

– Vous épouserez doña Constanza. L'infante de Castille. Ce n'est pas un souhait. C'est une exigence. Elle est la fille de Juan Manuel de Castilla, prince de Villena, duc de Peñafiel et d'Escalona. Elle a presque votre âge. Dix-neuf ans. Elle est attrayante à ce qu'on dit. Douce et soumise, ce qui ne gâche rien. Ce mariage rapprochera plus encore les deux royaumes et assurera ma descendance et la vôtre.

21

Une certaine raideur envahit les traits du jeune prince. Il chercha une réplique. À quoi bon ? Il aurait tant de mal à l'exprimer. Depuis longtemps déjà il avait appris qu'un fils de roi ne peut décider.

– Quand ?

– À mon retour. La demande a été faite et accueillie avec bonheur. Si j'en juge par votre mine, ce bonheur n'est guère partagé.

Dom Pedro mit un temps avant d'articuler :

– Le bonheur n'est-il point de feindre de faire par passion ce que l'on fait par intérêt ? Ce sont vos propres mots. Vous vous en souvenez ?

– Parfaitement.

– J'épouserai donc doña Constanza. Et la passion naîtra.

– Voilà qui est parfait.

Le roi se leva.

– Il faut nous séparer à présent. Le temps presse. Je dois prendre la route.

– Que Dieu vous protège, père. Revenez-nous sain et sauf.

Le prince esquissa un mouvement timide vers le souverain, mais se ravisa. Afonso ne supportait pas les effusions, de quelque ordre qu'elles fussent.

Il s'inclina et quitta la pièce.

Burgos, en Castille.

Malgré le soleil qui dardait ses rayons à travers la fenêtre, doña Constanza réprima un frisson et s'adressa aux six dames d'honneur rassemblées en demi-cercle.

– Je suis transie ! *Senhoras,* que l'une d'entre vous ait la bonté de demander à un serviteur de ranimer ce brasero. Il ne dispense que de l'air froid.

Tandis qu'une dame s'exécutait dans un froissement de soie et de taffetas, elle poursuivit en soupirant :

– Neuf mois d'hiver, trois mois d'enfer. C'est bien la Castille. Croyez-vous qu'il fera le même temps au Portugal ?

Une voix enjouée lui répondit :

– On dit que l'amour peut brûler aussi fort que mille soleils. N'est-ce pas l'amour qui vous attend là-bas ?

– *Querida,* le soleil se voit. Mais l'amour ? À vrai dire, j'ignore tout de ce mot et du sens qu'il revêt.

Sur sa lancée, l'infante se tourna vers une jeune femme, la plus jeune de toutes :

– Et toi, Inès ? En sais-tu quelque chose ? Après tout, tu vas avoir vingt ans. Un an de plus que moi. Trois cent soixante-cinq jours. Cela compte.

Le visage d'Inès de Castro s'empourpra.

– Oh ! doña Constanza. Je ne sais rien de plus que vous. (Elle rectifia timidement :) Sinon que c'est un sentiment parmi les plus nobles et les plus purs qui soient.

– Tu en parles avec aise. L'as-tu jamais éprouvé ?

– Non. Jamais. Cependant, je sais que, même invisible, il existe. Après tout, ne pas voir Dieu n'empêche pas la foi.

Des gloussements étouffés firent écho à ses propos. Mais les traits de doña Constanza s'assombrirent.

– J'ai peur. Lui plairai-je ? Saurai-je le séduire ? On dit de dom Pedro qu'il est bel homme. Regardez-moi...

L'infante quitta son siège en soulevant légèrement sa

houppelande bordée de rouge et se dirigea vers un petit miroir bombé qui ornait l'un des murs de sa chambre.

– Regardez-moi ! Les joues trop rondes ! Les cils modestes ! Les yeux – alors que je n'ai pas dix-neuf ans – déjà assiégés par les cernes, et mes lèvres ne sont qu'un balbutiement de chair.

– Vous vous fustigez, doña Constanza, protesta Inès. Ce n'est pas bien. Vous avez tout pour plaire à un gentilhomme. De toute façon, croyez-vous que la beauté soit l'essentiel ?

– Pour une femme, certainement !

L'infante se tourna vers la jeune fille.

– Évidemment, toi tu n'as pas ce souci. Toi tu rayonnes. Tu irradies.

Elle prit les autres à témoin :

– N'ai-je pas raison ? Soyez sincères. Il n'est pas une seule d'entre vous qui ne se morfonde de jalousie en la présence d'Inès de Castro. Et que dire de l'émoi qu'elle soulève auprès des hommes ? *Cavaleiros vilãos,* ou *corregedores,* du plus petit au plus grand, tous, éblouis, chuchotent à l'envi le surnom qu'ils lui ont donné : *Colo de garça... Colo de garça...* Gorge de cygne. Ah ! La nature est bien injuste.

Inès glissa les doigts dans sa chevelure dorée et, gênée, baissa les yeux.

– Vraiment, doña Constanza, protesta sa voisine, le portrait que vous dressez de votre personne est très cruel. N'avez-vous point remarqué que le propre des femmes belles est de se trouver mille et un défauts ? Les laides, elles, n'ont point d'état d'âme.

Elle se pencha vers Inès et l'interrogea avec une candeur feinte :

– N'ai-je point raison ? Ne te trouves-tu pas mille et un défauts ?

Inès ne répondit pas, le regard toujours rivé au sol.

– Allons ! s'écria une voix. Chassez donc ces nuages et vos appréhensions. Dom Pedro succombera à vos charmes, n'en doutez point.

Indifférente à ces encouragements, l'infante se laissa choir dans un fauteuil.

– Depuis que mon père m'a annoncé ce mariage, il ne se passe pas une nuit sans que des cauchemars m'envahissent. Je vois des choses horribles. Des créatures immondes qui surgissent des ténèbres et me poursuivent à travers de longs couloirs sans fin. Une porte s'ouvre. Je m'y précipite. Il me semble que je suis sauvée. Et...

Sa voix se brisa. Elle reprit péniblement :

– Et... là, m'attend une boue sanglante, une fange sur laquelle flottent des morceaux de chair, des yeux arrachés, des mains tranchées. On veut m'y pousser. C'est affreux !

Elle se prit le visage entre les mains et laissa, cette fois, libre cours à ses sanglots.

Aussi effrayées que déconcertées, les six dames d'honneur ne trouvèrent rien à dire.

Un bruit de galop résonna dans le lointain, suivi d'un beuglement de bête sauvage et de l'aboiement des chiens.

Le silence revenu, doña Constanza laissa tomber, le souffle court :

– J'ai peur. Peur de dom Pedro...

Palais de Montemor, Portugal.

– Oui. Le roi l'a exigé. Que faire ? Dis-moi, Massala, que faire ?

– Le roi exige. Le prince se soumet. C'est ainsi depuis que les royaumes existent et que les rois sont rois. Souvenez-vous que Sa Majesté est avant tout votre père. Et depuis la nuit des temps, les fils doivent honneur et respect au père. Il est l'autorité.

– Massala, tu es bien un Arabe ! Changeant comme le vent. N'est-ce pas toi qui m'as enseigné un jour qu'il n'y a d'autorité vraie que fondée sur l'amour ? Or, tu le sais, mon père ne m'aime pas. Il me tolère !

Massala poussa un grognement d'humeur.

– Mon seigneur, combien de fois devrai-je vous rappeler que je ne suis pas un Arabe, mais un Berbère ?

Pedro feignit l'ignorance.

– Où se trouve la différence ?

– La différence ? Je suis le fruit de dynasties plusieurs fois millénaires ! La tribu des Miknassa, dont je suis issu, a même fondé un royaume vieux comme les étoiles. Celui de Sidjilmassa. À l'orée du désert, maître des oasis et des routes caravanières. Et ce, bien avant que ne balbutient les Arabes !

Massala fit un geste de dépit.

– À quoi bon vous répéter ce que vous savez par cœur !

Pedro partit d'un grand éclat de rire.

– J'ai plaisir à constater que, malgré tes cheveux blancs et ta vieille barbe, tu restes plus susceptible qu'un enfant.

– Je me permettrai de vous faire remarquer que mon seigneur n'est pas autrement, sinon qu'à la susceptibilité s'ajoute l'absence de discernement. Je veux parler de la vision que vous avez de votre père.

– Poursuis.

– Le roi vous aime. Seulement, il ne sait pas l'exprimer. Croyez-vous que de dire son amour est une preuve d'amour ?

– Pas un geste, pas un signe, pas une tendresse ! Rien ! Dans sa bouche tout n'est que critiques et remontrances.

Massala ne put s'empêcher de sourire.

– Vous n'êtes qu'un enfant, mon seigneur. Comme tous les enfants, en vous tout est extrême. Je vous ai vu grandir. Vous avez de la constance dans vos attachements, de la droiture, l'injustice vous insupporte au point que vous seriez prêt à donner votre vie pour ne jamais plus en être témoin. Dans le même temps, vous êtes impérieux, plein d'une violence contenue qui, dès lors qu'elle s'exprime, peut aller jusqu'à la fureur. Vous vous méprenez. N'est-ce pas le rôle d'un père, encore plus celui d'un roi, que de vouloir le meilleur pour sa descendance ? Là où vous voyez la critique il n'y a que le désir de vous amener à vous dépasser ; là où vous voyez des remontrances, ce ne sont que conseils. Cessez donc d'être ce feu qui brûle et ne consume que vous. Plus tard, vous verrez. Un jour, vous aussi vous saurez l'exigence d'être père.

Dom Pedro plongea ses yeux dans ceux de son serviteur.

Voilà si longtemps que le destin l'avait amené à ses côtés. L'enfance de Pedro avait plus souvent entrevu le visage de Massala que celui d'Afonso. C'est vrai que Pedro connaissait son histoire par cœur, du moins ce que l'homme avait bien voulu lui confier. Dès l'âge de seize ans, il avait été un peu marin, participant à quelques razzias dans la mer Intérieure ; un peu marchand, troquant poivre, gingembre, cannelle, encens et autres épices contre de l'or. Plus tard, il avait été orfèvre à Gênes, mercenaire à Venise pour le compte d'un doge, un certain Zordi et, pour des raisons mystérieuses, de retour au Maghreb, il s'était enrôlé dans une armée mauresque. Au cours d'une attaque de celle-ci contre Lisbonne, il avait été fait prisonnier, emmené en esclavage, et conduit à la Cour d'Afonso IV. Funeste destin, lorsque l'on sait que deux siècles plus tôt, en terre portugaise, les ancêtres du Berbère avaient connu de belles heures de gloire en se rendant maîtres de cités aussi prestigieuses que Lisbonne, Santarém ou encore Coimbra. Assigné au service de dom Pedro, Massala avait eu pour mission première d'enseigner au prince à monter à cheval. En cela, il avait réussi au-delà de toute espérance.

– Quel âge as-tu, Massala ?

– Dix jours ? Mille ans ? Cela dépend des saisons et de mes souvenirs. Mais ne parlons pas de moi. Parlons plutôt de vos futures épousailles.

– Tu sais tout. Il sera fait selon le bon désir de mon père.

– Voilà qui est sagement parlé. Et, qui sait ? Les femmes sont pleines de ressources. L'infante de Castille saura peut-être vous surprendre.

La Reine crucifiée

Un vent tiède courait le long du paysage parsemé de cailloux et d'arbres assoiffés. Les premières lueurs de l'aube commençaient à s'étendre sur la plaine. On était à quelques lieues du petit port de Tarifa et du Djabal Tarek, à l'extrême sud de la péninsule.

Dans un silence absolu, entouré des armées castillanes et portugaises, le père Alvares Pereira venait d'achever la liturgie de l'Eucharistie. Il entamait maintenant celle de l'offertoire. Une fois sa lecture terminée, il découvrit le calice des deux mains, ôta le voile hors du corporal et le donna à plier à l'enfant de chœur qui se tenait à ses côtés.

Au premier rang, Afonso IV observait le déroulement de l'office, visage serein, front haut. Son gendre et homonyme, Afonso XI, roi de Castille et de León, semblait plus nerveux. Une nervosité que les anciens auraient pu imputer à la jeunesse du souverain : il avait à peine vingt-huit ans.

Autour d'eux, oriflammes et étendards déployés formaient une forêt le long des berges du Salado, sur lesquelles s'épandait un souffle tiède noyé d'aromates.

Les musulmans occupaient les hauteurs du rio Salado. Seul le fleuve les séparait des armées castillanes et portugaises.

L'Andalousie tout entière paraissait aux aguets.

Lorsque la messe fut terminée, sans se concerter, les deux souverains prirent la direction de la tente royale.

Dès qu'ils furent à l'intérieur, le roi de Castille et de León se dirigea vers la table sur laquelle était déployée la carte de la région. Il l'examina attentivement et déclara à son beau-père :

– Je crains que nous soyons arrivés trop tard, hélas. L'armée du « sultan rouge » a réussi à opérer sa jonction avec celle de Yusuf, l'émir de Grenade. La première, celle de Yusuf, nous fait face. La seconde est postée sur la colline, de l'autre côté du fleuve, forte, selon nos éclaireurs, de plus d'un millier d'archers et de six mille cavaliers et fantassins.

Afonso IV haussa les sourcils.

– Que cherchez-vous à me dire ?

– Sire, la sagesse impose que nous ajournions la bataille. La cavalerie partie de Tolède ne sera pas ici avant deux jours. Sans elle, nous risquons d'être débordés par le nombre.

– Reporter la bataille ?

Le souverain portugais considéra avec étonnement son beau-fils. Il avait fière allure, vêtu de brocart d'or et d'argent. Proclamé majeur à quatorze ans. Couronné à dix-neuf. L'homme s'était rapidement révélé un formidable guerrier. Afonso, qui l'avait affronté pendant trois années, avait eu largement le temps de tester son courage et ses qualités militaires.

– C'est curieux. Vous êtes jeune et pourtant vous avez la méfiance des vieillards. Absurde ! Non ! Maintenant ! C'est maintenant ou jamais ! Mes hommes sont prêts. Je suis prêt. Je franchirai le fleuve par le pont d'El Manar et je prendrai la colline.

Le Castillan plissa le front.

– Sire, écoutez la voix de la sagesse. Vous êtes connu pour votre témérité. Toutefois, dans ce cas précis, elle pourrait nous coûter cher.

Il prit ses généraux à témoin.

– N'ai-je point raison ?

Les hommes approuvèrent à l'unanimité.

– Dans ce cas, s'exclama Afonso, c'est tout seul que je me lancerai.

– Vous n'y pensez pas ! À un contre deux !

– Faux ! À égalité. Une lance portugaise vaut largement deux lances arabes !

– Je vous en supplie. Ne nous poussez pas vers l'abîme. Le sultan n'est pas près de quitter al-Andalus, il sera toujours temps de fondre sur lui.

– Je vous entends, mais ne vous écoute point.

– Deux jours, Sire ! Je vous en conjure.

– Non !

– Vous ne songez pas vraiment à engager vos troupes sans le soutien des nôtres ?

En guise de réponse, Afonso marcha vers la sortie.

– Votre Majesté ! Où allez-vous ? s'affola l'un des généraux castillans.

Afonso IV était déjà dehors.

À longues enjambées, il traversa le campement jusqu'au point de rassemblement de ses troupes. Parvenu à hauteur de l'un de ses officiers, il ordonna :

– Sanche ! Mon cheval ! Que les hommes se préparent. Il est l'heure.

– Et l'armée castillane, Sire ?

– Elle bivouaque, Sanche ! Elle bivouaque.

L'officier ne chercha pas à comprendre. Il somma un soldat d'apporter la monture du souverain, un magnifique alezan d'un roux qui faisait penser à de l'or brûlé, et fila vers les tentes. En quelques instants, le millier de cavaliers portugais s'aligna en rangs serrés, lame au fourreau, lance au poing.

Afonso se plaça à leur tête et dans le même temps qu'il pointait son index en direction du sud, là où guettait l'ennemi, il clama d'une voix ferme :

– *Meus irmãos !* Mes frères ! L'avenir du monde chrétien est entre vos mains. L'affrontement sera cruel, n'en doutons pas. Mais à son terme, les générations à venir perpétueront à jamais le souvenir de votre victoire. Si nous gagnons ici, il en sera fini de la menace arabe. Pour toujours !

Il leva les yeux au ciel et vit la boule incandescente du soleil qui se tenait à la verticale au-dessus des hommes. Alors, il aspira l'air à pleins poumons et récita le premier verset du septième psaume :

– « Seigneur mon Dieu, j'ai mis en Toi mon espérance, sauve-moi ! »

La prière fut aussitôt reprise par l'armée tout entière. Ce fut une clameur qui résonna jusqu'aux confins de l'Andalousie.

Afonso IV effectua une légère pression sur les rênes, ses talons frappèrent d'un coup sec les flancs de sa monture qui se cabra avant de s'élancer droit devant. Droit vers le sud. La dernière chose qu'il entendit fut l'appel implorant des généraux castillans : « Sire ! Non ! Arrêtez-vous ! »

Il était déjà loin.

Dressé sur son pur-sang, au sommet de la colline, le « sultan noir » fut le premier à apercevoir le nuage soulevé par la cavalerie portugaise. Il n'eut pas besoin d'ordonner à ses hommes de se mettre en formation de combat ; ils étaient déjà prêts. Si l'ennemi ne s'était pas décidé à attaquer le premier, c'est Abou al-Hassan qui en aurait pris l'initiative.

— Votre Seigneurie !

Le sultan jeta un coup d'œil distrait sur l'éclaireur enveloppé de poussière qui l'apostrophait.

— Qu'y a-t-il ?

— C'est peut-être un piège.

— Un piège ?

— L'armée castillane n'a pas quitté son campement.

— Et alors ?

— Je ne sais pas, Monseigneur. N'est-ce pas étrange ? N'aurait-elle pas dû marcher sur l'armée de l'émir Yusuf ?

— Rien n'est étrange quand c'est Allah qui gouverne les hommes.

Le sultan se tourna vers ses troupes et cria d'une voix forte :

— Le Tout-Puissant a semé la division chez les infidèles ! À nous de semer la mort !

Il fit un geste de la main et, comme un seul homme, les mille archers s'alignèrent en ordre de bataille.

En contrebas, accompagné par le roulement angoissant des tambours, Afonso IV venait de s'engager sur le pont d'El Manar. Une heure plus tard, le pont était franchi. Deux lieues à peine les séparaient de la colline. Elles furent parcourues au pas de charge. Ce n'est qu'une fois au pied de la pente que les forces marquèrent un temps d'arrêt afin de reformer les rangs. C'est à ce moment que le soleil se voila. Surpris, quelques soldats levèrent la tête. Ils virent aussitôt leur mort. Ce n'était pas un nuage, ni une nuée de sauterelles qui avait obscurci le ciel, mais un gigantesque essaim de flèches. Tout l'espace et l'air vibraient à mesure que pleuvaient les pointes effilées.

– Avancez ! hurla Afonso, conscient qu'un mouvement de recul était en train de se produire. Avancez !

Encouragée, l'infanterie entama l'escalade de la colline.

Les cadavres s'amoncelaient. On avançait dans le sang et les chairs meurtries. On avançait vaille que vaille, au bord de l'épuisement.

Une fois le sommet de la colline atteint, ce fut comme si deux lames de fond se fracassaient l'une contre l'autre dans un déferlement d'écume et de sable. Furie, acharnement. Alors que les deux armées s'affrontaient, enflait un grondement sourd plein de longs hurlements désolés.

Bientôt, on ne fit plus la différence entre Portugais et Maures. Entremêlés, ils faisaient une masse confuse submergée de sueur et de sanie.

Sans répit, l'épée d'Afonso IV frappait les têtes et les membres. À un contre trois, un contre dix. Il y avait une telle rage dans les coups assenés qu'on n'aurait pu l'expliquer par la seule volonté de vaincre. Il y avait autre chose ; comme une sorte de revanche prise sur des tourments passés, comme si, répandant la mort, le roi vidait son âme d'anciennes souffrances. Ce ne pouvait être uniquement les Maures qu'il décapitait à tour de bras ; c'était aussi ses fantômes.

Une heure durant, l'affrontement eut lieu sans que la Fortune se décidât à choisir son camp. Hésitante, elle allait tantôt d'un côté, tantôt de l'autre. Mais lorsque le soleil arriva à mi-chemin de l'horizon, elle donna l'impression d'avoir tranché.

– Nous ne tiendrons pas longtemps ! hurla Sanche qui bataillait comme un diable aux côtés de son souverain. Voici l'armée de l'émir de Grenade qui attaque nos arrières !

– Blasphème ! Nous tiendrons !

Le roi se déchaîna de plus belle, encourageant les siens chaque fois qu'un adversaire roulait sous les sabots de son cheval.

Auraient-ils tenu ? Seraient-ils parvenus à briser seuls la résistance mauresque ? La réponse resterait inconnue puisque l'armée castillane s'était enfin décidée à venir à la rescousse.

Surprises, débordées, les troupes du « sultan noir » et celles de Yusuf se mirent à refluer. Une partie d'entre elles, adossée au fleuve, ne trouva son salut qu'en se jetant dans les flots. Lorsque tout fut terminé, on découvrit que, sur plus de trois lieues à la ronde, ce n'était que dépouilles éventrées, portugaises, castillanes et mauresques. Comme si le Salado avait quitté son lit pour recouvrir d'une eau noirâtre le chavirement de ce coin de terre andalou.

Sous le ciel qui résonnait des gémissements des blessés et des agonisants, Afonso IV descendit de sa monture, fléchit le genou et rendit grâce à saint Vincent.

À la nuit tombée, on fit le recensement du butin. Il était si considérable que, dans les jours qui allaient suivre, le cours de l'or baisserait d'un sixième sur tous les marchés chrétiens de la péninsule.

Afonso refusa de prendre la moindre part de ce trésor. Il ne conserva qu'un sabre orné de pierreries et une trompe d'airain, avec pour seule exigence qu'au jour de sa mort on les lui plaçât sur son tombeau.

Ses hommes, à l'issue de la bataille, lui attribuèrent le surnom de *O Bravo*. Le Brave. Son beau-fils, lui, remporta le titre mérité de « Vengeur ».

3

Lisbonne, le 15 novembre.

La côte tourmentée s'ouvre sur l'immense estuaire où se déversent les eaux languides du Tage. En amont, les alluvions charriées par le fleuve dessinent un réseau d'îlots boueux et de marécages. En aval, un cordon de bancs de sable tente de s'opposer à la fusion des eaux douces avec l'océan. Sur la rive droite de l'estuaire, des criques et des rades ourlées de sable fin se succèdent. En arrière-plan, se dressent des collines, vestiges d'un vieux volcan éteint.

Chaque jour que Dieu fait, lorsque s'avance le crépuscule, le creux des vagues palpite de reflets mordorés qui font comme un poudroiement d'or. C'est à cet endroit que le Tage devient la « mer de Paille », un surnom qui prend sa source dans la nuit des hommes. Les vieux se plaisent à conter que lorsque Phaéton perdit la maîtrise du char du Soleil, il provoqua l'embrasement de l'univers. D'effroyables incendies dévastèrent la surface de la terre, les grands fleuves s'asséchèrent et l'or que le Tage charriait dans son lit coula, fondu par les flammes. C'est de ce jour que le fleuve devant Lisbonne fut appelé la « mer de Paille ».

Ulysse serait passé par là. Il aurait même fondé la ville. Les Arabes la prirent un temps et la nommèrent Al-Usbana. Le roi Afonso Henriques les en chassa. L'un de ses successeurs, Afonso III, en fit la capitale d'un royaume naissant.

Ulysse n'est plus. Les Arabes se terrent à Grenade. Afonso Henriques est mort voilà près de cent ans et, en ce jour de noces, les eaux du Tage ont cessé de charrier l'or pour transporter l'ombre des oriflammes qui pavoisent la cité.

La cité et le port.

Le port où s'entassent les navires venus du Maghreb, de Byzance, d'Angleterre et d'ailleurs. Où se bousculent les *traineiras* et leur coque voûtée puant la marée et la morue. On décharge des *barcos rabelos,* ces embarcations aux voiles carrées qui rappellent les drakkars, les tonneaux de vin en provenance des hauteurs de la vallée du Douro. Les cargaisons de poivre, de riz, de tissus fins et de sucre gonflent les soutes de ces nouveaux bateaux que l'on appelle *caravelas.* Ici, on déverse sur les pontons les ballots de tissus peints arrivés de Rouen et de Gand ; là, des caisses de bronze, d'étain, de cire, de plomb. Les marchands débattent à grands gestes le prix du *pau-brasil,* cet arbre mystérieux dont la substance rougeâtre sert à la fabrication des teintures. L'alun, venu d'Asie Mineure, tant recherché pour préparer les draps de laine à recevoir la couleur, s'arrache aussi âprement que s'il se fût agi de pierres précieuses.

C'est de ce lieu que se seraient embarqués, un jour, huit frères et cousins arabes à la recherche de « la fin de l'océan ». Sont-ils jamais revenus ? Ont-ils péri, dévorés par la mer

Ténébreuse ? De leur aventure, ne reste qu'un nom de ruelle, qui longe les bains publics : la ruelle des Aventuriers.

Aujourd'hui, al-Usbana est fière d'avoir été élue pour accueillir les épousailles du prince héritier et de l'infante de Castille. Tout ce que la cité compte d'habitants est là. Femmes, enfants, gueux et gentilshommes forment une haie bigarrée de part et d'autre du chemin qui relie la porte de la Mer à la Sé, la cathédrale ; symbole omniprésent du triomphe du roi Afonso Henriques sur les Maures. Il y a même des juifs qui, pour l'occasion, ont été autorisés à quitter leur *judiaria* de São Julião, reconnaissables entre tous à l'étoile rouge à six branches cousue sur leur vêtement. Des Arabes aussi. Ils se sont discrètement glissés hors de leur *mouraria*, le quartier posé sur le versant ouest de la colline de la forteresse qui s'étend jusqu'à la Ribeira, la rivière aux eaux claires. On les distingue nettement par le croissant apposé sur leur burnous.

Les portes sont pavoisées. Sur les places, le vin coule déjà à flots. Les pauvres ne sont pas oubliés, à qui l'on distribue d'énormes corbeilles de pain. Le Tage est noir de barques et de galéasses.

On guette, on scrute la porte de la Mer d'où devrait apparaître le cortège royal. On s'impatiente. Les *bofarinheiros* en profitent pour vendre babioles et colifichets qu'ils exposent sur un plateau suspendu par une lanière autour du cou, tandis que les *guadamecileiros* vantent à s'égosiller la qualité de leurs tapisseries de cuir.

Brusquement, dans un frémissement d'airain, les cloches de la cathédrale s'ébranlent et, très vite, leurs vibrations envahissent le ciel pour ne plus faire qu'un avec la lumière du soleil.

Un frisson parcourt la foule. *Ils vont arriver, c'est sûr maintenant.*

Oui. Les voici !

Des enfants, tout de blanc vêtus, ouvrent la marche en jonchant le chemin de fleurs. Par-dessus leurs têtes, les bannières claquent, mais l'on n'a d'yeux que pour le drapeau du royaume : neuf châteaux dorés alignés le long d'un bandeau rouge, et au centre, quatre écussons bleus sur fond blanc.

Maintenant, c'est au tour du roi Afonso de franchir la voûte. Son épouse, dona Béatrice, chevauche à ses côtés. Aussitôt, des cris s'élèvent de toutes parts : *O Bravo ! O Bravo !* Manifestement, plus personne n'ignore la victoire du Salado et les faits d'armes du souverain.

La reine offre un étonnant contraste avec son époux. Elle semble si frêle, lui, si immense. Elle semble si sereine, lui si tourmenté.

Les nobles suivent, drapés dans leur surtout brodé de fils d'or et d'argent.

Un hennissement secoue le ciel. C'est le cheval de dom Pedro qui s'agace sans doute de tout ce vacarme. Il esquisse un écart, mais il est vite rattrapé par le cavalier. D'un geste posé, le prince flatte l'encolure de la bête. Elle s'apaise et repart au trot dans le sillage du couple royal.

Tout en progressant, le futur marié prend la peine de répondre aux vivats par de brèves inclinaisons de la tête. Il y prend plaisir. Il a toujours aimé la promiscuité de ce peuple auprès duquel il se sent bien plus à l'aise que parmi les gens de la Cour. Son naturel le touche. Sa simplicité le conforte dans sa certitude que tout le reste n'est que mensonge.

Où va-t-il ? Où l'entraîne son destin ? Quel devenir pour ce mariage ?

L'œil noir de dom Pedro embrasse la cathédrale. Meurtries quelques années plus tôt par un séisme, les deux tours qui encadrent la rosace de sa façade résistèrent pourtant. Pedro se dit que ces tours lui ressemblent. Comme elles, il tient, il tiendra face aux coups de bélier paternels.

Il n'a pas encore vu l'infante. On la dit gracieuse. Mais la grâce suffit-elle quand il s'agit de conquérir le cœur fermé d'un homme ?

À présent, le cortège est arrivé sur le parvis.

Il faut descendre de cheval. Le roi et la reine sont déjà à l'intérieur. Les nobles aussi.

Un laquais prend la monture en charge. Pedro franchit à son tour le portail et remonte l'allée jusqu'au pied de l'autel où sont rassemblés les membres du clergé et, comme il se doit, Mgr Mendes, l'évêque de Lisbonne.

Le prince se place à gauche de l'autel. Un courant glacial lui parcourt le dos. Cette salle, massive, obscure, ses piliers qui s'élancent comme les arbres d'une futaie, ses arceaux qui semblent des crocs plantés dans la voûte étoilée, l'ont toujours mis mal à l'aise. Comme si la mort avait pris gîte sous la nef. Quoi d'étonnant ? Le sarcophage qui accueillera un jour la dépouille de son père ne trône-t-il pas au centre de la *capela* de Santo Ildefonso, l'une des neuf chapelles alignées de part et d'autre du déambulatoire ?

41

Un frémissement parcourt la foule. À son tour, l'infante vient de pénétrer dans la cathédrale. Elle marche au bras de son père, Juan Manuel de Castilla, duc de Peñafiel. L'homme a de l'allure. Il semble flotter. Une moustache retroussée barre son visage de vieil aigle.

Dom Pedro essaie de distinguer les traits de sa promise sous le voile de dentelle immaculé, mais il n'entrevoit qu'un semblant de lèvres, une esquisse de menton, le contour des yeux. Elle serre très fort entre ses mains un bouquet de roses blanches nouées par des rubans de satin blanc. Sa traîne, soulevée par des enfants, fait penser au sillage d'un navire creusé dans la mer.

Leur emboîtant le pas, les dames d'honneur.

Elles sont six.

Elles sourient. On les sent émues. Peut-être le sont-elles plus encore que la mariée, songe dom Pedro. Après tout, pas plus que lui, l'infante n'a eu le choix. Et cette pensée éveille chez le jeune prince un furtif sentiment de compassion.

Le chœur a entonné un hymne à la gloire de la Vierge Marie. Ensuite, on louera l'enfant du pays, São Fernando di Buglione, connu aussi sous le nom de saint Antoine de Padoue, qui a vu le jour à quelques pas de là.

Maintenant, l'infante et son père ne sont plus qu'à un pas de dom Pedro. Le duc salue et s'écarte.

Les voilà seuls. Face à face.

Elle n'ose lever le visage vers lui. Il ose à peine la dévisager. L'évêque les invite à se rapprocher.

La cérémonie peut commencer.

42

À quoi pense-t-il ? s'interroge doña Constanza, le regard toujours baissé.

C'est curieux, observe dom Pedro. *Ses mains tremblent.* De temps à autre, Mgr Mendes les arrache à leurs réflexions. Alors ils se ressaisissent et font semblant de prier.

Plus tard, dom Pedro ne se souviendra que de l'impression ressentie lors de l'échange des anneaux, au moment précis où leurs mains se sont frôlées. Une impression de gêne. Dès lors, il comprit que même si leurs êtres étaient liés, leurs peaux ne s'uniraient qu'avec effort.

L'évêque accorde sa bénédiction. Le chœur entonne le *Te Deum.* C'est fini. L'infante de Castille et le prince héritier de Portugal sont mariés. Les deux royaumes peuvent aller en paix.

C'est en pivotant pour remonter l'allée centrale en direction de la sortie que dom Pedro la vit...

Non. Elle ne pouvait être réelle ! Cette blancheur ! L'éclat de ce teint, cette grâce ! Elle ne pouvait être réelle. Ces joues de lys et de rose. Ce cou d'albâtre. Et sous le satin, seins d'ivoire ou de neige ? Cheveux d'or, c'est sûr, tressés dans le poudroiement de la mer de Paille. Lèvres serties dans le rubis et le corail. Et ses yeux. Ses yeux couleur d'opale comme la mer. Verts comme demain. Verts comme toujours.

Les premiers mots qui vinrent à son esprit furent : *Colo de garça... Colo de garça...* Gorge de cygne.

Il dut s'appuyer au bras de doña Constanza pour ne pas vaciller. S'en aperçut-elle ?

Lorsqu'ils arrivèrent à la hauteur d'Inès de Castro, Pedro se dit qu'elle devait entendre son cœur devenu fou. Il osa

43

s'arrêter. Il osa lever les yeux vers elle. Il la fixa comme s'il avait voulu se fondre en elle et qu'elle se fondît en lui. Combien de temps ? Combien de temps demeura-t-il ainsi à la contempler ?

La Cour attendait. L'évêque attendait.

Finalement, il réussit à s'arracher à sa vision et reprit sa marche vers la sortie.

Ce n'est qu'une fois attablé dans la salle à manger du palais royal de l'Alcáçova qu'il se décida à dévisager son épouse.

Elle était gracieuse en effet. Et il en fut un peu soulagé.

Jongleurs, musiciens s'étaient glissés parmi les invités. Un chevreau rôtissait dans les entrailles d'une imposante cheminée. Des rires fusaient et les plateaux, lourds de victuailles, s'alignaient déjà sur les tables. Morues, coquillages, anguilles, palourdes assaisonnées de coriandre, poulets, lapins... Quelle que fût la diversité des plats, le prince n'y touchait pas.

– Vous n'avez pas faim ? osa tout à coup doña Constanza.

Il sursauta, pris de court.

– L'émotion... L'émotion sans doute. Mais je... je...

Ses mains se crispèrent. Encore les mots qui tâtonnaient, se muraient dans sa gorge. Il réussit malgré tout à finir sa phrase :

– Je n'ai jamais eu grand appétit.

L'infante essaya de masquer sa confusion. On ne l'avait pas prévenue que son futur époux était affligé de bégaiement. Curieusement, au lieu de la gêner, cette constatation la rassura. Elle rendait le personnage moins impressionnant.

Encouragée, elle hasarda une nouvelle question :

– Quand partons-nous pour Montemor ?

– Après-demain.

Un silence, puis :

– Vous y êtes né ?

– Non. Plus au nord. À Coimbra. Dans la région des Beiras.

L'infante hocha la tête.

– C'est bien.

À peine eut-elle prononcé cette affirmation qu'elle s'interrogea sur son sens. Mais que dire d'autre ? Le prince ne faisait guère preuve d'à-propos. La faute, sans doute, à sa difficulté à s'exprimer.

– Je bois au bonheur ! Je bois à la prospérité des mariés !

Le roi Afonso s'était dressé et levait sa coupe en direction du jeune couple. Il poursuivit :

– Qu'ils soient heureux, et que le Dieu tout-puissant leur accorde santé et nombreuse progéniture.

Il se pencha vers Carlos Valdevez, l'ambassadeur de Castille, et lança d'une voix plus forte :

– *À Castela ! À Portugal !*

– À la Castille ! Au Portugal !

La reine Béatrice posa sur son fils un regard ému et complice. Ses lèvres articulèrent des vœux de bonheur, mais ils furent couverts par le brouhaha.

C'est à ce moment qu'un éclair soudain traversa la salle à manger, suivi d'un grondement sourd.

– L'orage, fit observer dom Pedro. Il va pleuvoir.

45

Il n'avait pas fini sa phrase que les nuages se fendirent au-dessus de l'Alcáçova, libérant des torrents d'eau.

Doña Constanza se recroquevilla.

Elle avait toujours craint l'orage.

Finalement, pensa-t-elle, le temps ne semblait guère plus clément qu'en Castille. Pourvu que les serviteurs aient songé à allumer les braseros dans sa chambre.

La nuit avait recouvert la ville. L'orage avait cessé. On n'entendait plus que les battements de la mer dans les criques et les rades qui se confondaient avec les battements du cœur de doña Constanza.

Elle avait tiré les rideaux de satin bleu qui entouraient le lit à baldaquin et, couchée en fœtus sous les couvertures, elle attendait. Elle sursautait au moindre bruit. Seules les flammes qui crépitaient dans l'âtre éclairaient la chambre de lueurs pâles.

Viendrait-il ?

Le clocher de la cathédrale sonna minuit.

Viendrait-il ?

Une heure passa. Ses paupières se faisaient lourdes. Non. Surtout ne pas s'endormir. Pas lors d'une nuit de noces.

Heureusement que mille et une pensées faisaient le siège de son esprit, et l'empêchaient de basculer dans le sommeil. Des paroles, des bribes de phrases dérobées ici et là de la bouche des servantes, revenaient sans cesse. Elle essayait de mettre une image sur ces mots, en vain. Il était question de douleur et de sang, de plaisir aussi ; mais plus rarement.

Il...

L'infante s'arrêta de penser. On frappait à la porte.

Lui !

Elle balbutia :

– Entrez...

La porte resta close. Elle répéta, mais cette fois en élevant la voix d'un ton :

– Entrez !

Elle entendit le grincement du battant qui tournait sur ses gonds.

– C'est vous ? Dom Pedro ?

Le prince la rassura.

Des bruits de pas. Il marchait vers le lit.

Elle écarta à peine les rideaux, mais suffisamment pour l'entrevoir.

Il dit :

– Je... Je craignais de vous réveiller.

Il n'osa pas ajouter : « Mon père. Mon père aurait jugé mon absence indue. »

– Non, je ne dormais point. Il fait si froid.

Il jeta un coup d'œil vers la cheminée.

– Pourtant le feu a l'air bien vif.

Elle ouvrit entièrement les rideaux et s'efforça de sourire.

– Habituellement, m'avez-vous dit, vous n'avez pas grand appétit. Et moi, habituellement, j'ai froid.

Que faisait-il debout au pied de ce lit, engoncé dans ses hauts-de-chausses et son manteau d'évêque ? S'il s'écoutait, il ferait demi-tour, se rendrait à l'écurie, enfourcherait son cheval et filerait droit devant. Il imaginait d'ici l'émoi que provoquerait une telle attitude. L'opprobre en rejaillirait sur tout le royaume. Pire. Peut-être même se déclarerait-on la guerre.

Courage, dom Pedro ! Une étreinte vaut mieux qu'une guerre et c'était l'occasion de découvrir enfin de quoi était fait cet acte mystérieux appelé amour. Il avait souvent parlé de ces choses avec Massala qui n'était jamais en reste d'une histoire de femmes. Quatre ! Quatre dans la même nuit, lui avait-il confié un jour.

Il ôta son manteau, qu'il laissa choir à terre et s'assit sur le bord du lit.

Elle se rencogna contre les coussins.

Il désigna sa coiffure de nuit qui masquait partiellement sa chevelure.

– Vous avez de beaux cheveux. Hélas, on ne les voit guère.

Elle rougit et dénoua lentement le turban de velours qui lui ceignait le haut de la tête. Ce faisant, elle laissa échapper la couverture qui la protégeait.

Il vit qu'elle était nue...

4

22 novembre, Avignon, palais des Papes

Sa Sainteté Benoît XII, de son vrai nom Jacques Four-
nier, traversa d'un pas énergique la Chambre de Parement
qui jouxtait sa chambre à coucher. Sans s'arrêter, il salua
d'un signe de la tête son secrétaire particulier, se dirigea
vers l'estrade recouverte d'un baldaquin couleur pourpre,
gravit deux marches et prit place dans le fauteuil pontifical.
   Un bref instant, son œil se posa sur les tapisseries qui
ornaient les murs, se déplaça vers l'autel, la cheminée, le
sublime décor de marbre en trompe-l'œil et se dit que, tout
compte fait, il n'était pas mécontent du travail accompli,
même s'il restait encore beaucoup à faire. Voilà six ans qu'il
avait succédé à Jean XXII sur le trône de Pierre. Et, en un
temps si bref, il avait fait bâtir cet auguste palais qui abritait
désormais le Saint-Siège en Avignon. Certes, flanqué de ses
tours et cerné de remparts, l'édifice faisait plutôt penser
à une forteresse. Mais en ces temps tumultueux où l'Église
ne cessait d'être l'objet de la convoitise des princes et
des monarques, après le chaos romain qui, trente-cinq ans

plus tôt avait contraint la papauté à la fuite, il était devenu indispensable d'héberger le chef du monde chrétien dans un lieu qui présentât un peu plus de sécurité que l'ancien palais épiscopal et bien plus que sur les bords du Tibre.

Incroyable bouleversement que ce départ forcé d'Italie. Humiliant aussi. Mais la guerre acharnée que s'étaient livrée les Orsini et les Colonna, les pressions que ces familles exerçaient sur l'élection pontificale avaient rendu la présence de l'Église à Rome intenable. Le comble ne fut-il pas atteint lorsque ce mécréant d'Étienne Colonna eut l'insolence de s'emparer du convoi du pape qui transportait l'argent destiné à l'achat de biens fonciers dans les marais Pontins ? Pire encore, un autre membre de cette famille n'avait-il pas commis l'injure suprême en giflant Boniface VIII après avoir fait irruption dans sa résidence d'Agnani ? Pris en étau entre les guelfes, hostiles à la suprématie papale, et les gibelins, farouches partisans du pape, il était devenu urgent pour le vicaire du Christ de recouvrer ne fût-ce qu'une parcelle de son indépendance. Une parcelle, car même ici, on n'était pas à l'abri des tyrannies monarchiques. Combien de temps encore le Saint-Siège demeurerait-il loin de ses racines, loin de la ville aux sept collines où reposaient les cendres de Pierre et de Paul ? Combien de temps se prolongerait cet exil forcé qualifié par cet écrivain perfide, Dante Alighieri, de « captivité de Babylone », ou de « rendez-vous des démons » ? Il ne se passait pas un jour sans que Benoît XII fût tenté de regagner Rome, mais la voix de la sagesse lui soufflait que, tant que l'ordre civil ne serait pas restauré, rentrer en Italie serait mettre en grave danger le gouvernement de l'Église.

Il défroissa les plis de sa robe blanche de cistercien – tenue qu'il persistait à revêtir de préférence aux habituels vêtements pontificaux – et fit signe à son secrétaire d'avancer.

– Alors, monseigneur, quelle raison réclamait que je vous reçoive sans délai ? Je présume qu'il doit s'agir de quelque chose de particulièrement grave.

Le cardinal de Fontenay vint se placer au pied de l'estrade. Petit de taille, il semblait littéralement écrasé tant par la silhouette du pape – qui pourtant n'était pas si grand –, que par le prestige qui émanait du lieu.

Il répondit avec déférence :

– Vous en jugerez par vous-même, Votre Sainteté.

Il prit une courte inspiration.

– Afin que mon exposé soit clair, je vais être forcé de remonter quelque peu dans le passé.

– Faites donc.

– Je vous remercie. Tout a commencé après la mort de l'un de vos prédécesseurs, le Saint-Père Benoît XI...

– Nicolas Boccasini ? Oui. Un règne plutôt bref, si ma mémoire est bonne.

– À peine quelques mois.

– Poursuivez, je vous prie.

– Après sa mort, le Sacré Collège se retrouva à Pérouse pour lui donner un successeur. Au terme de onze longs mois de débats, en raison de divisions aussi complexes qu'innombrables, aucun cardinal n'obtint la majorité requise des deux tiers des suffrages. Finalement, les électeurs se retrouvèrent d'accord pour élire l'archevêque de Bordeaux, Mgr Bertrand de Got. Avisé de son élection (nous étions le 19 juin 1305) Clément V – c'est le nom qu'il avait choisi – se mit aussitôt en route avec l'intention de se faire couronner en terre d'Empire, à Vienne, pour ensuite gagner l'Italie.

– Il n'arriva jamais à destination.

– C'est exact. Vous savez les motifs aussi bien que moi. Intervention de Philippe le Bel. Pressions de toutes sortes. Exigences du roi pour que des solutions favorables soient données aux problèmes qui l'avaient opposé au Saint-Siège. Menaces de rétorsions s'il n'obtenait pas satisfaction. Bref. Désireux de gagner du temps, le Saint-Père décida de ne pas poursuivre son voyage jusqu'en Italie. Informé de la situation qui régnait dans les États de l'Église et des désordres qu'y suscitait la noblesse, il décida de rester dans le Midi et s'établit ici, en Avignon. Nous étions en 1309. Le roi de Naples et de Sicile, comte de Provence, était alors propriétaire de la cité. Aux yeux du pontife ce ne devait être qu'une résidence provisoire, d'autant que de nombreux services de la Curie demeuraient toujours à Rome, très précisément dans l'enceinte du palais du Latran.

Le secrétaire marqua une pause pour faire remarquer :

– J'attire l'attention de Votre Sainteté sur ce dernier détail. Car il aura son importance dans ce qui va suivre.

Il reprit :

– Clément V décéda en avril 1314. Il faudra deux ans pour lui trouver un successeur. Ce n'est qu'en août 1316 qu'une majorité parvint à se dégager en faveur d'un autre Français, le cardinal Jacques Duèse. En réalité, à la différence de son prédécesseur, il ne fut pas choisi en raison de ses qualités, mais de son grand âge. Un âge qui donnait aux divers partis l'espoir d'un pontificat court, mais assez long néanmoins pour avoir le temps de négocier à l'avance l'élection suivante. Mais l'homme propose et Dieu...

Un haussement d'épaules souligna cette dernière phrase tandis qu'il enchaînait :

– Le règne de Jean XXII, c'est le nom qu'il adopta, fut l'un des plus longs de l'histoire du pontificat. Dix-huit ans. Depuis l'époque de Clément V, et bien que la décision de conserver le Saint-Siège en ce lieu ne fût officiellement adoptée que par Votre Sainteté, aucun des vicaires du Christ ne tenta un retour vers Rome. Durant tout ce temps, les services de la Curie – qui n'avaient toujours pas quitté l'Italie – s'étaient vus isolés du Saint-Siège. Nous avons récupéré certaines lettres qui sont en lieu sûr, ici, dans le Revestiaire. Toutefois, la grande majorité des documents est toujours au Latran.

Benoît XII réprima un bâillement. Bientôt cinq ans que Bertrand de Fontenay était son secrétaire particulier. C'était indiscutablement un homme de qualité et un grand érudit, mais il était affublé d'un défaut majeur : la manie du détail.

Le pape leva la main comme pour arrêter les informations qui allaient suivre.

– Je suppose, monseigneur, que ce n'est pas pour me donner un cours d'histoire pontificale que vous avez souhaité avec tant d'empressement cette entrevue ?

Les joues du secrétaire s'empourprèrent. Il se hâta de protester :

– Non. Non. J'en arrive à l'essentiel.

53

Son expression se fit plus grave pour annoncer :
– Un vol a été commis.
Benoît XII fronça les sourcils.
– Un vol ? Où cela ?
– Dans les archives abandonnées dans les sous-sols du palais du Latran. J'ai été prévenu par le père Campana. Un pli reçu hier, en fin d'après-midi.
– L'objet du délit ?
Bertrand de Fontenay mit quelques secondes avant d'annoncer :
– Le dossier *Presbyteri Joannis*. Quelqu'un l'a dérobé.
Le pape rejeta vivement la tête en arrière.
– Vous voulez dire *l'ensemble* du dossier ?
– Il semble que oui, Votre Sainteté.
– C'est insensé ! Comment pareille chose a-t-elle pu arriver ? Que je sache, les documents confidentiels sont tenus dans un lieu secret. Et on ne pénètre pas dans le Latran comme dans un moulin !
Le cardinal adopta un air affligé.
– Votre Sainteté, voilà bien longtemps que l'ordre et la logique sont absents de Rome et que le palais et la basilique sont devenus le symbole de nos vicissitudes. Entre qui veut. Pille qui le souhaite. La *scala santa* ramenée du palais de Ponce Pilate et que Notre Sauveur a gravie le jour de sa Passion n'a cessé d'être souillée par les iconoclastes.
– L'acte a donc été commis par quelqu'un de l'extérieur.
C'était une interrogation plus qu'une affirmation.
– Rien n'est moins sûr, rectifia Fontenay. D'après la lettre du père Campana, le jour même du vol, un prêtre franciscain a disparu et l'on ne l'a plus jamais revu. Il s'agit

d'un dénommé Giuseppe Carducci. Il travaillait aux archives. Tout porte à croire qu'il est le coupable.

Le pape se releva d'un bond et se mit à arpenter la salle à grands pas.

– C'est terrifiant ! Terrifiant ! Vous imaginez les conséquences ?

Il s'arrêta net.

– Quelque chose m'échappe néanmoins. Si quelqu'un a jugé utile de dérober ces documents, c'est donc qu'il était au courant de leur contenu ? Or, hormis moi-même, mes prédécesseurs et quelques très rares initiés dont vous faites partie, personne ne pouvait savoir la teneur du dossier.

Il fouetta l'air d'un geste furieux.

– Tout cela remonte à Innocent IV. Je n'ai jamais compris pour quelle raison, ayant découvert ce qu'il a découvert, mon prédécesseur jugea utile de conserver le rapport des missionnaires ! Ce fut une décision aussi inepte que dangereuse ! Il eût fallu détruire ces informations. Les jeter au feu ! Rien ! Il ne fallait rien garder !

Le cardinal approuva silencieusement, même si au fond de lui il considérait qu'Innocent IV avait quelques circonstances atténuantes à son crédit. À l'époque en question, c'était en 1245, il était aux prises avec l'empereur Frédéric II de Hohenstaufen, et avait été contraint de se réfugier à Lyon. L'affaire *Joannis* ne devait certainement pas faire partie de ses priorités. Mais c'était une autre histoire.

Le pape regagna l'estrade et se laissa tomber dans le siège.

– Écrivez immédiatement au père Campana. Il est impératif de retrouver le voleur et de récupérer les documents. Impératif ! Vous m'entendez !

— Bien sûr, Votre Sainteté. Ce sera fait. Mais...

— Quoi donc ?

— Je ne voudrais pas faire preuve de pessimisme, mais retrouver un homme en fuite à travers l'Italie — si tant est qu'il s'y trouve encore à l'heure où nous parlons — me paraît une tâche extrêmement hasardeuse, pour ne pas dire impossible.

Benoît XII leva les bras au ciel.

— Avons-nous le choix ?

Le pape congédia son secrétaire de la main.

— Allez ! Faites le nécessaire. Et surtout n'oubliez pas de prier ! Priez le Seigneur ! Car je n'ose imaginer ce qui se passerait si cette affaire était divulguée.

Alors que le cardinal se dirigeait prestement vers la sortie, le Saint-Père l'interpella :

— Une dernière question !

— Oui, Votre Sainteté ?

— À part vous et moi, qui d'autre est au courant de ce vol ?

Monseigneur de Fontenay secoua la tête.

— Personne, Votre Sainteté.

Il se trompait. À l'instant même où il prononçait cette affirmation, dans la vaste salle à manger accolée à celle du Parement, une silhouette engoncée dans une cotte brune, le crâne recouvert d'un capuchon, la taille enserrée par une ceinture de corde, s'écartait du battant contre lequel elle n'avait cessé de se tenir durant toute la conversation. L'homme pivota sur ses talons et s'éclipsa à grandes enjambées. Il avait le visage en feu.

La Reine crucifiée

Montemor, Portugal, 23 novembre.

La cloche de l'angélus cessa de tinter. Le silence enveloppa le crépuscule.

Masqué derrière un pilier, dom Pedro scruta une dernière fois l'entrée du cloître de Saint-Vincent avant de laisser tomber d'une voix sourde :

– Elle ne viendra pas.

– Tant mieux, répliqua Massala. Votre idée était absurde ! Réfléchissez donc ! Vous auriez voulu que je remette à doña Inès un pli signé de votre main et ce, au vu et au su de votre épouse et devant les autres dames d'honneur. Folie !

– Faux ! Ce n'est pas ce que j'avais envisagé, et tu le sais bien. Tous les jours, ces dames accompagnent Constanza, tous les jours, juste avant l'angélus du soir. Elles se promènent ici, sous les arcades, avant d'entrer en prière. Je serais resté en retrait et tu aurais profité d'un moment où Inès aurait été seule pour l'aborder.

– Et si sa maîtresse était venue à l'interroger sur le contenu du message, qu'aurait-elle répondu ? Si elle avait exigé de lire votre mot ? Je veux bien que votre sort vous importe peu, mais songez donc à doña Inès !

Il secoua la tête fermement.

– Vous me faites peur. Le lit de votre épouse est encore chaud et déjà votre cœur et votre corps s'égarent vers une autre.

Dom Pedro poussa un cri de dépit.

– Tu ne saisis donc pas ? *Je sais que c'est elle.* Dès que je l'ai aperçue dans la cathédrale, j'ai compris que c'était elle.

– Folie ! répéta Massala. Vous m'avez avoué ne rien savoir de cette jeune femme ! Son cœur est peut-être déjà pris. Même son nom vous est inconnu.

– Détrompe-toi. Entre-temps j'ai pris soin de me renseigner. Je sais beaucoup de choses.

Le Berbère le considéra, abasourdi.

– Oui, confirma Pedro, j'ai interrogé l'une des dames d'honneur, ainsi que le grand majordome.

– Allah pardonne votre légèreté ! À l'heure qu'il est, soyez certain que votre épouse a été mise au courant de votre démarche.

– Quelle importance ?

Massala se prit le visage entre les mains.

– J'avais bien raison lorsque je vous disais que vous n'êtes qu'un enfant, et que, comme tous les enfants, en vous, tout est extrême.

Indifférent à l'émoi qu'il soulevait, dom Pedro poursuivit :

– Elle n'a point d'époux.

– Mais encore ?

– Elle est la fille de don Fernández de Castro. Un valeureux capitaine qui a mérité le surnom de « Celui de la Guerre ». C'est un descendant du roi Sanche IV de Castille. Il appartient à l'une des plus anciennes familles de la péninsule, rattachée au même tronc que don Diègue.

– Don Diègue ? Le père du Cid ?

– Parfaitement.

Le Cid... Rodrigo Díaz de Bivar. *El sidi.* Le seigneur. Personnage mythique s'il en était. Tous les chantres de l'Espagne chrétienne avaient fait de lui un héros, alors qu'il avait pillé des églises, brûlé des monastères, et massacré autant de chrétiens que de Maures. Les ancêtres de Massala l'avaient combattu. Et nombre d'entre eux avaient péri sous son épée.

– Tout cela est fort plaisant, maugréa Massala, mais ne change rien au péril qui vous guette. Comprenez qu'il ne s'agit pas uniquement d'une tromperie, mais d'une atteinte à l'honneur de la Castille. Abandonnez ! Chassez cette personne de vos pensées.

Une expression grave anima les traits du prince.

– Rien ne t'a donc frappé dans ce que je viens de te révéler ?

– Si. Votre vertige.

– N'ai-je pas expliqué que le père d'Inès est un descendant du roi Sanche de Castille ?

– Est-ce si important ?

– Réfléchis. Ma mère, la reine Béatrice, n'est-elle pas la fille du roi Sanche ?

– Et... ?

Dom Pedro se récria :

– Le sang ! Doña Inès et moi sommes liés par le sang ! Massala haussa les épaules.

– Alors ?

– Serais-tu aveugle et sourd ? N'est-ce pas là un signe ?

– Bien sûr. Le signe de votre égarement !

Le prince rejeta la critique d'un geste agacé.

59

– De plus, poursuivit Massala, vous oubliez qu'elle est dame d'honneur. Elle le voudrait, que sa fonction lui interdirait toute trahison. Vous perdez votre temps.

Tout à ses pensées, Pedro se remit à avancer le long de la galerie d'ogives.

– Je ne comprends pas ce qui a pu se passer. Pourquoi ne sont-elles pas venues ? Doña Constanza est la piété faite femme. Jamais elle ne manque l'opportunité de se recueillir.

Il se retourna vivement vers son esclave.

– Te l'ai-je dit ? Elle se signe après l'amour.

– J'en connais qui se signent avant de tuer. Je préfère la piété de votre épouse.

Le prince marmonna quelque chose et repartit droit devant lui. Les deux hommes arrivèrent devant le portail de l'église, un portail en bois sombre poli par le temps. Détail curieux, sur la droite de ce portail, une fenêtre se détachait, dont le cadre de bois était sculpté d'algues, de coraux, de coquillages, mais aussi de cordages et de chaînes soutenues par un marin.

– Que vient faire cet ouvrage dans un lieu de prières ? s'étonna Massala.

– Quelle question ! Ne sommes-nous pas un peuple de navigateurs ? Nos bateaux s'aventurent là où personne n'ose se risquer, aux limites de la *terra incognita*. Tous les jours nos portulans s'enrichissent de nouveaux indices. Des portulans comparés à quoi la célèbre carte maritime pisane fait figure de pâle esquisse. Ne doit-on pas à mon grand-père, le roi Denis, de posséder une formidable flotte ? Cette fenêtre est un hommage rendu à la gloire de nos pilotes.

Un sourire moqueur apparut sur le visage de l'esclave.

– Votre fierté dût-elle en souffrir, je me permets de vous signaler que la flotte conçue par votre grand-père ne le fut qu'en recourant aux compétences des marins génois. D'autre part, nous, les Arabes, avons navigué bien plus loin et depuis plus longtemps que vos marins ou ceux de la péninsule par voie de terre ou de mer. Il y a au moins deux cents ans qu'un explorateur du nom d'al-Kuswani a dépassé le sud de la troisième cataracte du Nil et a pénétré dans la Nubie chrétienne. L'un de mes coreligionnaires, Ibn Battuta, personnage que j'ai eu l'honneur de croiser à Tanger, a parcouru toute la mer Intérieure, le khanat de la Horde d'Or, la Transoxiane, le Khorassan, les Indes, les îles Maldives, Ceylan, Sumatra, la Chine, l'Afrique orientale côtière ! Alors... vos navigateurs...

Dom Pedro fit observer avec ironie :

– C'est curieux.

– Quoi donc ?

– Te voilà bien arabe tout à coup. Et moi qui te croyais berbère !

Changeant brusquement de ton, il lança :

– Nous devons trouver un moyen. Il faut que je lui fasse parvenir ma lettre à tout prix.

– Décidément, rien ne pourra vous faire entendre raison.

Le prince s'arrêta net.

– Il me vient une idée !

Il retira un pli cacheté de l'amigaut de son pourpoint et le tendit à Massala.

– Prends !

61

Le Berbère eut un mouvement de recul, aussi effrayé que si on lui tendait un charbon ardent.

– Prends, insista Pedro. Tu vas le lui remettre sur-le-champ.

– Sur-le-champ ? Où ? Comment ?

– De la manière la plus simple qui soit. Il te suffira de glisser la lettre sous sa porte. Je sais où se trouve sa chambre.

L'esclave déclama à voix basse :

– « *Tu aimes une femme, elle est le paradis. Mais seul le paradis pourra te la donner.* »

– Que baragouines-tu ?

– Rien. Juste quelques vers d'un poème qui n'a pas d'âge. Il parle de l'amour insensé d'un jeune homme, Qays, pour une jeune fille, Leila.

Pedro brandit à nouveau le pli.

– Alors ?

Devant l'absence de réaction, le ton de la voix se durcit.

– Je t'aime comme on aime un père, Massala. Mais n'oublie pas : tu me dois aussi obéissance.

L'autre se voûta.

– Très bien. Il sera fait selon votre désir. Néanmoins, souvenez-vous : « *Tout malheur qui vous atteint est dû à ce que vos mains ont acquis.* » C'est dans le Livre...

5

Noble dame, indulgence, indulgence pour mon cœur et mon âme. Voilà des jours que les deux ne m'appartiennent plus, ils sont partis vers vous et vous gouvernez désormais leur destin.

L'ai-je voulu ? Si vouloir, c'est aspirer à rendre concevable l'impossible, alors sans doute l'ai-je voulu. Si vouloir, c'est rêver d'effleurer la beauté et gravir les marches qui mènent au paradis, oui, je l'ai voulu.

Connaissez-vous le désert, doña Inès ? Cette infinitude où rien ne se passe, si ce n'est de temps à autre le vent qui vient rider le front des dunes. Telle est ma vie, telle fut ma vie avant que mon regard ne croise le vôtre, ce matin béni dans la cathédrale. Il ne tient qu'à vous que le désert verdoie et que des sables arides monte la floraison la plus riche, la plus noble qui soit. Je vous aime, doña Inès.

Je vous ai aimée avant même de savoir que vous existiez. Je vous aime comme on aime le bonheur et l'espérance et le jour qui se lève et l'impatience qui envahit celui qui guette à l'horizon le retour de l'être aimé. Je vous aime comme le peuple aime le roi, comme le fracas des armes aime la paix. *Vous pouvez considérer mon élan comme méprisable, condamner le pas qui m'entraîne vers vous, honnir l'attitude d'un homme que le sacrement du mariage vient de lier à un autre destin et dont l'esprit s'enflamme déjà pour une vision à peine entrevue. Soit. Condamnez-moi, honnissez-moi, méprisez-moi, mais de grâce, épargnez-moi l'indifférence. Votre ressentiment même me sera une consolation, car je me dirai : « Elle pense à moi. »*

Vous l'ignorez sans doute, mais nous sommes déjà liés par les liens du sang. Votre père est dans la lignée du roi Sanche ; ma mère, la reine, est la fille de ce roi. Quelle que soit l'attitude de votre cœur à la lecture de ces mots, ces liens perdureront à jamais. Et de cela aussi, je me contenterai. Je vous attendrai demain, dès l'aube, à cinq lieues d'ici, au pied de la statue dédiée à Diane, dans les vestiges du temple romain d'Évora. Mon serviteur, Massala, se tiendra à vos ordres pour vous y conduire à bord d'un équipage. Vous viendrez lorsqu'il vous siéra. Moi j'y serai aux premières lueurs. J'attendrai jusqu'au soleil couchant. Et je reviendrai tous les jours, tant que Dieu m'accordera la force.

Dom Pedro.

Assise près de l'âtre, Inès relut la lettre, une deuxième fois, puis une troisième, et l'appuya contre sa joue. Ainsi, il avait rendu possible l'inconcevable. Ce qu'elle avait ressenti le jour du mariage, il l'avait aussi ressenti. Cette émotion si forte qu'elle en devenait douloureuse, il l'avait partagée. Chose étrange, au lieu de l'apaiser, savoir que le partage existait rendait le sentiment plus violent encore, plus inquiétant. Soudain, elle eut l'impression que sa chambre était devenue un abîme et qu'elle se tenait tout au bord. Allait-elle basculer ? Était-ce le prix à payer pour vivre ce qu'aucune femme honorable ne devrait s'autoriser à vivre ?

Des larmes avaient jailli à son insu et coulaient sur les mots. Pleurait-elle de bonheur ou d'effroi ? Lorsqu'elle se rendit compte que l'encre en minces rigoles diluait les phrases chéries, elle écarta vivement la lettre et la rangea sur une petite table, proche de la cheminée.

Et maintenant ? Maintenant qu'elle savait. Que faire ?

Constanza. Constanza. Jamais ce nom n'avait tant pris de place dans son esprit. Presque aussitôt s'y accola le mot « trahison », et un autre mot plus terrible encore : « péché ». Lequel des deux serait le plus lourd à porter si demain elle venait à faillir ? Le visage de son père se juxtaposa aux flammes de la cheminée et elle se sentit frémir. Qu'aurait pensé l'illustre Fernández de Castro, s'il avait su sa fille prise du désir d'enfreindre le plus élémentaire des préceptes qu'il avait passé sa vie à lui enseigner : le sens de l'honneur ?

Que faire ? Mon Dieu, que faire ? Elle ne savait rien de dom Pedro, ou seulement le peu que sa maîtresse avait eu l'heur de lui confier. En revanche, elle avait souvent entendu parler de ces hommes qui jettent leur dévolu sur une femme comme des chasseurs sur une proie, pour le seul plaisir de la capture. Ah ! Si seulement sa mère était là, Inès aurait peut-être eu le courage de lui confier l'inavouable. Doña Catarina n'avait-elle pas toujours su trouver les bonnes réponses aux interrogations les plus torturées ? Inès aurait pu se blottir contre elle et vider son cœur. Malheureusement, sa mère s'en était allée dix ans plus tôt, emportée par une affection aussi soudaine qu'impitoyable. Inès avait grandi dans un univers d'hommes, composé de son père et de ses deux frères aînés.

Elle récupéra la lettre.

Condamnez-moi, honnissez-moi, méprisez-moi, mais de grâce, épargnez-moi l'indifférence.

Était-ce là le langage d'un chasseur ? Comment savoir ? Elle n'avait aucune expérience en ce domaine. Dénouer le vrai du faux lui était impossible. Une chose était sûre : ce n'était pas le ton d'un jeune homme de vingt ans. Il y avait bien trop de maturité dans les expressions, trop de profondeur. Pedro était-il une vieille âme ?

Trahison, trahison...

À nouveau ce mot qui frappait à la porte. Elle était folle. Non ! Une Castro ne pouvait s'abandonner à des amours coupables.

Elle reposa la lettre sur la table. Elle ne se rendrait pas à Évora.

À peine sa décision prise, une douleur inexprimable lui transperça le ventre et la força à se recroqueviller.

Palais de Montemor, salle des Portulans, ce même jour.

La salle dite des Portulans était sans doute le lieu le plus secret du royaume. Ce n'était pas tant la masse d'ouvrages qu'elle contenait qui la rendaient si précieuse que la centaine de portulans et de cartes géographiques soigneusement rangés dans des casiers en bois d'olivier, gardés jour et nuit par deux hommes en armes. Certaines de ces cartes avaient été dressées il y avait près de deux mille ans, et on trouvait également celle attribuée à un mathématicien de l'école grecque d'Alexandrie, du nom de Ptolémée. Elle représentait la géographie des mers, principalement la Méditerranée, et faisait partie d'un recueil, l'*Almageste*, qui proposait un traité complet de trigonométrie plane et sphérique, la description des instruments nécessaires à un grand observatoire, une étude des étoiles ainsi qu'une définition du mouvement des astres.

Une autre carte, vieille de plus de mille ans, était l'œuvre d'un grand voyageur et géographe arabe du nom d'Edrisi. Elle s'étendait de l'Europe occidentale à l'Inde et à la Chine, et de la Scandinavie au Sahara.

D'autres cartes étaient le fruit du labeur de plusieurs dynasties de cartographes, originaires de Gênes, de Venise, de Florence, de Sicile, ou encore de Majorque et de Barcelone. Quant aux innombrables portulans, bien que limités à la description des côtes, ils étaient tout aussi indispensables à la navigation. On y trouvait des informations sur l'emplacement des amers, les bancs de sable, les ports et les passages périlleux que pouvait croiser un marin à l'approche des rivages.

Le roi Afonso s'installa à la table en bois de chêne massif qui occupait le centre de la pièce et invita ses hôtes à en faire autant.

Ils étaient cinq : Alvares Pereira, prêtre dominicain. Pêro Coelho, qui occupait la haute fonction d'*escrivão da puri-*

dade, ou secrétaire particulier, qui avait pour mission d'assister le souverain dans les affaires secrètes. À sa droite, se trouvait Diogo Lopes Pacheco, contrôleur des Finances. À sa gauche, Alvaro Gonçalves, le *meirinho-mor*, chargé d'administrer et de rendre la justice sur tout le territoire. Enfin, présent aussi, le plus âgé d'entre tous, Balthasar de Montalto, visage marqué, encadré d'une longue chevelure blanche qui lui conférait un air d'Enchanteur ; c'est d'ailleurs ainsi qu'on l'avait surnommé : « l'Enchanteur ». Il avait la réputation d'être le personnage le plus érudit de tout le Portugal et peut-être même de la péninsule. Astronome, cartographe, mathématicien, médecin à ses heures, ni le latin, ni le grec, ni le copte, ni l'hébreu, ni l'arabe n'avaient de secret pour lui. Certains assuraient qu'il était originaire de Porto, d'autres de Tolède. On le soupçonnait d'être un marrane, un de ces Juifs contraints par l'Inquisition de se convertir au christianisme, et que son vrai nom était Elia Ben Yosef. D'autres pensaient au contraire qu'il était issu d'une famille musulmane, les Ibn Youssouf. Où était la vérité ? Avec son teint très mat, ses yeux noir de jais, il aurait pu tout aussi bien appartenir à l'une comme à l'autre des communautés, de même qu'il aurait pu tout simplement être enfant chrétien du Portugal.

À peine eurent-ils gagné leurs places respectives que le souverain interpella Alvaro Gonçalves.

– Alors ! Parlez-moi donc de cette mystérieuse affaire *Presbyteri Joannis*. Si j'ai bien compris, voilà bien longtemps que vous enquêtez sur le sujet, sans avoir jugé utile de m'en informer. Je vous écoute.

Gonçalves dénoua le ruban qui entourait plusieurs parchemins et prit le temps d'aligner ceux-ci soigneusement devant lui. Ensuite, avec le même soin, il disposa l'encrier sur sa gauche et le calame à sa droite. Ses gestes étaient ceux d'un homme guidé par l'obsession de l'ordre et de la rectitude ; un homme qui n'entend accorder aucune place à l'improvisation. Sa tête d'aigle, son nez busqué, ses yeux d'un bleu glacial traduisaient bien ce trait de caractère : on eût dit un visage taillé dans la pierre, d'une seule pièce. Il parcourut la salle du regard pour s'assurer que les gardes ne pouvaient l'entendre et commença :

– Ainsi que je l'ai expliqué à Votre Majesté, l'affaire remonte à un peu moins de deux siècles. En 1145 très précisément. À cette époque, un certain Hugues, évêque de Gabula, près d'Antioche, débarque à Rome. Il entre en rapport avec un autre prélat du nom d'Otto von Freisingen. L'évêque informe Freisingen de l'existence d'un roi chrétien qui se fait appeler *Presbyteri Joannis* ou « prêtre Jean ». Ce roi serait à la tête d'un immense royaume qui se trouverait en Asie, doté de richesses qui dépassent l'entendement. De surcroît, précise l'évêque, ce prêtre Jean ne serait autre qu'un descendant de l'un des Rois mages. Freisingen se rend chez le pape – en l'occurrence Lucius II –, et l'informe de l'affaire. Que s'est-il passé par la suite ? Nous l'ignorons. Le pape a-t-il cherché à entrer en contact avec ce « prêtre Jean » ? N'a-t-il pas accordé crédit à l'histoire ? Mystère. Il n'en demeure pas moins que, trente-deux ans plus tard, le 23 juillet 1177, l'affaire ressurgit sous la forme d'un courrier rédigé à l'intention du pape Alexandre III. Son signataire n'est autre que le fameux prêtre Jean. Au fil de la lettre, il mentionne clairement le nom du pays qu'il gouverne : la Tartarie.

– Trente-deux ans plus tard ? s'étonna Afonso. Ce prêtre Jean ne devait plus être de première jeunesse.

– Probablement, Votre Majesté. Un détail toutefois est à prendre en considération. Alexandre III ne fut pas le seul destinataire de cette missive. Celle-ci avait été adressée simultanément au roi de France, Louis VII, et à Manuel de Comnène, empereur sur le trône de Byzance. Dans les jours qui suivirent, Sa Sainteté décida d'envoyer son médecin personnel, un certain Maître Philippe, en Tartarie, nanti d'une escorte et d'un pli à remettre au prêtre Jean. Hélas, jamais on ne sut ce qu'il advint de lui. Quarante-quatre ans s'écoulent. En 1221, voilà que le pape Honorius III, le duc Léopold d'Autriche, le roi d'Angleterre et l'Université de Paris accusent réception d'une missive signée par l'évêque de Saint-Jean-d'Acre, Jacques de Vitry. De Vitry y indique qu'un descendant du prêtre Jean, son petit-fils David, serait disposé à se ranger du côté des croisés afin de libérer la Terre sainte des Sarrasins et reconquérir le Saint-Sépulcre.

Le *meirinho-mor* marqua une pause pour désigner les parchemins disposés devant lui.

– Nous n'avons pas retrouvé la lettre de l'évêque de Vitry, mais en revanche, nous sommes parvenus à mettre la main sur celle rédigée par le prêtre Jean en 1177. Du moins une copie. Avec votre autorisation, je vais vous en lire quelques extraits. Voici ce que l'auteur écrit dans le premier feuillet :

« *Nous, Jean, prêtre par la grâce de Dieu, roi toutpuissant sur tous les rois chrétiens, mandons salut à*

Manuel, empereur de Byzance, et au roi de France nos amis. Nous souhaitons vous entretenir ici de notre État et de notre gouvernement. Sachez que nous croyons et adorons le Père, le Fils et le Saint-Esprit, qui sont trois personnes en une déité et un vrai Dieu. Nous vous proposons notre soutien, et s'il est quoi que ce soit que nous puissions accomplir pour vous venir en aide, mandez-le-nous, car nous le ferons de très bon cœur. De même, si vous souhaitez venir jusqu'à notre terre, nous vous donnerons seigneurie et habitation. Sachez aussi que nous avons promis et juré en notre bonne foi de reconquérir le Saint-Sépulcre de Notre Seigneur et toute la Terre sainte en ces jours occupée par les Sarrasins.

Nous avons la plus haute couronne qui soit en tout le monde, et possédons à profusion or, argent et pierres précieuses. En notre pays, quarante-deux rois nous rendent hommage. Et nous faisons l'aumône à tous les pauvres qui vivent sur nos terres, et même aux étrangers pour l'amour et l'honneur de Jésus-Christ Notre Seigneur. »

Il précise plus avant :

« Notre terre est divisée en quatre Indes et se prolonge au-delà. En l'Inde majeure repose la dépouille de l'apôtre Thomas pour lequel Notre Seigneur Jésus-Christ a accompli plus de miracles que pour aucun autre saint qui soit en Paradis. L'Inde orientale est près de Babylone-la-Déserte, et non loin d'une tour qu'on appelle Babel. En cette région se trouve grande abondance de pain, de vin, de toutes choses qui sont bonnes à soutenir le corps humain. En notre terre... »

– Un instant, coupa le souverain.

Il interpella le prêtre dominicain.

– Que pensez-vous de ce passage qui parle de l'apôtre Thomas ?

Le père Alvares joignit les mains pour répondre :

– Ce disciple est surtout connu pour l'incrédulité dont il fit preuve lorsque le Christ ressuscité apparut aux apôtres. Étonné d'un tel prodige, il prononça cette phrase qui est restée gravée dans nos mémoires : « Je ne le croirai qu'après avoir mis mes doigts dans ses plaies. » Il était surnommé Didyme, qui signifie jumeau ou double, en grec. De même, toujours en grec, son nom, Thomas ou *Thomi*, veut dire « séparation » ou « division ».

– Pourquoi ces surnoms ?

– *Thomi*, parce qu'il se sépara des autres dans la croyance à la résurrection. Didyme, parce qu'il aurait été le jumeau de Notre Seigneur, ou – ce qui est bien plus plausible – parce qu'il aurait vécu de deux manières cette résurrection. Il a suffi aux apôtres de voir le Christ. Thomas, lui, l'a vu *et* l'a touché.

– Mais est-il possible que Thomas fût mort aux Indes ?

– Absolument. Votre Majesté n'est pas sans savoir qu'après la Pentecôte le don des langues fut accordé aux disciples. Dès lors, ils se sont partagé la terre afin de transmettre l'enseignement du Christ aux peuples les plus divers. Les Indes furent attribuées à Thomas par Notre Seigneur lui-même, qui lui apparut alors que l'apôtre se trouvait à Césarée. Pourvu de talents de bâtisseur, il s'embarqua et séjourna quelque temps chez un marchand juif du nom de

72

Haban qui résidait sur la côte de Malabar. Une fois sur place, il consacra son temps à la prédication, fit ériger sept églises et entra au service du roi des Indes pour lequel il construisit un magnifique palais. En signe de gratitude, le souverain le couvrit de richesses ; des richesses que Thomas s'empressa de distribuer aux innombrables pauvres qui vivaient dans la région. Après plus de vingt ans de mission, il mourut martyr, transpercé par la lance d'un prince jaloux.

– Par conséquent, la lettre dit vrai. Cependant, il y a tout de même quelque chose de curieux. S'il me souvient bien, au tout début de cette histoire, il est fait mention de la Tartarie. Et dans cette lettre, on nous parle des Indes. Alors qu'en est-il ? Indes ou Tartarie ?

C'est l'Enchanteur, Balthasar de Montalto qui répondit :

– Sire, ces régions ont un point commun : toutes deux se trouvent en Asie. À mon avis, l'évêque de Syrie s'est mépris. C'est bien des Indes qu'il s'agit. La lettre ne laisse planer aucun doute à ce sujet.

– Ami (Balthasar était le seul d'entre toutes les personnes présentes envers qui le roi utilisait ce terme familier), vous m'expliquerez tout à l'heure ce qui vous rend si sûr de cela. En attendant, poursuivons.

« *Soixante-douze régions nous servent*, reprit Gonçal-ves, *dont seulement quelques-unes sont chrétiennes. Chacune a son propre roi, mais elles sont toutes tribu-taires de nous. Notre terre est la maison des éléphants, des lions, des ânes blancs et rouges sauvages, des tigres, des bœufs, des griffons, des oiseaux aux couleurs de feu et aux ailes tranchantes appelés Yllverlons. Existent aussi d'autres sortes d'oiseaux appelés tigres et qui sont de force si grande qu'ils sont capables d'emporter un homme tout armé et de le tuer. Certains de nos sujets se nourrissent de la chair des hommes. Eux-mêmes ne craignent pas la mort. Ils considèrent comme un devoir principal de mâcher la chair humaine. Leurs noms sont Gog, Magog, Anie, Agit, Azenach, Fommeperi, Befari, Conei-Samante, Agrimandri, Vintefolei, Casbei, et Alanei. Nous les menons à notre plaisir contre nos ennemis, et ni l'homme ni la bête ne trouvent grâce à leurs yeux. Parmi les écoulements païens, il y a le fleuve Indus. Il répand ses bras dans des enroulements divers par la province entière. Ici sont trouvés des émeraudes, des saphirs, des topazes, des chrysolithes, des onyx, des béryls et d'autres pierres coûteuses.*

En mon royaume serpentent aussi quatre fleuves qui viennent du paradis terrestre. L'un d'entre eux s'appelle le Pischon. Il est si petit qu'il fait dix jours de long et sept de large. L'autre a pour nom le Guihon. Il est si grand qu'on ne peut le traverser, sinon en grandes barques. Un troisième fleuve, nommé Hiddékel, coule entre nous et les Sarrasins. Il est rempli de pierres précieuses : émeraudes, saphirs, jaspes, escarboucles et d'autres que je ne nommerai pas mais dont nous savons le nom et la vertu. »

Gonçalves arrêta sa lecture et repoussa le parchemin devant lui.

– Voilà, Majesté. La lettre est beaucoup plus longue. Je ne vous en ai livré que les passages les plus troublants.

– Cette lettre est bien une copie ?

– Une copie, Majesté, confirma López Pacheco. Traduite du latin. Nous ne savons pas où se trouve l'original.

– Sans doute dans les archives secrètes du Latran, suggéra l'Enchanteur.

– Et je suppose que cette copie est digne de foi ?

– Absolument, assura Pacheco. Elle nous a été transmise par l'un de nos agents en France. Je connais bien l'homme. Il est sûr.

Le roi pointa le menton en avant.

– Reconnaissez tout de même que certains passages sont pour le moins fantasmagoriques ! Peut-on vraiment concevoir un royaume où vivraient des griffons et des oiseaux aux ailes tranchantes ? Un royaume que traversent des fleuves venus du Paradis terrestre ? Où les hommes se nourrissent de la chair de leurs congénères ?

Balthasar de Montalto observa :

– Vous avez raison, Majesté, mais il n'est pas impossible que derrière ces termes se cachent des noms plus familiers. Pour désigner des animaux somme toute communs, l'auteur utilise certainement des expressions qui ont cours aux Indes. Là-bas, un griffon n'est peut-être qu'un simple oiseau de proie de très grande taille. Un phénix, un rapace. Et ainsi de suite. Après tout, nous avons un exemple proche de nous qui conforte cette hypothèse.

L'Enchanteur s'interrompit pour demander :

– Avez-vous entendu parler d'un personnage du nom d'Isidore de Séville ?

Le roi répondit par la négative.

– Il a vécu en Andalousie, il y a environ sept cents ans.

75

Il fut évêque de Séville. Dans l'encyclopédie qu'il rédigea à cette époque, appelée *Étymologies*, on trouve une carte du monde guère plus grande que la paume de la main. Le monde habitable y apparaît sous la forme d'un disque. Selon Isidore, il fut partagé à l'origine entre les trois fils de Noé.

– Sem, Cham et Japhet, souligna le dominicain.

Et il se hâta de préciser doctement :

– Isidore de Séville était un saint homme.

– Bien sûr, mon père, approuva Balthasar avec une déférence feinte. Un saint homme.

Il enchaîna :

– L'Asie, composée de vingt-sept nations, serait issue de la postérité de Sem. L'Afrique, issue de Cham, compterait trente races et trois cent soixante cités. Quant à l'Europe, elle aurait été peuplée par les quinze tribus des fils de Japhet et posséderait cent vingt cités.

L'Enchanteur marqua une pause avant de poursuivre :

– Cette description, que nous savons désormais stupide et inexacte, contient cependant un fond de vérité. L'Afrique, l'Asie, l'Europe existent bien. C'est l'explication de leur origine qui est tout aussi dépourvue de sens que la carte qui représente une terre plate en forme de disque. Nous...

Le père Alvares le coupa, offusqué.

– *Senhor* Balthasar, votre critique est à la limite du blasphème ! Dois-je vous rappeler que les cartes sont des guides de la foi ? Lorsque saint Isidore décrit le Paradis terrestre, il fait preuve d'une précision remarquable. Il le situe parfaitement à l'est du monde oriental, entouré d'un mur de feu qui s'élève jusqu'au ciel, empêchant ainsi l'homme de s'y introduire. Et pourriez-vous nier que Jérusalem est au centre du monde ? N'est-il pas écrit : « *Ainsi parle le Seigneur, l'Éternel. C'est là, cette Jérusalem que j'avais plantée au milieu des nations et des pays d'alentour* » ? La terre est bien plate, n'en doutons pas. Qui serait assez insensé pour croire qu'il puisse exister des hommes dont les pieds seraient au-dessus de la tête ? Ou des lieux où les choses puissent être suspendues de bas en haut, les arbres pousser à l'envers, ou la pluie tomber en remontant ?

Balthasar conserva le silence. Que répondre à cet âne bâté ? Voilà un certain temps déjà que, sous l'influence des hommes d'Église, la géographie était devenue un incroyable salmigondis. La terre plate ? Alors que depuis plus de deux mille ans les anciens Grecs étaient parvenus à une vision contraire ? Il suffisait de lire Platon pour s'en convaincre. Et tout aussi ancien, le grand Ptolémée, l'autorité absolue en la matière, n'avait-il pas conclu – il y avait près de mille cinq cents ans – à la sphéricité terrestre ? Depuis quelques années, la foi et le dogme occultaient tout ce qui avait été si péniblement, si scrupuleusement élaboré par les géographes de l'Antiquité. Triste retour à la nuit.

Ce fut le moment que choisit le roi Afonso pour venir au secours de son « ami ».

– Mon père, si vous le voulez bien, remettons ce débat à un autre jour et revenons au contenu du document. S'il ne s'agit pas d'une forfanterie, entrer en rapport avec cette terre serait une chance extraordinaire pour le Portugal. Imaginez une alliance entre nos deux royaumes ! Ce serait la fin des Arabes et, fort des armées de ce roi Jean, ou plus vraisemblablement de son successeur, nous serions enfin en mesure de libérer – ainsi qu'il semble le souhaiter – le Saint-Sépulcre et reconquérir la Terre sainte. Sans compter les avantages commerciaux que nous tirerions de cette alliance. À en croire les témoignages au sujet des richesses que possède ce royaume, celles-ci seraient incalculables. Le Portugal connaîtrait un essor à nul autre pareil. Seulement voilà... Où ? Comment entrer en rapport avec cette partie du monde ? Personne à ce jour n'y est parvenu. Alors ? Comment ?

Comme un seul homme, tous dirigèrent leur regard vers Balthasar de Montalto. Manifestement, lui était censé connaître la réponse.

L'Enchanteur saisit un ouvrage qu'il avait conservé près de lui et le disposa bien en vue.

– Avant tout, Sire, j'aimerais vous préciser quelques éléments essentiels. Vous avez déclaré tout à l'heure, en parlant des Indes, que personne à ce jour n'y était parvenu. Permettez-moi de vous rappeler le voyage de l'apôtre Thomas. Cependant, il ne fut ni le premier ni le seul. Il est attesté que l'Inde était connue des Hébreux bien longtemps avant la naissance du Christ. Après que Nabuchodonosor eut envahi Jérusalem, une première colonie juive émigra aux Indes, s'installa et fit souche. Bien plus tard encore, lorsque la ville de Jérusalem fut détruite par le général romain Titus, un grand nombre de Juifs partirent à leur tour vers le pays de mission de l'apôtre Thomas. D'autre part, la Bible nous révèle aussi que du temps du roi Salomon le commerce des épices existait déjà entre la Syrie et cette région du monde. Il suffit de parcourir le Livre des Rois, pour en avoir confirmation. Chapitre 9, verset 26 à 28, il est dit : « *Et le roi Salomon fit une flotte, à Étsion-Guéber, qui est près d'Éloth, sur le bord de la mer Rouge, dans le pays d'Édom. Et Hiram envoya sur la flotte ses serviteurs, des matelots connaissant la mer, avec les serviteurs de Salomon. Et ils allèrent à Ophir, et y prirent de l'or, quatre cent vingt talents, et les apportèrent au roi Salomon.* » Or, Ophir n'est autre que la déformation de *Sophir*, mot qui signifie « Inde » en ancien copte. Au chapitre 10, verset 11, on peut lire encore : « *La flotte aussi de Hiram qui amenait de l'or d'Ophir apporta d'Ophir du bois d'almuggim en très grande quantité, et des pierres précieuses.* » Or, le bois d'almuggim n'est autre que le santal. Un bois utilisé couramment en marqueterie pour décorer les plafonds de la plupart des palais que l'on trouve aux Indes.

Le roi leva les sourcils.

– Ami Balthasar, à ma connaissance, vous ne vous êtes jamais rendu là-bas. Comment pouvez-vous en être si sûr ?

– Parce que tous les rapports de voyageurs qui ont visité la région mentionnent ce fait. Le plus illustre de ces récits ayant été rédigé par *Il Milione*, dont j'ai une copie sous les yeux.

– *Il Milione ?*

– Oui, Sire. Plus connu sous le nom de Marco Polo. À son retour à Venise, accueilli avec scepticisme par les Vénitiens, ceux-ci l'avaient surnommé par dérision, *l'homme aux millions*. Le titre de son ouvrage est *Le livre des merveilles du monde*.

Balthasar prit une nouvelle inspiration et désigna l'une des cartes qui était exposée sur le mur de la salle :

— Voyez cette carte. Elle a été conçue par un voyageur berbère du nom d'Ibn Battuta. Parti de Tanger avec l'intention d'effectuer un pèlerinage à La Mecque, l'homme — qui n'avait pas vingt et un ans — a poursuivi son voyage, vers la Syrie, puis vers Ispahan et Chiraz, Tabriz, Mossoul. Ensuite, il y a environ dix ans, il s'est élancé vers la côte orientale de l'Afrique, a longé la côte méridionale de l'Arabie, et est remonté vers le Khorassan avant de descendre vers l'Inde.

— D'où tenez-vous ces informations ?

— Tout simplement de l'un de vos serviteurs, Majesté. Ou plutôt, de l'un des serviteurs de votre fils. Il s'appelle Massala. Berbère, lui aussi, il a connu Ibn Battuta alors que celui-ci rentrait de l'un de ses voyages. Leur rencontre fut brève, mais enrichissante.

Le vieil homme se tut un instant et poussa vers le roi le recueil de Marco Polo.

— Lisez-le, Sire. Vous pourrez vérifier que mes théories sont fondées.

— Je vous remercie. Mais tout ceci ne nous dit toujours pas comment atteindre les Indes. Je précise... (Il s'arrêta et leva l'index.) Par voie maritime. Car il est là, le point crucial. Traverser des terres hostiles, risquer mille et un dangers, affronter les voleurs de grand chemin, la soldatesque indisciplinée, les intempéries, sont autant d'obstacles qui rendent difficile, voire impossible, toute perspective de commerce régulier et sûr avec cette région. Par conséquent, c'est par la mer que nous devons ouvrir la voie. Or, que je sache, nous ne disposons d'aucune carte, d'aucun portulan qui soit suffisamment fiable. Nous ne savons rien de la direction qu'il faut emprunter, rien non plus de la durée du voyage.

– Détrompez-vous, Sire, rectifia Balthasar. Une carte existe.

Le roi laissa échapper un cri de surprise.

– Une carte ?

– Parfaitement.

– Une carte qui indiquerait la route maritime à suivre ? Balthasar confirma une nouvelle fois.

– Par quel sortilège ? Quel cartographe en est l'auteur ?

L'Enchanteur arbora un sourire complice et chuchota :

– La Providence, Majesté. Depuis quelques mois, la Providence est portugaise.

Et il annonça comme s'il livrait la clé d'un mystère :

– Avignon...

6

Les colonnes de granit du temple de Diane chaviraient dans le crépuscule, et Inès n'était toujours pas là. La cloche de la cathédrale d'Évora brisa le silence. Inès ne viendrait plus. Ainsi, il s'était tout inventé. Pauvre fou ! Il avait cru à l'impossible.

Vous n'êtes qu'un enfant, mon seigneur. Et comme tous les enfants, en vous, tout est extrême.

Les mots de Massala se consumaient dans sa mémoire. Comment Pedro avait-il pu se convaincre que le bouleversement ressenti pouvait être partagé ? Puéril ! Ce genre de miracle n'existait que dans les contes et les légendes. Le roi, son père, avait bien raison lui aussi lorsqu'il l'accusait de consacrer trop de temps à la lecture des poèmes de son grand-père. *Saudade, saudade...* Cette mélancolie tenace qui, de tout temps, veillait en sentinelle sur les âmes de ce pays. Elle pouvait maintenant envahir son cœur. *Viens*, se surprit à murmurer dom Pedro, *viens, le champ est libre. Prends-moi tout entier. Je ne te résisterai pas. Envahis-moi, brûle-moi. Qu'il ne reste que cendres.*

Il jeta un regard abattu sur la statue de Diane la Chasseresse bardée de son carquois et de ses flèches. Aussitôt, la pensée traversa son esprit qu'à l'instant de la déesse qui pria Zeus de lui accorder la virginité éternelle, Inès avait peut-être exprimé la même requête, mais à Dieu. Alors, pour sûr, Inès ne serait jamais sienne. Pourtant, au tréfonds de lui une voix lui soufflait de ne pas abandonner. N'avait-il pas écrit : *J'attendrai jusqu'au soleil couchant. Et je reviendrai tous les jours, tant que Dieu m'accordera la force.*

Peu importait le temps, les heures, la fatigue. Il ne faillirait pas. Demain. Il reviendrait demain.

Il patienta jusqu'à ce que les derniers rayons se brisent derrière les collines et remonta sur son cheval. Il n'hésita pas. Il prit la direction des remparts d'Évora. Il longea au trot un grand champ de blé, dépassa un dolmen géant, une de ces *pedras talhas* qui foisonnaient dans la plaine, franchit un rideau d'oliveraies et entra dans la cité par la Porte des Maures. Les maisons blanches semblaient s'être déjà assoupies. Après avoir remonté la ruelle surmontée d'arcades qui menait au centre de la ville, il déboucha sur un vaste patio dallé et mit pied à terre. L'enseigne d'une taverne grinçait dans le vent. On avait déjà allumé les torches et des hommes jouaient aux dés, attablés à l'extérieur. Tous les yeux se portèrent vers le nouvel arrivant. Que faisait donc ici ce *cavaleiro nobre* si richement vêtu ?

Pedro salua d'un geste courtois. Surpris, les hommes lui rendirent son salut. Une serveuse s'était déjà précipitée.

– Du vin, commanda Pedro. Votre meilleur et votre plus grand pichet.

Il s'assit à la première table vide et se prit le visage entre les mains.

Ah ! Cette marée qui avait déferlé sur son âme ! D'où venait-elle ? Pourquoi avait-il si mal ? Combien de temps souffrirait-il ?

Vous oubliez qu'elle est dame d'honneur. Elle le voudrait, que sa fonction lui interdirait toute trahison.

L'honneur ! Si louable fût-il, cet honneur-là était armé de griffes et de dents puisqu'il lacérait toute forme d'espérance.

– Mon seigneur désire-t-il autre chose ?

L'apparition de la serveuse lui arracha un sursaut.

– Non, dit-il d'une voix presque inaudible.

Alors qu'elle repartait, il se ravisa.

– Servez donc à boire à tout le monde.

Elle crut prudent de demander confirmation :

– Êtes-vous sûr, seigneur ? À boire pour tous ?

Il opina.

C'est à ce moment que quelqu'un s'écria :

– C'est l'infant ! C'est dom Pedro !

Un homme, le plus téméraire, se risqua à s'approcher de la table. Bientôt, d'autres l'imitèrent et un cercle se forma autour du prince. Des voix chuchotaient : « Est-ce possible ? L'infant ! Ici ? Dans cette misérable gargote ? » On le dévisageait avec un mélange de respect et d'émerveillement. Quelqu'un se risqua à le congratuler pour son mariage. Un autre souhaita longue vie au roi Afonso et à la reine Béatrice.

Pedro se versa une rasade et leva son gobelet.

– *Felicidade e prosperidade* !

– Bonheur et prospérité !

Il s'informa :

85

– N'y a-t-il donc pas de musiciens ici ?
– Hélas, répondit le tavernier.
– Dommage...
Un homme se hâta d'intervenir.
– Je joue de la vielle. Si Votre Seigneurie le souhaite, je peux l'apporter. J'habite au coin de la rue.
– Je joue de la guitare, surenchérit un autre.
– Allez donc ! lança Pedro.
La nouvelle de la présence de l'illustre personnage s'était vite répandue à travers la ville. Des têtes se glissaient dans l'entrebâillement des portes. On se penchait aux fenêtres. On jouait des coudes pour entrevoir le prodige. Autour du patio, en retrait, des vieux s'étaient mis à évoquer avec gravité le souvenir du grand-père de l'infant, le « roi poète », et celui de son épouse, la très sainte Isabel.
Le joueur de vielle était revenu ainsi que le guitariste. Ils n'étaient pas seuls. Des joueurs de flûte et de tambour s'étaient joints à eux. Les premiers danseurs furent les enfants. Ensuite, ce fut au tour des femmes. Bientôt, les étoiles ne firent plus de différence entre honnêtes hommes et malandrins. Pedro, qui avait bu son pichet de vin jusqu'à la lie, quitta soudainement la table et saisit la bourse accrochée à sa ceinture. Il y puisa une pleine poignée de pièces d'or et marcha vers les enfants.
– Tenez ! C'est pour vous !
Incrédules, de petites mains s'ouvrirent pour accueillir le don.
Quand la bourse fut vide, dom Pedro apostropha le tavernier :
– Du vin ! Du vin pour tous ! Si vous n'en avez pas

assez, que l'on amène des fûts des quatre coins de la ville. Faites du feu dans la cheminée, que l'on rôtisse des cochons de lait. À manger pour tous !

Il ajouta :

– Et n'ayez pas d'inquiétude. Demain, à la première heure, mes hommes vous dédommageront de vos dépenses.

Le petit peuple marqua un temps d'hésitation. Quel projet perfide se cachait derrière tant de générosité ? À moins que le fils du roi Afonso n'eût plus toute sa raison ? Mais la stupeur ne dura pas. Une explosion de joie s'éleva par-dessus les remparts. On rendit grâce à Dieu, à la Vierge et à saint Vincent, protecteur du royaume. Sous les bénédictions et les vivats, Pedro se glissa dans le cercle des danseurs. Ses mouvements, d'abord timides, peu à peu libérés, épousèrent le rythme saccadé des tambours. Encouragé par la foule, il se laissa aller tout à fait, se lançant dans des arabesques, bras écartés, tournoyant, voltigeant, ou traçant dans l'air des signes cryptés en direction des étoiles.

Il dansa ainsi longtemps, à en perdre haleine, farouchement, se laissant emporter par le tourbillon des robes diaphanes et les éclats de rire sauvages des enfants. Ce fut seulement lorsque le vertige commença de l'envahir et qu'il sentit ses jambes se dérober qu'il regagna sa table. Non. Il n'était pas ivre. Pas encore. Il était seulement malheureux.

– Vous avez la mélancolie, seigneur. Avec mesure, elle est bonne pour le cœur, mais chez vous, elle brûle.

Le jeune prince leva son visage noyé de sueur vers la femme qui venait de l'aborder. Toute de noir vêtue, toute faite de rides.

Elle désigna le tabouret vide.

87

– M'autorisez-vous à m'asseoir, seigneur ?

L'infant acquiesça avec indifférence.

Sitôt installée, la femme avança sa main couverte de sillons vers celle de Pedro.

Il comprit et laissa faire. Le royaume pullulait de ces vieilles sorcières qui prétendaient lire l'avenir.

Elle se pencha sur la paume du prince comme un moine sur un grimoire et, lentement, promena son index le long des lignes.

– L'amour, dom Pedro, c'est l'amour qui vous embrase. Il a conquis vos terres. Six tourteaux d'azur gouvernent désormais votre royaume.

Il fronça les sourcils.

– *Six tourteaux d'azur ?*

– Oui. Vous êtes prisonnier des cercles d'argent. Ils vous retiennent.

– Je ne comprends pas. Que veux-tu dire ?

La femme ne parut pas entendre la question.

– Prenez garde. Celui qui n'a pas l'esprit de son âge en aura tous les malheurs. Vous êtes une vieille âme. Une vieille âme dans un corps si jeune.

– On a l'esprit qu'on peut, répliqua Pedro avec un sourire forcé.

– Le feu et la lame, continua la femme. Le combat du lion et du lionceau.

Il rétorqua avec ironie :

– J'ose...

Comme chaque fois que le trouble s'emparait de lui, les mots restèrent prisonniers de sa gorge. Il se fit violence pour reprendre :

– J'ose espérer... que c'est le lionceau... qui l'emportera.

Elle ne l'écoutait pas.

– Méfiez-vous des ombres, mon seigneur. J'en vois trois. Elles chercheront à vous envelopper dans leur manteau de ténèbres. Je...

Sa phrase resta inachevée. Elle fut comme saisie d'effroi.

– Non ! Il ne faut pas. Ne souillez jamais le lieu saint, je vous en conjure !

– Le lieu saint ?

– Ou la neige sera rouge sang.

Dans un élan sauvage, elle se jeta aux pieds de l'infant.

– Oui, il ne faut pas, ou ce sera elle et vous liés, jusqu'à la fin du monde !

Elle scanda :

– *Até ao fim do mundo !* Jusqu'à la fin du monde !

Cette fois c'en était trop. Pedro se récria :

– Cette personne n'a pas sa raison ! Que quelqu'un s'occupe d'elle !

Le tavernier se précipita. Il saisit la vieille femme par le bras. Alors qu'il l'entraînait à l'écart, elle continua de répéter :

– Souvenez-vous, dom Pedro ! N'approchez pas du lieu saint.

Le lieu saint ? La fin du monde ? Des tourteaux ? Oui, décidément, la déraison se logeait n'importe où.

– Indulgence pour elle, intervint la serveuse. Elle a perdu son fils unique il y a deux ans. Depuis, elle ne sait plus très bien ce qu'elle dit.

– Son fils unique ? Dans quelles circonstances ?

– Il est mort noyé. Personne ne sait comment. On a retrouvé son corps un matin sur les berges du Douro.
– C'est triste. Quel âge avait-il ?
– Votre âge, mon seigneur. Guère plus de vingt ans.
Pedro réprima un frisson.
– Ressers-moi à boire.
Des heures qui allaient suivre, il ne devait garder que de vagues souvenirs. Ce fut une descente progressive vers des abîmes inconnus, accompagnée par le martèlement des tambours. La seule image qui s'incrusta en lui fut celle de la diseuse de bonne aventure murmurant à son oreille : *Até ao fim do mundo...*

Burgos, palais d'Afonso XI, dit le Vengeur, *roi de Castille et de León.*

Le sexe enfoui entre les fesses de Leonor de Guzmán, le roi de Castille, dégoulinant de sueur, ahanait à la manière d'un bûcheron, arrachant à sa maîtresse un cri de douleur à chaque coup de boutoir. Comme à l'accoutumée, au lieu de l'amener à plus de mesure, la souffrance de Leonor augmentait son excitation. Si l'on n'eût su que le souverain s'était taillé une réputation de guerrier lors de la bataille du Salado, on eût pu croire que c'était à sa seule manière de faire l'amour qu'il devait son surnom de « Vengeur ». Étrange tout de même qu'il ne pût pratiquer cet acte qu'à revers.
Sa jouissance atteinte, il se laissa retomber sur le côté comme une masse.

Leonor, le corps tout endolori, s'affaissa sur le ventre et, bien que laminée, trouva la force de murmurer :

– Quelle chevauchée, *mi amor !*

Un sourire lubrique éclaira le visage du souverain.

– Le cavalier n'est rien, sans le talent de sa monture.

Il pétrit fébrilement la croupe de sa maîtresse.

– Ah ! Ce cul ! Ce cul ! Je ne m'en lasserai jamais.

Leonor ne put s'empêcher de rire.

– S'il est l'appât qui me permet de garder l'avantage sur cette chère dona Maria, j'en suis ravie.

Le Vengeur grimaça.

– Diantre ! Pourquoi as-tu cette fâcheuse habitude d'évoquer mon épouse à tout bout de champ ! La seule évocation de son nom me glace les sens. Son ventre est aussi sec qu'une branche d'olivier et sa pudicité n'a d'égale que son arrogance.

Leonor de Guzmán afficha un sourire moqueur.

– Pourtant, tu te gardes bien de la renvoyer à son père.

Le souverain dévisagea sa maîtresse comme si elle venait de proférer une insanité.

– Tu n'es pas sérieuse ? Aurais-tu déjà oublié de qui dona Maria est la fille bien-aimée ?

– D'Afonso IV, roi de Portugal. Je sais.

– Et qu'il n'y a pas longtemps encore, les jérémiades de cette mijaurée m'ont contraint à guerroyer contre son père ! À cause d'elle, nos deux royaumes se sont retrouvés à deux doigts de la rupture et ce, alors que nous pansions à peine les blessures causées par trois années de conflits répétés.

Leonor lança sur un air de défi :

91

La Reine crucifiée

— De toute façon, elle est vieille et je suis jeune ! Elle mourra bien avant moi.

— Vivante ou morte, quelle importance, puisque toi seule comptes à mes yeux ? D'ailleurs, reconnais qu'elle se fait extrêmement discrète. On ne l'entend pas, ou si faiblement. C'est à peine si de temps à autre elle chuchote quelques remontrances.

— Ruse de femme, commenta Leonor. Elle sait qu'elle a tout à perdre en attaquant de front. Pour ma part, je suis persuadée qu'elle attend son heure.

Elle brandit son index sous le nez de son amant :

— Méfie-toi, Afonso. Un jour ou l'autre, elle sortira sa dague et te poignardera dans le dos.

Le roi partit d'un grand éclat de rire.

— Ah ! Je reconnais bien là le souffle de la jalousie.

Il se leva brusquement.

— Tu me quittes ? Déjà ?

— Il le faut. On m'attend.

Il se pencha sur le corps ambré de Leonor, passa une main furtive dans l'entrecuisse et murmura :

— À bientôt, mon soleil...

Dans la salle du Conseil, le Vengeur examina tour à tour les deux hommes qui lui faisaient face et questionna le plus jeune sur un ton maussade :

— Ainsi, Juan, vous en êtes certain ?

Le dénommé Juan glissa nerveusement son index le long de la cicatrice qui surplombait son arcade sourcilière et reconnut :

92

– Oui, Sire. Nous avons été bernés par ce coquin de franciscain ! Le dossier *Presbyteri Joannis* est vide. Nous n'y avons trouvé aucune indication qui permette de localiser l'endroit où se trouve la carte, ni qui est en sa possession.

La voix du roi de Castille monta d'un cran.

– Pourtant, vous et votre frère m'aviez assuré que ce fameux dossier contenait, je vous cite : « la carte maritime qui indique la route qui mène aux Indes ».

Il s'interrompit et s'adressa cette fois à l'autre personnage :

– Et vous, Francisco ? Lorsque vous proclamiez : « Les épices, les pierres précieuses, les richesses ! Un jour, de Séville, partiront les navires qui exploreront des mondes inconnus et sur la Castille rejaillira toute la gloire. » Balivernes ?

Un court moment de silence passa.

– Sire, se décida à répliquer Francisco, nous ne souhaitons pas nous dérober, mais sachez que nous ne sommes pas entièrement responsables de cet échec. Entre l'instant où nous avons eu connaissance de l'existence du dossier et le jour où nous avons convaincu le franciscain de nous le livrer, un événement imprévisible a dû se produire.

Le roi plissa le front.

– Un événement imprévisible ?

– Disons, une intervention étrangère. Je le crois, Majesté. Quelqu'un a eu accès aux archives du Latran et s'est arrangé pour prélever les éléments les plus importants avant que Giuseppe Carducci ne...

– Giuseppe Carducci ?

– C'était le nom du franciscain.

— Poursuivez...

— Mon frère et moi avons scrupuleusement examiné l'ensemble des correspondances. Nous sommes persuadés que certains documents sont manquants. Ils ont été dérobés, c'est sûr.

Le Vengeur se récria violemment :

— Dérobés ? Mais par qui ? Sur ce point aussi vous sembliez sûrs de votre fait ! Vous affirmiez que, si des copies de la lettre de ce mystérieux prêtre Jean étaient en circulation, il n'en était pas de même pour l'essentiel du dossier qui, selon vous, demeurait entre les mains du Saint-Siège.

Francisco s'empressa de rétorquer :

— Nous maintenons nos affirmations. Mais je vous le répète, Sire, des documents ont été dérobés.

Le roi frappa du poing sur la table.

— Et moi je réitère ma question : qui ?

Les deux frères échangèrent un coup d'œil ennuyé.

— À dire vrai, répondit Juan, nous n'avons aucune certitude. Ce pourrait être n'importe qui. Le prédécesseur de Carducci, ou alors des Génois, des Vénitiens, des Arabes, mais aussi, ce qui me semble plus probable...

Il eut un imperceptible temps d'hésitation :

— Nos voisins portugais.

— Les Portugais ? Comment auraient-ils eu vent de l'affaire ?

— De la même manière que nous, Majesté. D'abord en ayant eu connaissance de la lettre et ensuite par une série de recoupements. Vous n'êtes pas sans savoir qu'ils possèdent des agents tant à Venise, à Gênes qu'ailleurs, et que, depuis quelques années, sous l'instigation du roi Denis, ils se sont lancés dans un grand projet d'exploration maritime. Leurs marins sont – les Génois mis à part – parmi les meilleurs. Et leurs nouveaux bateaux, les *caravelas*, leur permettent d'accomplir des prouesses.

Une expression perplexe apparut sur les traits du Vengeur.

– Les caravelles ?

– Oui, Sire, expliqua Juan. J'ai eu l'occasion d'en croiser lors de mes voyages. Ce sont de magnifiques voiliers aux lignes affinées, rapides, extraordinairement légers : guère plus de 100 tonneaux. Leurs mâts multiples combinent les voiles carrées et les voiles latines triangulaires. De plus, large coque et haut bordage les rendent plus sûrs.

Le souverain eut un mouvement d'humeur.

– Si je vous suis bien, nous sommes vaincus d'avance.

Francisco protesta :

– Pas si nous parvenons à mettre la main sur la carte.

– Encore faudrait-il être certain qu'elle se trouve entre les mains de nos voisins. Comment ? Vous imaginez bien que, si c'est le cas, le secret doit être bien gardé.

– Il existe peut-être un moyen, annonça Francisco.

Le roi se carra dans son fauteuil et croisa les bras.

– Je vous écoute.

– Nous pourrions essayer d'accéder à la *Salle des Portulans*. C'est là que les Portugais rassemblent leurs connaissances maritimes.

Le Vengeur eut un rire ironique.

– Vous pensez bien que l'endroit doit être mieux surveillé que mon propre palais ! Le jour où vous trouverez le moyen de vous y introduire, je serai sans doute passé de vie à trépas. Soyez sérieux !

Juan décida de prendre la parole.

– Il existe aussi une autre solution.

– Oui ?

– À défaut de pénétrer dans la salle, nous pourrions infiltrer la Cour grâce à quelqu'un qui serait au-dessus de tout soupçon. Quelqu'un qui, sur place, serait nos yeux et nos oreilles.

– Facile à dire. Où trouver cette perle rare ?

– Elle existe. Elle est déjà dans la place.

Le Vengeur ouvrit de grands yeux.

– Oui, confirma Juan. Elle fait partie des dames d'honneur qui ont accompagné doña Constanza.

– Son nom ?

– Inès. Inès de Castro.

– De Castro ?

L'étonnement du souverain s'accrut. Son regard alla d'un frère à l'autre.

– Mais vous-mêmes, n'appartenez-vous pas à la famille des de Castro ? Serait-elle une parente ?

Un sourire tranquille anima le visage des deux hommes, tandis que Juan révélait :

– C'est notre sœur, Majesté...

7

Palais de Montemor.

– Vous sentez-vous mieux, Pedro ?

Il battit des paupières. D'où venait cette voix ?

Il se releva et fut aussitôt rassuré de reconnaître la fenêtre à meneaux, qui ouvrait sur les collines de l'Alentejo, et la tapisserie d'Arraiolos qui ornait l'un des murs de sa chambre à coucher. Ce n'est qu'ensuite qu'il croisa le visage de sa mère ; visage que l'approche de la cinquantaine avait à peine altéré. Alors, il se laissa retomber sur les coussins.

– Comment suis-je arrivé ici ?

– Massala. Votre fidèle Massala. Il vous a retrouvé dans un galetas, malade, allongé sur une paillasse, comme le plus misérable des gueux.

La reine Béatrice examina un moment Pedro avant de s'enquérir gravement :

– Que vous arrive-t-il donc, mon enfant ?

Il réprima un frisson.

– J'ai froid, mère.

Elle posa sa main sur le front de Pedro.

– Vous êtes brûlant. Mais hier, vous l'étiez plus encore.

Elle saisit un gobelet ciselé posé sur une petite table et l'approcha des lèvres du prince.

– Buvez. Le médecin l'a exigé. Il a lui-même préparé cette décoction.

Il grimaça.

– Ce médicastre... Il ne soignerait pas une gerçure.

– Allons ! Ne vous moquez pas. Balthasar est un esprit brillant.

– Depuis combien de temps suis-je ici ?

– Deux jours. Vous n'avez fait que délirer et dormir.

Elle réitéra sa question.

– Que vous arrive-t-il ?

– Rien. J'ai trop abusé du vin. C'est tout.

– Je ne vous demande pas ce que vous avez fait, mais *pourquoi* vous l'avez fait. Le roi est furieux. Vous avez bien de la chance qu'il soit parti pour Lisbonne hier soir. Sinon, c'est lui et non moi que vous auriez trouvé à votre réveil. Vous avez, paraît-il, passé trois nuits entières à frayer avec des gens peu recommandables. Et à danser avec des filles. Ce n'est pas là une attitude qui sied à un prince. Vous le savez, n'est-ce pas ? Alors, pourquoi ?

– Je n'ai jamais assimilé le peuple aux gens peu recommandables.

– Ne changez pas de sujet.

Elle reposa sa question :

– Pourquoi ?

– Je vous ai répondu, mère.

– Allons, Pedro ! Ne jouez pas. Auriez-vous oublié que vous pouvez vous confier sans crainte ? À la différence de votre père, je pense avoir toujours fait preuve d'une grande indulgence à votre égard. Peut-être trop.

Les prunelles du jeune homme, jusque-là fixées au plafond, s'orientèrent vers la reine.

– Si je vous disais que j'ai mal et que je suis incapable d'expliquer la raison de ce mal, me croiriez-vous ?

Il s'était exprimé d'une voix lointaine comme s'il était à des milliers de lieues de là.

Elle haussa les épaules.

– Je n'ai pas le choix, n'est-ce pas ?

Il y eut un bref silence. Puis elle reprit :

– Vous avez parlé dans votre délire. Vous avez dit certains mots. Mentionné un prénom. Toujours le même, plus d'une fois.

– Ah ?

– Qui est Inès ?

Le cœur de Pedro s'emballa.

– Inès ?

Il détourna la tête.

– Je ne sais pas.

La reine reposa le gobelet sur la table.

– Vous ne savez pas... Plaise au Ciel qu'il en soit de même pour votre épouse.

Il masqua à peine sa surprise.

– Oui, Pedro. Car nous vous avons veillé à tour de rôle.

Elle s'exclama :

– Je vous en conjure ! Ne m'abandonnez pas à mes tourments.

– Mère, je vous aime. Mais laissez-moi à ma mélancolie. Car il s'agit de mélancolie. Rien d'autre. Elle passera. Souvenez-vous de ce que vous m'avez dit un jour : « Le bonheur n'étant pas éternel, pourquoi en serait-il autrement du chagrin ou de la souffrance ? »

– Vous souffrez donc à ce point ? À votre âge ?

Il contempla silencieusement sa mère. Où trouvait-elle cette patience ? Où avait-elle puisé, toutes ces années durant, la force de vivre aux côtés d'Afonso ? Si différent d'elle, si opposé. La compréhension face à l'intolérance. L'indulgence face à l'inclémence. D'où venait qu'à ses côtés il ne subissait plus cet insupportable bégaiement ?

Elle revint à la charge.

– Parlez-moi ! Dites-moi votre secret. Car vous en avez un. C'est mon cœur qui me le souffle.

Il allait répondre lorsqu'on frappa à la porte. Presque simultanément le battant s'entrebâilla, laissant apparaître la silhouette de doña Constanza.

– Puis-je entrer, Majesté ?

Béatrice tendit la main vers l'infante.

– Vous êtes la bienvenue.

La jeune femme s'approcha du lit, presque apeurée.

– Comment vous sentez-vous aujourd'hui ?

– Mieux, je crois.

La reine désigna le siège qu'elle venait de quitter.

– Prenez ma place, mon enfant. Je vous laisse.

– Il ne faut pas, Majesté. Je...

– Mais si. J'allais partir.

Elle déposa un baiser sur le front de son fils et chuchota :

– N'oubliez pas...

Le silence reprit possession de la chambre. Silence pesant

que ni Constanza ni Pedro n'osèrent rompre. Finalement, ce fut l'infante qui murmura :

– Vous nous avez inquiétés, Pedro.

– Je sais. Je le regrette.

Elle fit observer sur un ton qui se voulait léger :

– Il vous arrive souvent de disparaître ainsi, sans prévenir ?

– Non. Enfin oui... J'ai toujours aimé me retrouver seul. Me cacher dans des endroits où personne ne saurait me retrouver. Enfant, cela m'arrivait aussi.

Ne résistant plus, elle posa sa tête sur la poitrine de son époux.

– J'ai eu si peur, si peur.

– Je suis désolé. Je ne voulais pas.

Vous avez dit certains mots. Mentionné un prénom. Toujours le même, plus d'une fois.

Ce prénom, Constanza l'avait-elle entendu ?

Il chercha à rompre la gêne qui s'était installée et s'informa sur un ton désinvolte :

– Qu'avez-vous fait pendant ces deux jours ?

– J'ai prié. Prié de toutes mes forces pour que vous nous reveniez sain et sauf.

– Je n'étais pas en danger. Croyez-moi.

Elle se raidit et lança :

– Pourquoi ?

La même interrogation que la reine.

– Je vous ai expliqué. Une habitude qui remonte à l'enfance, un besoin de solitude.

– La solitude ? Parmi la foule ? Dans l'ivresse et la danse ?

Il médita avant de répondre, comme s'il n'était pas convaincu de la justesse de ses souvenirs.

– Sans doute. On s'évade où l'on peut.

Le silence retomba, tout aussitôt rompu par le tintement d'une cloche dans le lointain.

– L'angélus, fit remarquer dom Pedro. N'allez-vous pas prier ?

Elle fit oui de la tête.

À nouveau le silence.

Elle sait. Elle a entendu, mais elle n'ose rien dire.

L'infante se leva et défroissa sa robe d'un geste nerveux.

– Je vous laisse, Pedro. Mes dames d'honneur risquent de s'alarmer. Elles ont partagé mon inquiétude.

Elle ajouta d'une traite :

– L'une d'entre elles, surtout.

Mosteiro de Belém, avant-port de Lisbonne.

Afonso posa sa main gauche sur l'épaule de Balthasar de Montalto, et de la droite désigna l'arsenal le long duquel allait et venait une armée d'ouvriers.

– Tu vois, ami. C'est ici que repose l'avenir du Portugal. Un jour, un jour proche, nos pavillons dépasseront l'horizon. Ils claqueront au-dessus de nouvelles terres. Ces mondes, aujourd'hui encore inconnus, seront nôtres. Le port regorge déjà de mille et une richesses venues d'Orient, étoffes précieuses, métaux rares, épices, convois d'esclaves. Mais demain, ah ! demain... Ces richesses seront bien plus innombrables que les paillettes d'or qui scintillent sur le Tage.

L'Enchanteur acquiesça.

– J'en suis convaincu, Majesté. Je l'ai toujours pensé. C'est dans le franchissement des océans que nous perpétuerons notre grandeur.

– C'est pourquoi mettre la main sur cette carte qui devrait nous montrer le chemin des Indes est si important. Grâce à vous, je l'espère, nous réussirons.

Le souverain questionna très vite :

– Car vous y croyez, n'est-ce pas ? Vous ne doutez pas que la clef soit toujours entre les mains de ce franciscain, à Avignon ?

Balthasar hocha la tête.

– Si elle n'est plus entre ses mains, il sait où elle se trouve.

– De toute façon nous ne tarderons pas à en avoir le cœur net.

Le roi fit quelques pas et laissa errer son regard sur la mer.

– Qui peut nous dire... ? dit-il, tout à coup pensif.

– Nous dire, Majesté ?

– Quels mystères se cachent au-delà de cette étendue ? Trouverons-nous des terres hostiles ou se montreront-elles accueillantes ? Quels hommes rencontrerons-nous ? Nous ressembleront-ils ? S'ils ont le don de la parole, pourrons-nous les comprendre ?

Un sourire anima les traits de Balthasar.

– Il suffira de retrouver l'état d'enfance. Avez-vous déjà observé deux enfants qui se rencontrent et qui ne parlent pas la même langue ? En un rien de temps, les voilà qui discutaillent, se chamaillent, rient de plaisanteries qui nous échappent. Et ce sont les adultes qui, tout à coup, se retrouvent étrangers.

Une ombre traversa les prunelles d'Afonso.

– Les enfants... Personnages cruels.

– Cruels, Sire ? Je vous trouve bien sévère.

– Je veux parler de certains d'entre eux. De mon fils, en réalité.

Le souverain opéra une brusque volte.

– Peux-tu imaginer un futur roi qui s'enivre tel le dernier des gueux en compagnie de la plèbe ?

Balthasar se racla la gorge.

– C'est critiquable, en effet. Néanmoins, la jeunesse est faible. Elle ne sait pas. Seul le temps...

– Le temps ? Pedro a vingt ans ! C'est un homme ! À son âge, le grand Afonso Henriques livrait déjà bataille. À son âge, il fondait notre royaume et déclarait l'indépendance de notre terre en se séparant de la Castille et du León ! Mon gendre et homonyme, le roi de Castille, a été couronné à dix-neuf ans ! Ou plutôt, il se couronnait lui-même pour bien marquer que son pouvoir était supérieur à celui des six évêques présents. Vingt ans ! Une vie !

Afonso serra les poings.

– Que faire ? Dis-moi, Balthasar, comment amener Pedro vers l'essentiel ? Comment lui faire comprendre que tout est encore fragile ? Les Maures occupent toujours le sud de la Péninsule. Des émissaires m'ont d'ailleurs fait part de mouvements de troupes au nord de Huelva, à quelques lieues de la frontière. Je soupçonne aussi nos voisins de rêver en secret au temps où le Portugal était leur province. Pedro est mon seul héritier. S'il n'apprend pas aujourd'hui combien gouverner est ardu, qu'adviendra-t-il de cette terre lorsque je ne serai plus ?

Il y eut un court silence que Balthasar rompit.

– Puis-je vous donner mon avis, Majesté ?

– Bien sûr. Bien sûr.

– Ne forcez pas les portes. N'essayez pas de former dom Pedro à votre image, car il n'est pas écrit qu'un fils doit être le jumeau de son père. En vérité, n'exigez pas de lui ce que votre père n'a pas exigé de vous. Votre père...

– Il suffit !

Devant la soudaine dureté du ton, Balthasar eut un mouvement de recul. Il considéra le roi avec effarement.

– Jamais ! Ne me parle jamais de mon père ! Je ne l'ai connu que mort !

L'Enchanteur courba la tête. Non par soumission, mais par une sorte de respect à l'égard de ce qu'il savait. Malgré les années passées, la plaie creusée dans l'âme du souverain restait béante.

Il balbutia :

– Bien, Majesté.

Afonso resta un moment silencieux, contemplant la mer, puis s'enquit :

– Je me demande s'il ne serait pas utile de mettre Pedro au courant.

– De l'affaire du prêtre Jean ?

– Oui. S'il m'arrivait malheur avant que le projet n'aboutisse, il faudrait bien qu'il prenne la relève.

– Vous avez raison. Ce serait aussi l'occasion de l'intéresser plus concrètement aux affaires du royaume.

– Je le convoquerai dès notre retour à Montemor.

Il précisa avec une pointe d'amertume :

– S'il n'est pas ivre.

8

Palais de Montemor, Portugal.

C'était soir de pleine lune. Pedro remonta sur la pointe des pieds le couloir éclairé par une lueur laiteuse et, parvenu tout au bout, descendit une à une les marches qui conduisaient à l'étage inférieur, vers les chambres où sommeillaient les dames d'honneur. Arrivé devant celle d'Inès de Castro, il frappa deux coups secs et attendit. Il ne se passa rien. Il récidiva. Le silence, toujours. Elle dormait. Elle ne pouvait pas l'entendre. Alors, il posa la main sur la poignée métallique et ouvrit la porte.

Maintenant, arrêté sur le seuil, il hésitait à faire un pas de plus. Il devinait, plus qu'il ne voyait, le corps de la jeune femme couché sur le dos. Il pouvait entendre sa respiration, légère, soyeuse et douce comme l'aile d'un moineau. Partir ou oser ? La raison de Pedro lui criait de battre en retraite. Son âme lui adjurait de ne pas faillir. Il écouta son âme.

Arrivé à hauteur de la tête de lit, il s'agenouilla. Contempler, écouter, lui suffisait. Combien de temps resta-t-il ainsi à se nourrir de cette vision ? Comment évaluer ces instants où le ciel lui-même retient son souffle ?

À un moment donné, elle remua, exhala un soupir et se retourna sur le côté. Son visage ne fut plus qu'à une haleine du visage de dom Pedro.

Ces joues de lys et de rose. Ce cou d'albâtre. Et sous le drap, seins d'ivoire ou de neige ?

Il répéta à voix basse à plusieurs reprises, presque à son insu :

— Inès... Inès... Inès...

Elle ouvrit les yeux et le vit.

Sa réaction fut étrange. Elle aurait dû s'affoler, pousser un cri, au lieu de quoi elle demeura immobile, dévisageant calmement Pedro. Déconcerté, il fut incapable d'exprimer quoi que ce soit. De toute façon c'eût été impossible tant l'émotion lui nouait la gorge. Ce fut elle qui parla :

— Vous avez été malade...

Il fit oui de la tête.

Elle demanda :

— À cause de moi ?

Que dire ? Et ces mots qui se figeaient.

Au prix d'un effort surhumain, il balbutia :

— Ma lettre... Avez-vous compris le sens de ma lettre ?

Elle se releva, le drap remonté contre sa poitrine.

— Si j'avais su écrire, dit-elle lentement, si seulement j'avais su.

— Oui ?

— Je vous aurais dit les mêmes mots.

Un bonheur tremblé submergea le cœur de dom Pedro.

Ainsi, elle était bien de sa chair. Ainsi, leurs deux âmes étaient bien jumelles. Il avait eu si peur.

– Alors, pourquoi ? Pourquoi n'êtes-vous pas venue ?

Elle répondit sur un ton presque suppliant :

– Ne me posez pas cette question.

Puis, enchaînant très vite :

– Auriez-vous oublié les liens qui m'attachent à doña Constanza ? Et ceux, bien plus sacrés encore, qui font de vous son époux ?

Il se releva d'un coup.

– Rien n'est immuable. Jamais.

Elle lui sourit comme on sourit à un enfant.

– Vous parlez en homme libre, dom Pedro, alors que vous et moi sommes prisonniers.

– Vous avez raison, approuva-t-il. Prisonniers l'un de l'autre.

– Entourés de geôliers.

Il marcha vers la fenêtre et fixa longuement le ciel nocturne. Où trouver la voie ? Il savait qu'elle n'avait pas tort, que le présent n'était qu'une immense muraille dressée entre elle et lui. Il bégaya :

– Vivre sans toi... vivre sans toi m'est impossible. S'il n'y avait aucun espoir, je mourrais.

Dans son émotion, il l'avait tutoyée.

– Un prince a-t-il le droit de mourir d'amour, dom Pedro ? Un jour vous serez roi. Votre peuple aura besoin de vous.

– Ni royaume ni rien au monde ne compteront à mes yeux si je ne te sais à mes côtés !

Les lèvres sèches, il poursuivit en se battant furieusement avec le rythme des syllabes :

– Ne viens-tu pas de me confier que tu aurais pu écrire cette lettre ? Et si tu l'avais écrite, aurais-tu éludé une phrase, une seule, la jugeant inappropriée ? Dis-le-moi. Je t'en conjure. Si la réponse est oui, je fais le serment de survivre avec ma douleur, sans jamais essayer de revenir vers toi.

Un silence interminable s'instaura. Des siècles. Jusqu'au moment où les lèvres d'Inès esquissèrent le mot « non » sans le prononcer.

Alors, il prit place au bord du lit et, toute appréhension abandonnée, il se pencha sur elle. Elle ne le repoussa pas. De sentir la chaleur de Pedro, sa joue contre la sienne, fit tomber ses dernières résistances. Elle murmura : « Que Dieu me pardonne. » Bientôt leurs bouches se mêlèrent, et leur peau, et les battements de leurs cœurs qui cognaient tout aussi fort que les tambours sur la place d'Évora.

À travers la fenêtre, la lune refléta l'image de deux naufragés. Mais Pedro ne pouvait la voir puisque ses yeux ne lui appartenaient plus, ni sa mémoire ni sa raison.

Il cria :

– Je t'aime... Je t'aime.

Mais Inès ne pouvait pas l'entendre, puisque ses sens ne lui appartenaient plus, ni sa mémoire ni sa raison.

Insensiblement, elle qui n'avait jamais fait l'amour se surprit à gémir, à ployer sous le plaisir. Elle s'abandonnait, dérivait vers lui, buvant à des sources jamais entrevues. À mesure que l'étreinte se prolongeait, se révélaient peu à peu des joies insoupçonnées, des fièvres brûlantes, tout un monde jusque-là enfoui dans les secrets de sa chair. Et lui accomplissait le même voyage. Alors le voile se déchira. Le corps d'Inès s'arc-bouta violemment. Elle se mordit la lèvre inférieure pour mieux contenir sa jouissance. Ni souffrance ni douleur, le bonheur seulement. Pedro était en elle, et son ventre, mer vierge, l'avait accueilli comme un amant de retour. Ils s'unirent encore et encore jusqu'à la fin de la nuit, jusqu'à l'heure où le premier rayon de soleil se glissa dans la chambre, traversa la pièce et alla se poser sur le manteau de la cheminée, éclairant du même coup la chevalière qui s'y trouvait.

Sur le chaton plat étaient gravées les armoiries de la famille Castro : *Six figures circulaires en émail, six tourteaux d'azur sur fond d'or.*

La voix de la vieille diseuse de bonne aventure s'écriant : « Six tourteaux d'azur gouvernent désormais votre royaume », cette voix aurait pu résonner dans la pièce. Dom Pedro ne l'aurait pas entendue.

Avignon, ce même jour.

La cellule qui lui servait de chambre était pleine de ténèbres. Mais c'était précisément dans cette absence de lumière que le frère Aurelio Cambini puisait tout son réconfort.

Agenouillé à son prie-Dieu, il s'efforçait de se concentrer sur sa prière, mais en vain. La conversation qu'il avait surprise quelques jours plus tôt entre le cardinal de Fontenay et le pape n'avait fait que raviver d'anciens souvenirs et le sentiment de terreur qui leur faisait escorte. Ainsi, une âme barbare avait dérobé le dossier *Presbyteri Joannis*. Le danger allait-il surgir à nouveau ? Serait-il forcé de fuir ? Fuir encore ? Il s'était exilé pendant près de dix ans. Vivant comme un mendiant, errant de cité en cité. Depuis un an qu'il était de retour dans la cité épiscopale, il ne se sentait plus la force de repartir. Dans son désespoir, lui restait tout de même une consolation. Dieu, dans son extrême clairvoyance, et grâce à son serviteur, l'humble Aurelio Cambini, avait empêché que le pire ne se produisît. L'essentiel, l'objet de toutes les convoitises, était en lieu sûr. Personne, jamais, ne ferait avouer à Aurelio où il l'avait dissimulé dans l'attente de le confier à une âme pure ; une âme méritante. Quant à l'« autre » document... Eh bien Cambini ne tarderait pas à le révéler au grand jour et le monde saurait ! Et le monde reconnaîtrait la cité des papes pour ce qu'elle est : la putain de Babylone !

Dans un geste pensif, il effleura de son index sa lèvre inférieure. Son esprit vogua vers les quatre personnages (hormis Cambini) qui, au cours du siècle, avaient eu connaissance du Grand Secret.

Giovanni de Montecorvino, décédé douze ans plus tôt en Chine.

Odoric de Pordenone, mort en janvier 1331, à Villanova. Le 15 très précisément. Une date qui était restée gravée dans la mémoire de Cambini.

Quant au pape Jean XXII, il avait quitté ce monde six ans auparavant. En 1334.

Tous étaient décédés. Tous sauf un.

112

La Reine crucifiée

Ne restait plus que Melchiore, le frère de Pordenone. À sa grande surprise, Cambini venait justement de recevoir un mot de lui. À en croire la lettre, l'homme vivait toujours dans le village de sa naissance, à Villanova, en Italie, dans le Frioul. Curieux personnage que ce Melchiore. Des neuf années qu'il avait passées à ses côtés, Cambini avait conservé de lui l'image d'un être un peu simplet, ne s'intéressant à rien d'autre qu'à son troupeau de brebis et à sa progéniture : il avait trois enfants. Deux filles, un garçon. Ludovico. Le franciscain s'était souvent demandé ce que Melchiore savait exactement. Jusqu'à quel point son frère s'était-il confié à lui lorsqu'il était retourné à Villanova ? En tout cas, personne au monde n'aurait pu avoir connaissance de son existence. Personne, sauf lui, Cambini.

Il sursauta. On frappait. Aussitôt, son cœur s'emballa. Et si c'était eux ? Si on l'avait retrouvé ? Non. Impossible. Pas si vite ! Il alla d'un pas hésitant vers la porte. Le cardinal de Fontenay se tenait sur le seuil.

– Monseigneur ?

– Je regrette de venir troubler votre méditation, mon frère. J'aurais aimé vous parler.

– Bien sûr. Entrez donc.

Le franciscain repoussa le battant en cherchant à masquer le tremblement qui s'était emparé de ses mains. L'avait-on surpris en train d'écouter derrière la porte de la salle de Parement ?

Le cardinal plissa le front tout en examinant la cellule.

– Comment pouvez-vous vivre dans une perpétuelle obscurité ?

Cambini s'empressa d'ouvrir les rideaux qui voilaient la fenêtre.

– La pénombre me permet de me concentrer. N'est-ce pas dans la nuit que Notre Seigneur Jésus-Christ s'est plongé dans la prière, en fusion avec son père, alors que l'on s'apprêtait à l'arrêter ?

– Bien sûr. Bien sûr.

Fontenay pensa à part lui que le franciscain était un bien étrange personnage. Peu loquace, renfermé, l'œil fuyant, avec cette apparence inquiète qui ne le quittait jamais. Depuis environ un an qu'il était revenu dans le palais épiscopal, personne n'avait été capable de percer la carapace dont Cambini s'entourait. Tout ce que l'on savait de lui se résumait à peu de chose. Il était entré à près de quarante ans dans l'ordre des Frères mineurs – un âge bien tardif pour une vocation – et avait vécu à l'instar de ses compagnons dans le couvent Saint-François d'Assise, à Ascoli, à une cinquantaine de lieues de Rome. Alors qu'il approchait de la cinquantaine, le Maître de l'ordre l'avait envoyé au Saint-Siège avec pour mission de réorganiser les archives du Latran laissées à l'abandon depuis l'exil de la papauté ; un labeur que d'aucuns eussent trouvé fastidieux, mais qui, aux dires de Cambini, s'était révélé passionnant. Pour quelle raison l'avait-on choisi, lui, plutôt qu'un autre ? Sans doute pour la grande probité dont il n'avait cessé de témoigner et pour sa connaissance des langues : il en parlait sept. Mais des années qui avaient précédé sa conversion, on ne savait rien. Comment les avait-il employées ? En quel pays ?

Un matin de février 1330, on le vit débarquer en Avignon. Il déclara avoir été obligé de fuir Rome où son existence était menacée. Par qui ? Pourquoi ? Les réponses du franciscain furent pour le moins évasives. Un représentant de la famille Colonna avait essayé de pénétrer dans la salle des Archives. Le franciscain s'y était violemment opposé, allant même jusqu'à assommer l'intrus à l'aide d'un chandelier. L'avait-il seulement assommé ? Ou bien assassiné ? Mystère. Le soir même Cambini prenait la route en direction de la France et d'Avignon. Le pape Jean XXII, qui régnait alors, accepta de lui accorder asile. Curieusement, Cambini n'était resté que quelques mois. Au début de l'année 1331, il repartait pour on ne sait où. Pendant près de neuf années, plus personne n'avait entendu parler de lui. Et voilà que, un an plus tôt, il avait refait surface.

À bien y repenser, le geste de Jean XXII fut un geste bien généreux, lorsqu'on savait le conflit qui opposait en ce temps une catégorie de franciscains au Saint-Père. En effet, sitôt après la mort du fondateur de l'ordre, les conflits avaient surgi sous l'aspect d'une question essentielle : fallait-il appliquer à la lettre la fameuse *regula prima* instituée par saint François, qui préconisait de vivre à l'instar du Christ en état de pauvreté absolue ? Ou bien avait-on le droit d'assouplir cette règle ? Certains – les conventuels – considéraient que cette pauvreté évangélique était beaucoup trop dure à supporter, puisqu'elle leur interdisait de posséder des couvents ou même des livres et les forçait à vivre de mendicité. Les autres, les spirituels ou *zelanti*, estimaient qu'on ne devait à aucun prix remettre en cause les préceptes de saint François. En 1230, le pape Grégoire IX trancha en dispensant les franciscains de suivre le testament du fondateur. Dès lors, le gouffre se creusa entre les deux partis ; les *zelanti* se faisant de plus en plus critiques à l'égard de l'Église. En 1323, le pape Jean XXII – celui-là même qui avait offert l'asile à Cambini – régla définitivement la question en déclarant par sa bulle *Cum inter nonnullos* que la pauvreté du Christ et des apôtres n'avait pas été absolue. Le conflit larvé éclata au grand jour. Bon nombre de « spirituels » manifestèrent leur opposition devant ce qu'ils considéraient comme une injure faite à la mémoire de saint François. La réaction du pape ne se fit pas attendre : les meneurs, accusés d'hérésie, furent condamnés à l'emprisonnement et les bûchers se mirent à flamber un peu partout, tant en Provence qu'en Catalogne ou en Espagne. Aujourd'hui encore, les *zelanti* ne désarmaient pas et continuaient de prêcher que les sacrements conférés par l'Église d'Avignon n'étaient pas valables.

Tout cela soulignait bien la magnanimité dont avait fait preuve Jean XXII en offrant l'hospitalité à Cambini, car bien que le franciscain ne l'eût jamais admis, Fontenay était convaincu qu'il appartenait au parti des *zelanti*. Il s'en était ouvert au pape actuel, mais celui-ci n'avait guère jugé utile de réagir.

Le cardinal chercha un coin où s'asseoir et, en désespoir de cause, resta debout. Il était hors de question qu'il s'installât sur cette paillasse qui servait de couche au franciscain. Pourtant, ce n'étaient pas les lits qui manquaient dans cette résidence ! Mais comment raisonner un homme convaincu qu'une existence n'a de valeur que si elle est fondée sur la pauvreté la plus absolue ?

— Je ne vais pas être long, commença Fontenay. J'ai seulement quelques questions à vous poser.

116

Cambini croisa ses mains osseuses sur sa poitrine.

– Si je peux y répondre, monseigneur.

– À l'époque où vous vous occupiez des archives du Latran...

Le mot « archives » eut le don de faire frémir le franciscain. Il parvint tout de même à rester impassible.

Le cardinal poursuivait :

– ... n'avez-vous pas eu l'occasion de côtoyer frère Giuseppe Carducci ?

– Carducci ?

Cambini fit mine de réfléchir.

– Ce nom me dit quelque chose en effet. J'ai dû le croiser au monastère Saint-François à l'époque où j'y résidais.

Fontenay plissa le front.

– Croiser ? Que je sache, vous n'étiez pas très nombreux. J'imagine que vous entreteniez des rapports plus personnels avec vos frères. Peut-être même des liens d'amitié.

– Ce ne fut pas mon cas. Je suis un solitaire. J'ai toujours eu une certaine difficulté à me lier.

Un euphémisme, pensa Fontenay.

– Que pouvez-vous me dire sur Carducci ?

– Pas grand-chose, monseigneur. Je sais seulement qu'il était d'origine modeste. Assez taciturne. Et qu'il était entré assez jeune dans l'ordre des Frères mineurs.

– C'est tout ?

Cambini adopta une moue désolée.

– Saviez-vous qu'il vous avait succédé aux archives ?

Le frère eut un mouvement d'étonnement.

– Pas du tout ! Comment l'aurais-je su ? En êtes-vous certain ?

Fontenay acquiesça.

– D'autant plus certain qu'il s'est rendu coupable de vol.

Cambini feignit la surprise.

– Un vol ?

– Parfaitement.

– C'est effrayant ! Jamais je n'aurais cru que l'un de nos frères fût capable d'un acte pareil.

– Hélas ! Le mal rôde en chacun de nous. Revenons au sujet qui me préoccupe. Je suppose que, lors de vos travaux au sein des archives, il vous est arrivé de manipuler certains dossiers confidentiels ?

– Bien sûr. La plupart d'entre eux l'étaient.

– Je veux parler d'un dossier en particulier.

Le cardinal se racla la gorge.

– Le dossier *Presbyteri Joannis*.

Cambini articula la bouche sèche :

– *Presbyteri Joannis* ?

– Parfaitement.

Il se plongea dans une fausse méditation.

– Ce nom ne me dit rien.

– Vous en êtes sûr, mon frère ?

Cambini confirma.

– Voilà qui est curieux.

– Curieux ?

– Vous avez bien travaillé plus de cinq ans au Latran.

– Six ans et soixante-douze jours, monseigneur.

– Et, à aucun moment, vous n'avez eu ce dossier entre les mains ?

Quelques gouttes de sueur perlèrent sur le front du

franciscain qu'il essuya d'un mouvement vif du revers de la main.

– Vous ne pouvez imaginer le nombre de papiers qu'il m'a fallu trier, ordonner. Un vaste amas d'écrits. Des milliers de monographies et autant de correspondances.

– Précisément. Le dossier *Joannis* faisait partie de ces échanges épistolaires.

– Je n'en doute pas. Mais j'accomplissais mon tri en fonction des dates. Et je travaillais en remontant le temps. Ces documents étaient probablement en attente.

Il adopta un air détaché :

– À quand ces lettres remontent-elles ?

– *Une lettre,* précisa Fontenay. Elle est datée du 23 juillet 1177.

– Plus d'un siècle et demi... C'est bien ce que je pensais. Lorsque j'ai quitté le Latran, j'entamais à peine l'année 1200.

Il grimaça un sourire.

– À vingt-trois ans près...

Un voile embruma les prunelles du cardinal dont on n'aurait pu dire s'il était l'expression de sa contrariété ou de son scepticisme.

Il passa à plusieurs reprises sa main le long de son menton avant de reprendre la parole.

– C'est parfait. Je vous remercie pour ces informations.

– Il n'y a pas de quoi, monseigneur. Croyez que j'aurais bien voulu vous aider plus efficacement.

Il ajouta avec un air très las :

– De toute façon, même si j'avais entrevu le dossier en question, il est probable que je ne m'en serais jamais souvenu. L'âge. Ma mémoire n'est plus aussi vive qu'auparavant.

– Je comprends. Seulement, dans ce cas précis, ce n'est pas votre mémoire qui est en cause.

Au moment de franchir le seuil, le cardinal laissa tomber sur un ton sibyllin :

– À vingt-trois ans près...

Sitôt son interlocuteur parti, Cambini referma la porte à double tour et se signa à plusieurs reprises.

– Miséricorde... Miséricorde. Pardon, mon Dieu. Je suis un misérable. Je ne suis rien.

Avec des gestes lents, il ôta sa robe.

Une fois entièrement dénudé, il s'accroupit à terre et récupéra le scorpion dissimulé sous la litière. Avec une volupté indicible, il fit glisser sa paume le long de la lanière, le long des chaînes à pointes de métal, et s'agenouilla à son prie-Dieu.

– Seigneur, j'implore votre indulgence. L'univers entier vous appartient. Ne permettez pas que les hommes y répandent le péché.

Il leva la main et le premier coup s'abattit sur son thorax, déchirant la chair, faisant jaillir des rigoles sanguinolentes.

– Souffrance, la terre n'est que souffrance !

Peu à peu, les épaules et la poitrine se couvrirent de zébrures violettes et de taches livides. Insensible à la douleur, Cambini continua de se cingler, tandis que sa main demeurait ferme malgré la violence des coups.

Le sang ruisselait maintenant le long de son bas-ventre et de ses cuisses. Il se mordit les lèvres, les traits congestionnés, et se concentra sur la vision de François d'Assise,

retiré dans les collines de l'Alverne, sur ce corps où s'étaient manifestées visiblement les traces de la Passion de Jésus, les stigmates.
– Souffrance, souffrance ! gémit-il. Souffrance ! Le monde n'est que souffrance...

Alors qu'il longeait l'aile du Conclave, Mgr de Fontenay essayait de mettre de l'ordre dans les pensées contradictoires qui se bousculaient dans sa tête. Cambini mentait. C'était une évidence. Pourquoi ? Que cherchait-il à cacher ? Cette histoire de tri ne tenait pas debout. Comment croire qu'il n'avait fait que « croiser » Carducci ? Fontenay n'avait jamais éprouvé de sympathie pour ces *zelanti*. Pour leur entêtement à maintenir que l'Église ne devait rien posséder, ni couvents, ni terres, ni richesses d'aucune sorte. Où était-il écrit qu'un prêtre devait mendier sa nourriture ? Cette fois, néanmoins, ce n'était pas son animosité qui était cause de sa méfiance. Il y avait trop de zones d'ombre dans la vie de Cambini.

Il devait au plus vite en référer au pape. Il le ferait dès que celui-ci serait rentré de sa résidence de Sorgues.

9

Palais de Montemor, 20 décembre.

Le roi Afonso se redressa violemment dans son lit, les traits inondés de sueur, réveillant du même coup la reine Béatrice qui dormait à ses côtés. Tout son corps frissonnait comme s'il était parcouru d'un courant glacial. Il ouvrit la bouche pour crier, mais n'en sortit qu'un prénom : *Isabel...*

Voilà qu'à nouveau il appelait sa mère.

Béatrice se redressa à son tour et, dans un mouvement plein de commisération, prit son époux entre ses bras.

– Toujours le même cauchemar ? questionna-t-elle doucement.

Afonso ne répondit pas. Dans la lumière blafarde de l'aube, on eût dit un fantôme. Voilà des années qu'il était hanté par ces rêves effroyables. Très précisément depuis la mort de son père, le roi Denis. Des visions d'horreur, toujours les mêmes, où il se voyait porter le glaive contre son géniteur, plongeant la lame dans les entrailles paternelles, la main, pour y arracher un à un les viscères, se

123

délectant de sa fureur, comme emporté par des vents impétueux, de ceux qui, certains soirs, se précipitent et soulèvent la mer dans l'estuaire au pied de Lisbonne.

Il cria :

– Quand donc cela cessera-t-il ? Quand ?

– Tout s'oublie. Vous verrez, Afonso, tout s'oublie.

Pourtant, elle savait bien que le drame qui avait opposé le père et le fils ne faisait pas partie des choses qui se perdent dans la mémoire. La tache demeurerait à jamais indélébile et ne s'effacerait que dans la tombe. Ce qui s'était passé une vingtaine d'années plus tôt n'avait pas été une simple discorde, mais une déchirure, de celles qui lacèrent le cœur et le vident de son sang.

Afonso se mit debout. Dans le contre-jour, l'image d'un chêne traversa l'esprit de Béatrice. C'est ainsi qu'elle avait toujours considéré son époux : un chêne. Un chêne enraciné au même bloc de terre, appuyé contre une muraille qui avait pour nom Portugal. Rien ni personne n'eût été capable de le faire vaciller. Rien, sinon ces visions qui déferlaient sur ses nuits.

– Comment va-t-il ?

La question était tombée aussi sèche qu'inattendue.

Ainsi, songea Béatrice, même secoué, aux prises avec ses tempêtes, l'esprit d'Afonso conservait toute sa lucidité.

– Notre fils va mieux.

Elle se risqua à ajouter :

– Vous devriez peut-être l'autoriser à vous voir. Voilà plus de dix jours que vous lui fermez votre porte. Bientôt c'est Noël. Une fête où les cœurs devraient se réconcilier autour de la naissance de Notre Seigneur.

Le roi se retourna vivement.

– À quoi cela servirait-il ? Dites-le-moi ?

– Vous pourriez lui parler, lui...

– Lui parler ?

Un rictus anima ses lèvres.

– Je lui ai enseigné ce que tout souverain est tenu de transmettre à celui qui, un jour, devra le remplacer. Il m'entend, mais ne m'écoute pas. Il me regarde, mais ne me voit pas ! Et cette fois... !

Il s'arrêta pour serrer le poing.

– Il a outrepassé les limites du supportable ! Danser et s'enivrer en compagnie de marauds ! S'enivrer jusqu'à rouler sous la table ! Croyez-vous que ce soit là le comportement digne d'un prince ?

– Calmez-vous. À quoi sert de vous emporter ?

Dans le lointain montaient les premiers bruits de la campagne qui s'éveillait.

Béatrice reprit la parole :

– Je pense à votre phrase... « Je lui ai enseigné ce que tout souverain est tenu de transmettre à celui qui, un jour, devra le remplacer. »

– Parfaitement ! Aurais-je eu tort ?

– Non. Vous êtes le souverain. Il est votre héritier.

– Mais alors ?

La reine se rapprocha de son époux.

– Vous lui tenez le langage d'un roi, Sire. Peut-être devriez-vous aussi lui tenir le langage d'un père. Car vous ne régnez pas uniquement sur un royaume, vous régnez aussi sur le cœur de votre fils. Les deux ne se gouvernent pas pareillement.

Afonso se leva d'un seul coup.

– Fadaises ! Propos de femme !

– Non, Afonso. Propos de mère.

– Une mère est faite pour bercer. Un homme pour éduquer. Je sais que j'ai raison. Et le temps est trop court pour que je le gaspille en frivolités. Qu'importe si Pedro ne grandit pas en fils ! L'important est qu'il grandisse en roi.

Il marcha d'un pas vif vers la porte ouverte sur l'antichambre et franchit le seuil sans se retourner.

Béatrice se retrouva seule.

Alvaro Gonçalves, le *meirinho-mor*, l'un des trois conseillers les plus proches du roi, n'arrivait pas à en croire ses oreilles. Il répéta sa question au serviteur qui se tenait devant lui.

– Es-tu sûr de ce que tu avances ?

– Oui, seigneur. Je l'ai vu. J'ai vu l'infant comme je vous vois.

– Il entrait bien dans la chambre de doña Inès ? Tu en es certain.

– Et ce n'était pas la première fois. C'est ainsi toutes les nuits depuis une semaine. À l'heure où nous parlons, je les ai vus qui filaient vers les écuries. Sans doute s'apprêtent-ils à partir en randonnée.

La surprise de Gonçalves se transforma en effarement.

– Au vu et au su de tout le monde ?

– Je le crains.

Incroyable ! Que l'infant forniquât hors du mariage n'était pas pour le choquer ; le jeune homme avait de qui tenir. Son grand-père, le roi Denis ne s'était guère privé, loin s'en faut ! Non, la gêne était ailleurs. Elle était liée non pas à la belle Inès de Castro que, soit dit en passant, Gonçalves eût troussée volontiers, mais aux frères d'Inès. Juan et Francisco. Tout particulièrement Francisco, l'aîné, personnage méprisable s'il en fut. Gonçalves avait été à deux doigts de croiser le fer avec l'homme. Bien que vingt ans se fussent écoulés, le souvenir était encore vif. C'était le 12 janvier 1320, à Séville.

Quelques années plus tôt, au nom des sacro-saintes alliances, on avait marié dona Maria, la sœur de Pedro, au jeune roi de Castille. Ces épousailles qui auraient dû rapprocher les deux royaumes les conduisirent au contraire à l'affrontement. Maltraitée par son mari, humiliée, dona Maria avait appelé son père au secours. Afonso avait commencé par écrire une longue lettre au souverain castillan, le menaçant d'intervenir s'il ne modifiait pas son comportement. La lettre fit long feu. Une seconde mise en garde suivit qui n'eut pas plus d'effet que la première. Alors, Afonso n'hésita plus à prendre les armes. À ses yeux, ce n'était pas seulement sa fille, mais le Portugal qu'on humiliait. Au terme de quatre longues années d'une guerre qui ne vit ni vainqueur ni vaincu, à l'instigation de dona Maria elle-même, on décida de négocier. L'homme qui conduisait la délégation castillane n'était autre que Francisco de Castro. Le frère d'Inès en personne. Gonçalves, lui, représentait les intérêts portugais. Jamais, au cours de toute son existence, il n'avait été confronté à pareil personnage. L'arrogance même. Et quelle impudence !

Parlant de dona Maria, il avait eu l'audace de déclarer :
« C'est une petite pécore, impertinente de surcroît, qui
ignore ce qu'est de respecter son époux. » Il avait poussé
l'affront jusqu'à ajouter : « C'est bien une Portugaise. » Le
sang de Gonçalves n'avait fait qu'un tour. Il avait bondi
sur ses pieds et dégainé, prêt à pourfendre le misérable. Si
leur entourage ne s'était pas interposé, Francisco n'eût plus
été de ce monde.

Depuis ce jour, le triste individu avait réussi à s'imposer
à force de manigances, et aujourd'hui, même s'il ne possédait pas de titre officiel, son influence était presque aussi
grande auprès du roi de Castille que celle qu'exerçaient,
sur Afonso IV, Alvaro Gonçalves, Pêro Coelho ou Diogo
Lopes Pacheco. En fait, il avait largement bénéficié de
l'acharnement dont avait preuve au début de son règne le
jeune souverain castillan contre les détracteurs de l'absolu-
tisme royal, c'est-à-dire contre la haute noblesse, les ordres
militaires et le clergé. Des personnages marginaux – dont
faisait partie Francisco – profitèrent de cette situation pour
s'élever socialement, tout en sachant gagner l'estime et la
confiance du roi. Un roi qui n'avait alors que quatorze ans.

Gonçalves balaya l'air de la main. Allons ! Il se tour-
mentait pour rien ! Dom Pedro était marié et l'on n'avait
même pas vu les frères d'Inès au mariage ; preuve, s'il en
était, de leur manque de courtoisie. Si l'affaire devait prendre quelque proportion, il serait toujours temps d'aviser.

Le *meirinho-mor* recommanda toutefois à son serviteur :

– Continue de les surveiller. Tiens-moi au courant de
tous leurs faits et gestes.

128

L'homme opina :
– Bien sûr, mon seigneur.
Une fois seul, Gonçalves réfléchit quelques instants.
Il serait peut-être plus prudent d'informer les deux autres conseillers du roi. D'ailleurs, ils devaient se réunir en fin de matinée afin de mettre la dernière main au projet *Joannis*. Nul doute que Coelho et Pacheco se montreraient intéressés par la nouvelle.

Doña Constanza arpenta pendant quelques instants encore le salon qui jouxtait sa chambre à coucher avant de pivoter vers Massala.
– Oui, je sais ! Je sais que ma requête est absurde. Pourtant, je n'ai que vous à qui m'adresser. Je n'ose me confier à la reine, et le roi est le roi. Pedro m'a parlé des sentiments qui vous unissaient. J'ai cru comprendre que vous, mieux que quiconque, seriez capable de me dévoiler les secrets de son âme. Alors, Massala ?
Le vieil esclave afficha un air éperdu. Que répondre à cette jeune femme ? Convoqué quelques minutes auparavant dans les appartements de l'infante, il se sentait totalement désarmé. Bien sûr, il avait mis en garde dom Pedro, dramatisant volontairement la situation, mais au fond de lui, il n'aurait pas cru que les événements évolueraient aussi rapidement. Il soutint le regard de la jeune femme.
– La vie du prince lui appartient, doña Constanza. Je ne sais rien.
– Pitié ! À quoi sert de me cacher la vérité ? Je n'ai que

vingt ans, mais croyez-moi, je suis forte ; bien plus forte qu'il n'y paraît.

Le Berbère retint un regard attendri ; de celui qu'on pose sur les enfants. Forte ? Il avait suffisamment côtoyé de femmes dans son existence pour reconnaître d'un seul coup d'œil les lionnes et les biches. Indiscutablement, l'infante appartenait à la seconde catégorie.

La voix s'éleva à nouveau.

– Massala ! Qu'y a-t-il entre mon époux et doña Inès ?

– Je ne puis vous répondre.

– De peur de le trahir ?

– Non.

– Alors ?

– Je viens de vous le dire : parce que la réponse lui appartient.

– Et lui ? Lui, ne m'appartient-il pas ? N'est-il pas devenu mien, de même que je suis devenue sienne une fois que nous fûmes liés par le sacrement du mariage ?

Les prunelles du vieux Berbère s'égarèrent vers l'âtre où se mouraient les dernières braises de la nuit. Il détestait ce genre de situation et il avait le mensonge en horreur.

– Personne n'appartient à personne, doña Constanza, rétorqua-t-il, sinon les esclaves.

– N'est-on pas l'esclave des serments que l'on prête ?

Elle pointa un index accusateur.

– À l'aube, vous avez sellé deux chevaux bais.

Il conserva le silence.

– Ils étaient destinés à un couple.

Il s'enferra dans son mutisme.

Elle continua :

– L'un était pour dom Pedro ; l'autre pour doña Inès.

– Je l'ignorais.

– Vous mentez si mal ! Ne voyez-vous pas que votre comportement est stérile ? Vous cherchez à masquer ce que tout Montemor sait déjà.

Elle se fit presque implorante.

– Croyez-moi. Je ne veux aucun mal à dom Pedro. Chose curieuse, je n'éprouve pas de ressentiment à l'égard de doña Inès. Elle a failli. Mais elle n'est pas la seule coupable.

Elle leva les bras et les laissa retomber avec lassitude.

– N'imaginez pas que je pourrais agir comme la sœur de Pedro. Être une dona Maria, appeler mon père au secours. D'ailleurs mon père, bien que duc de Peñafiel et infiniment respectueux des choses de l'honneur, n'est plus en âge de porter les armes. Je veux seulement savoir.

– Si dom Pedro vous trompe ?

Elle eut un rire forcé.

– De cela, hélas, je suis convaincue. Dès le lendemain de notre nuit de noces, il a accablé de questions doña Filippa, l'une de mes dames d'honneur. Il voulait tout savoir sur Inès. Voilà des jours qu'il déserte mon lit pour occuper le sien. Et ce matin, ce départ vers je ne sais où, avec elle. Au vu de tous. Non ! Sur la tromperie, je n'ai point de doute. Ce que je veux savoir c'est...

Elle s'interrompit, cherchant le mot juste. Il acheva la phrase à sa place :

– S'il s'agit d'un caprice passager ou d'un sentiment durable.

– Parfaitement. Vous l'avez vu grandir. À en croire ce qu'il m'a dit, vous auriez été plus proche de lui que ne le fut jamais son propre père. Vous devez connaître la réponse.

Massala secoua la tête avec affliction.

– Je suis désolé, doña Constanza. Je sais beaucoup de choses. Mais ce que vous me demandez me dépasse.

Elle ouvrit la bouche pour protester, mais il l'arrêta d'un mouvement de la main.

– Non ! Je suis sincère. Sur le saint Coran, je vous le jure. Interrogez les savants sur la marche des étoiles, ils sauront vous répondre. Interrogez les médecins sur les mystères du corps et ses humeurs, ils vous transmettront leur savoir. Prenez un marin aguerri, demandez-lui de vous parler des courants et des marées. La mer n'a point de secret pour lui. Mais pour expliquer les élans du cœur, la naissance des sentiments, prédire leur durée ou leur intensité, vous ne trouverez personne. Le cœur de l'homme, voyez-vous, est bien plus complexe que le mouvement des sphères. On ne sait jamais vraiment pourquoi on aime ; on sait toujours pourquoi on n'aime plus.

Il garda le silence un instant avant de conclure :

– Vous dire si les sentiments de dom Pedro pour doña Inès dureront m'est impossible. En revanche, le jour où ces sentiments ne seront plus, ce jour-là vous pourrez m'en demander la cause et je vous assure que je saurai vous répondre.

L'infante se laissa choir dans un fauteuil.

– Je me battrai, lança-t-elle d'une voix sourde.

– Pourquoi ?

Elle considéra Massala avec stupéfaction et répéta après lui :

– Pourquoi ? En voilà une question incongrue ! Pourquoi ? Mais parce qu'il est mon époux !

– C'est tout ?

– N'est-ce pas là une raison suffisante ?

– Oubliez, doña Constanza. J'ignore pourquoi j'ai posé cette question.

– Ah non ! Ayez donc le courage de vos insinuations !

– Il arrive parfois que l'on prenne un sentiment pour un autre. Se battre pour conserver un être à ses côtés n'a d'intérêt que si la motivation est louable.

– Soyez plus clair !

– Se battre pour conserver un époux, c'est bien. Lutter pour conserver un amour, c'est mieux.

Avant qu'elle n'eût le temps de protester, il demanda :

– Doña Constanza, aimez-vous dom Pedro ?

Elle se sentit vaciller.

– Bien sûr !

– Je me suis donc trompé.

– Trompé ?

– Voyez-vous, je viens d'une terre où ce sont les parents qui décident du bonheur ou du malheur de leurs enfants. Telle famille décide d'unir sa fille au garçon de telle famille. Les concernés n'ont pas le choix. On leur impose un destin où il n'est pas question d'amour. Seulement d'intérêt. Cela aussi s'appelle l'esclavage. Votre mariage avec dom Pedro...

Elle s'écria :

– Comment osez-vous faire une comparaison aussi humiliante ?

Il courba la tête.

– Si je vous ai offensée, doña Constanza, je sollicite humblement votre pardon. Loin de moi l'idée...

Elle l'interrompit, les joues rouges de fureur.

– Il suffit ! J'ai eu tort de m'ouvrir à vous ! Tort d'imaginer que vous feriez montre de compassion ! Tort !

Elle désigna la porte.

– Vous pouvez vous retirer !

Au moment où il franchit le seuil, il l'entendit qui s'exclamait :

– Je me battrai !

Il ne vit pas qu'en prononçant ces mots elle faisait glisser la paume de sa main droite le long de son ventre.

Dom Pedro chevauchait au côté d'Inès. Une mer de verdure s'étalait devant eux, roulant sa houle verte jusqu'à l'horizon. Leur jeunesse et leur beauté flamboyaient si violemment sous l'azur qu'elles devaient éveiller la jalousie des dieux.

Voilà plus de deux heures qu'ils avaient dépassé le petit village d'Arraiolos et venait de surgir à présent celui d'Estremoz avec ses maisons blanches aux toits de tuiles couleur châtaigne. Au loin, sur une colline, se détachaient la masse d'un château et son donjon. Vieux de plus d'un siècle, il avait été érigé par Afonso III, l'arrière-grand-père de dom Pedro.

– Nous sommes bientôt arrivés, annonça l'infant.

– Rappelle-toi. Tu m'as promis que nous serons de retour à Montemor pour l'angélus de midi. Je ne veux pas affronter les questions de doña Constanza. Je n'y résisterais pas.

– Ne crains rien. Tu seras à l'heure.

Ils remontèrent au grand galop le chemin sablonneux qui menait au sommet de la colline et ce n'est qu'une fois devant les remparts du château qu'ils mirent pied à terre.

L'infant saisit la main d'Inès et l'attira vers l'entrée.

– Tu sembles connaître ce lieu par cœur, observa Inès.

– C'est vrai. J'y suis venu assez souvent. J'aime cet endroit.

– Pourtant, ce n'est qu'un château de plus.

– Bien sûr. Mais c'est ici que mon grand-père, le roi Denis, a grandi, et puis, il y a autre chose...

– Que tu ne veux toujours pas me dire.

– Patience. Tu sauras tout dans quelques instants.

Il l'avait entraînée à l'ombre de l'une des tours qui surplombaient le château.

– Mon mystère est caché là-haut, annonça-t-il en ouvrant une porte qui se découpait dans le mur.

À la vue de l'étroit escalier en colimaçon qui s'élevait vers le sommet, Inès s'écria :

– Tu aurais dû me prévenir !

– Te prévenir ?

Elle fit claquer ses mains sur les deux pans de sa robe de chevauchée.

– Tu me voyais donc escalader ces marches accoutrée de la sorte ?

135

Pedro s'approcha de la jeune femme et fit mine de la soulever.

– Que fais-tu ?

– Je vais te porter.

– Jusqu'au sommet ?

– Et plus haut encore.

Elle lui décocha un sourire enjoué.

– Jusqu'au ciel ?

– Et plus haut encore.

Elle laissa fuser un rire joyeux.

– Dieu m'est témoin ! Tu es si fou que tu en serais capable.

Elle se libéra et, d'un geste vif, entreprit de remonter sa robe jusqu'à mi-cuisses. Puis elle esquissa une révérence.

– Je vous suis, seigneur Pedro. Me voilà, rien que pour vous, transformée en lavandière !

Le spectacle qui l'attendait la laissa sans voix. Une pièce ronde. Des cierges. Un autel et, sur les murs, des toiles qui figuraient des événements de la vie d'une femme. D'ailleurs un portrait de celle-ci était posé sur un lutrin, près de l'entrée.

– Une chapelle ?

Pedro confirma.

Elle désigna le portrait.

– Cette femme ? Qui est-elle ?

– L'épouse du roi Denis, la reine Isabel, ma grand-mère.

– Pourquoi ici ? En ce lieu saint ?

Pedro mit quelques secondes avant de révéler :

– Parce qu'elle était sainte. D'ailleurs c'est ainsi que le peuple la surnomme : la « reine sainte ».

Inès paraissait déconcertée.

– Tu veux bien m'expliquer ?

– Elle est née en Aragon, il y a près de soixante-dix ans. À l'âge de douze ans, elle fut contrainte d'épouser mon grand-père, le roi Denis. Il n'était alors que prince héritier. Elle eut son premier enfant sept ans plus tard.

– Cet enfant, c'est ton père, Afonso.

– Oui. Bien que poète, Denis ne fut pas ce que l'on peut appeler un homme tendre. Il était rude comme le sont les paysans de mon pays. Néanmoins, il sut percevoir chez son épouse une aptitude rare : la générosité du cœur. Une générosité doublée d'une incommensurable piété. Il lui laissa toute liberté. Très vite, Isabel consacra son temps à répandre le bien autour d'elle. Elle n'hésitait pas à se mêler au peuple, dispensant ici et là nourritures et argent. Dès l'aube, elle se rendait à l'église du château – celui où nous nous trouvons actuellement – et après avoir prié, elle partait sur les routes. Infatigable, elle donnait à qui était dans le besoin, qu'il fût portugais, espagnol ou voyageur venu d'ailleurs. Elle donnait jusqu'à l'épuisement. À son entourage qui lui reprochait ses folles largesses, elle répliquait : « Je ne puis entendre le gémissement de tant de pauvres mères et la voix implorante des petits enfants sans frémir. Je ne puis voir les larmes des vieillards et les misères de tant de pauvres gens sans m'employer à soulager les malheurs de ce pays. Les biens que Dieu m'a confiés, je n'en suis que l'intendante, et je me dois de secourir toutes les détresses. »

– Une belle âme, observa Inès.

– Tu ne crois pas si bien dire. Elle a consacré sa vie à fonder des hospices, des orphelinats, et un couvent de clarisses, celui de Santa Clara, près de Coimbra. Son cœur était grand comme le ciel, son cœur n'était qu'amour et compassion. Plus d'une fois, elle s'interposa entre des membres de sa famille qui se lançaient dans des batailles, et elle réussit à leur imposer la paix. De là, lui vint son second surnom : la *Pacificadora*. La pacificatrice.

Pedro se tut. L'évocation de cette femme avait provoqué en lui une vague d'émotions, et sans doute d'autres sentiments plus enfouis.

Inès effleura la joue de son amant.

– Je te sens si troublé. Tu sembles avoir beaucoup aimé cette femme.

– Plus encore. Elle n'eût pas été ma grand-mère, mon sentiment eût été tout aussi fort à son égard.

Il prit une courte inspiration et reprit :

– Un jour d'hiver, alors qu'elle faisait l'aumône, le roi Denis la croisa et crut voir son tablier rempli de pièces d'or. Ce qui était vrai. Irrité, il lui ordonna d'ouvrir le tablier. Isabel n'eut d'autre choix que de s'exécuter. Et là, se produisit un événement incroyable : au lieu des pièces d'or, le roi découvrit de magnifiques roses, des roses épanouies et qui plus est, hors saison. Ce fut le « miracle des roses ». Il n'est personne aujourd'hui dans le royaume qui n'ait pas entendu parler de cette scène.

– Merveilleux ! s'exclama Inès, avec l'expression d'une enfant.

– Ce qui l'est encore plus, c'est d'imaginer cette femme,

alors âgée de soixante-quatre ans, faisant le pèlerinage de Compostelle et demandant l'aumône en route.

– Quand est-elle morte ?

– Il y a tout juste quatre ans. Le roi Denis l'ayant précédée de douze ans, elle décida dans un premier temps de se retirer dans le couvent de Santa Clara, mais après réflexion, elle jugea plus utile – vêtue de l'habit du tiers-ordre de saint François – d'habiter une petite maison proche du monastère afin de pouvoir continuer à prodiguer ses bonnes œuvres.

– C'est là qu'elle est décédée ?

Pedro fit non de la tête.

– Elle s'est éteinte ici, à Estremoz, alors qu'elle rendait visite à mon père. C'est du moins ce que l'on m'a raconté.

La jeune femme le considéra avec une pointe d'étonnement.

– Tu parais en douter.

L'infant fit quelques pas vers le portrait d'Isabel et ne répondit qu'après un temps.

– J'ai du mal à expliquer ce que j'éprouve. Oui. Je doute. J'ai toujours eu la sensation que l'on me cachait quelque chose. Un secret. Un terrible secret.

– Que pourrait-on te cacher ? Pour quelle raison ?

– Je n'en sais rien. Je me trompe peut-être. Mais il y a des non-dits plus éloquents que mille révélations. Un enfant sent ces choses. Je les ai senties.

– T'en es-tu confié à ta mère ? L'as-tu interrogée ?

– Bien sûr. J'ai aussi questionné mon père. Chaque fois, je fus confronté à la même réaction : un visage qui se baisse, un regard qui vous fuit. Des phrases qui sonnent comme une leçon bien apprise. C'est tout.

Dans un élan spontané, Inès entoura de ses bras le cou de Pedro.

– Merci...

Il fronça les sourcils.

– Oui, reprit-elle, merci de m'avoir fait partager cette part de ta vie.

– Je veux que tu saches tout de moi.

Il marqua une pause, puis :

– Demain, je te présenterai Massala.

– Massala ?

– C'est mon fidèle serviteur. C'est aussi mon second père. Si quelque chose devait m'arriver un jour, sache qu'il est le seul être au monde qui a toute ma confiance.

Elle se mit à rire franchement.

– À t'entendre, tu serais un vieillard qui n'aurait plus que quelques jours à vivre !

– Parce que j'ai peur, Inès. Peur que le monde nous sépare.

Elle n'osa rien dire. Sans doute parce que la peur qu'il venait d'évoquer était aussi la sienne. Son regard s'évapora vers le portrait d'Isabel et se mua en une prière muette.

Sainte Isabel, que le fracas des armes et le jugement des hommes ne brisent pas le rêve.

Au pied de la tour, l'homme de main d'Alvaro Gonçalves guettait patiemment le retour du couple.

10

Salle des Portulans, Montemor.

– Amusant, non ? lança Alvaro Gonçalves à l'intention de Pêro Coelho et de Diogo Pacheco.

Ce dernier observa :

– Amusant, en effet. À condition que cela ne devienne pas préoccupant.

Coelho fronça les sourcils.

– Préoccupant ? Pourquoi, *amigo* ? Ce ne sera pas la première fois qu'un personnage de la Cour, roi ou prince, s'offre une maîtresse. Et, de toi à moi, ils sont peu nombreux ceux qui pourraient résister aux charmes de doña Inès. Un pur joyau que cette damoiselle ! Sa gorge ! Cette peau !

Il poursuivit, rêveur :

– Je me demande si je ne me risquerai pas un soir à tenter ma chance. La belle ne semble pas très farouche. Et toi, Alvaro ? Qu'en dis-tu ?

– Je pense que pour l'heure, il n'y a point lieu de s'alarmer. Mais je pense aussi que l'affaire est à surveiller de près. Aucun de vous deux n'ignore l'opinion que j'ai de ces deux malfrats

141

que sont Francisco et Juan. Je parle, bien entendu, des frères de doña Inès. Je veux croire qu'ils ne s'aviseront pas de profiter de la situation pour se transformer en chevaux de Troie. Nous savons bien qu'ils n'ont jamais caché leur désir de ramener le Portugal dans le giron de la Castille. Un vieux rêve qui, depuis plus de trois siècles, hante encore l'esprit de certains. Gardons en mémoire combien furent rudes les batailles qui opposèrent nos deux royaumes. En cas de défaillance, reportons notre regard sur les cinquante châteaux érigés par feu le roi Denis, le long de la frontière.

Le secrétaire particulier d'Afonso protesta :

– Absurde ! Depuis que nos deux royaumes ont signé le traité d'Alcaciñes garantissant à chacun ses limites territoriales, les tensions sont retombées. Que je sache, c'est doña Constanza qui est l'épouse de dom Pedro et non cette jeune femme. Réfléchissez ! Elle n'a et n'aura aucun pouvoir sur l'infant. D'autre part, si la Castille avait encore des visées sur nous, rien ne l'empêcherait d'utiliser l'épouse légitime plutôt que la maîtresse. Je ne comprends rien à vos appréhensions.

– Mon cher Coelho, rétorqua Diogo Pacheco, comme tu viens très justement de le souligner, l'union entre doña Constanza et l'infant est une union légitime. Elle a été célébrée pour freiner toute velléité, d'un côté comme de l'autre, et tempérer les appétits. De surcroît, le père de Constanza ne possède ni influence ni pouvoir au sein de la Cour castillane. Sans oublier que c'est un homme qui place l'honneur par-dessus tout. Jamais il n'autoriserait que l'on se serve de sa fille pour satisfaire de sombres machinations politiques. En revanche, les pages de l'Histoire sont noires de récits où des rois en viennent à préférer leur bâtard à

leur enfant légitime. Dois-je te rappeler certains événements qui ne sont pas très éloignés de nous ?

– Un bâtard ? Comme tu y vas ! Aux dernières nouvelles,
doña Inès n'est pas enceinte !

– Elle pourrait le devenir.

– Tout comme doña Constanza ! Encore faudrait-il que
toutes deux accouchent d'enfants mâles. Et le chemin sera
bien long qui débouchera sur un choix de l'infant !

Coelho secoua la tête à plusieurs reprises.

– Non. Vous vous inquiétez pour rien.

Pacheco allongea ses jambes en se calant la tête contre
le mur.

– Souhaitons que l'avenir te donne raison.

Gonçalves intervint :

– Le roi ? Pensez-vous qu'il soit nécessaire de l'informer ?

Un petit rire secoua Diogo Pacheco.

– Rassure-toi. Si nos tourtereaux continuent de s'afficher
de la sorte, il ne tardera pas à le savoir. Et, si vous voulez
mon avis, étant donné les avanies familiales que Sa Majesté
a été forcée de subir par le passé et dont nous sommes tous
au courant, je n'ose imaginer la violence de sa réaction. Ce
n'est pas le feu, mais la foudre qui s'abattra sur dom Pedro.

Il suggéra :

– À présent, je propose que nous passions à l'objet de
notre réunion.

– L'affaire *Joannis*, approuva Coelho. Voilà un sujet
autrement important que les aventures extraconjugales de
notre prince. Hier soir, je me suis entretenu avec Sa
Majesté. Elle nous laisse l'entière liberté d'agir. Cependant,
ne devrions-nous pas attendre notre ami l'Enchan-

teur avant de poursuivre notre discussion ? Après tout, n'est-ce pas lui le grand instigateur de ce projet ?

— Il se sera oublié, plongé comme d'habitude dans ses grimoires. Commençons sans lui. Nous lui rendrons compte plus tard de nos décisions.

Il se tourna vers Gonçalves.

— As-tu réussi à trouver des hommes dignes de confiance ?

— Oui. J'en ai recruté trois. L'un d'entre eux, Anibal Cavaco, m'a déjà servi avec une très grande efficacité par le passé. C'est un personnage surprenant. J'ai rarement vu un coupe-jarret aussi raffiné et aussi bien éduqué. Il évolue avec la même aisance parmi les nobles ou la racaille. Ils n'attendent plus que nos ordres. Comme convenu, ils embarqueront de Lisbonne pour Massilia et de là, ils se rendront en Avignon. Je leur ai confié un plan du palais épiscopal.

— En espérant que l'homme que nous recherchons s'y trouve toujours.

— Pourquoi ce pessimisme ? Selon le courrier de nos agents, il s'y trouvait encore il y a trois semaines. À moins qu'il ne soit mort entre-temps...

Coelho coupa le *meirinho-mor*.

— Ou bien qu'il ait eu vent de quelque chose...

— Impossible ! Depuis son retour, il vit enfermé dans la cité papale, confiné dans la prière et la méditation. Dix ans se sont écoulés. Il doit se sentir en parfaite sécurité, convaincu que nous l'avons oublié. En quoi il a raison. Reconnaissons que nous avons eu beaucoup de chance.

— De la chance ? s'exclama Gonçalves. Près de dix années d'enquête, des espions recrutés à prix d'or, tant en Italie qu'en France, une succession de déboires et de désillusions !

Coelho s'apprêtait à lui répondre, mais n'en eut pas le temps. La porte de la salle des Portulans venait de s'ouvrir, livrant passage à Balthasar de Montalto.

– Pardonnez mon retard, mes amis. J'ai dû veiller mon neveu toute la nuit, à Arraiolos. Une méchante fièvre.

Il salua d'un geste hâtif et se laissa choir sur un siège entre Gonçalves et Pacheco.

– Vous ne devinerez jamais qui j'ai croisé sur le chemin du retour.

À en juger par l'expression des trois conseillers, ils pressentaient la réponse.

– L'infant en personne ! s'exclama Balthasar. Savez-vous qui galopait à ses côtés ?

Aussitôt, un sourire railleur éclaira les visages. L'Enchanteur s'en étonna.

– Vous êtes déjà au courant ?

– En effet, répliqua Pacheco.

– Les nouvelles vont vite. Dans ce cas, peut-être pourriez-vous me dire qui est la femme ? Je n'ai pas pu identifier ses traits.

Gonçalves secoua sa tête d'aigle pour révéler :

– *Gorge de cygne...*La belle Inès de Castro. L'une des suivantes de l'infante.

L'Enchanteur leva le menton, offensé.

– Eh oui ! confirma Pacheco. Le plaisir est aveugle.

– C'est bien triste, commenta Balthasar, mais je n'en suis pas surpris. Les femmes de nos jours ont perdu le sens de l'honneur et de la vertu.

Il adopta une moue accablée et grommela :

– Où en sommes-nous de notre affaire ?

– Nous étions justement en train de l'évoquer. Trois hommes recrutés par nos soins partiront dès demain pour Massilia. Ils seront en Avignon dans une vingtaine de jours tout au plus.

– Et une fois sur place ?

– Ils appréhenderont le franciscain et le feront parler.

– S'il refuse ? Je vous ai prévenus. L'homme est coriace.

Un ricanement secoua la bedaine de Gonçalves.

– Je connais mes hommes. Ils feraient gémir une pierre.

Balthasar plissa le front.

– N'en soyez pas si sûr, *meu amigo*. Je connais des individus bien plus résistants que le granit. Si ce franciscain tient à son secret, il préférera mourir plutôt que de le révéler.

– Pas question de le tuer, rectifia Gonçalves. La souffrance est une arme bien plus efficace. C'est sûr, il parlera.

– Je veux vous croire. Je *dois* vous croire. Il est hors de question qu'il nous échappe une fois de plus. J'attends ce jour depuis bien trop longtemps. Dix années que mes nuits sont hantées par le souvenir de cet homme. Avez-vous réfléchi à la manière dont vos lascars s'introduiront dans la cité papale ?

– Déguisés en Frères mineurs. Pour la suite, ils appliqueront à la lettre mes directives.

Montalto se carra dans son fauteuil.

– Prions pour que tout se passe comme prévu...

L'Enchanteur poussa un grognement.

– Dites-vous bien que si nous échouons cette fois, tout sera perdu, irrémédiablement perdu.

La Reine crucifiée

Montemor, 25 décembre.

Jamais il n'avait fait une telle chaleur un jour de Noël. Un soleil plus brûlant qu'en été flamboyait sur les plaines de l'Alentejo. Les chênes-lièges, les champs d'oliviers, les vignes étouffaient. C'était bien pire encore sous la voûte de l'église qui jouxtait le palais. Lames chauffées à blanc, les rayons avaient transpercé les vitraux transformant la nef en étuve.

Revêtu de ses habits d'apparat, Afonso IV suait à grosses gouttes. Entre deux *ave*, la reine et la plupart des femmes de la Cour s'efforçaient de rafraîchir leur visage à petits coups discrets d'éventail. Seule doña Constanza, debout au côté de dom Pedro, semblait apprécier cette fournaise. Elle pensait à part elle que c'était la première fois depuis son arrivée au Portugal qu'elle n'avait pas froid, et se demanda presque aussitôt si Inès était frileuse. Depuis le début de la messe, elle luttait contre l'envie de se retourner. Sa dame d'honneur avait-elle son regard posé sur l'infant ? Ou la piété la plus élémentaire lui avait-elle imposé d'abandonner sur le parvis toute pensée pécheresse ? Était-elle recueillie dans la prière ou son esprit vagabondait-il en des rêveries inavouables ? Constanza souffrait. Mais n'est-ce pas le propre des femmes que de souffrir ? N'était-ce pas ce qu'on lui avait inculqué dès sa plus tendre enfance ? Le devoir de toute bonne chrétienne ne consiste-t-il pas à supporter avec abnégation le sacrifice ?

Voyez-vous, je viens d'une terre où ce sont les parents qui décident du bonheur ou du malheur de leurs enfants. Telle famille décide d'unir sa fille au garçon de telle famille. Les concernés n'ont pas le choix. On leur impose un destin où il

147

n'est pas question d'amour. Seulement d'intérêt. Cela aussi s'appelle l'esclavage.

Depuis son entrevue avec le Berbère, ces phrases hantaient son esprit. La colère passée, comment ne pas reconnaître que ces mots n'étaient pas dépourvus de vérité ? En effet, que représentait son mariage sinon un jeu d'alliances ? Comme toujours. La propre grand-mère de dom Pedro, la sainte Isabel, ne s'était-elle pas mariée au roi Denis alors qu'elle venait à peine d'avoir douze ans ? Que sait-on à cet âge des choses de l'amour ? Que savait Constanza, qui jamais n'avait connu ne fût-ce qu'un frôlement de main avant sa nuit de noces ? Pourtant, elle sentait qu'une émotion vibrait dans son cœur. Cela faisait comme la mer. Une sorte de flux et de reflux. Au cours de ces dernières semaines, elle avait à peine entrevu son époux. Pourtant, ces heures avaient suffi pour que naisse un étrange mélange de sentiments indicibles. C'était peut-être cela l'amour ? De toute façon, il était hors de question qu'elle cédât sa place. Elle était fille du duc de Peñafiel ! Elle était castillane ! Un jour elle serait reine.

Elle effleura discrètement son ventre tandis qu'un imperceptible sourire se glissait sur ses lèvres. Bientôt elle serait sauvée. L'enfant qu'elle portait balayerait ses souffrances. Ce serait un mâle, du moins elle l'espérait de toutes ses forces. Dans un peu moins de neuf mois, Pedro serait père, et le feu qui animait sa passion s'éteindrait pour être aussitôt remplacé par un feu autrement plus intense. D'ici là : patience. Patience ! Le soulagement était proche. Car, même si cette naissance à venir se révélait impuissante à calmer les ardeurs de son époux, il existait un autre moyen. Voilà plusieurs jours que l'idée avait fait son chemin dans l'esprit de Constanza. Le stratagème auquel elle pensait était imparable.

Neuf mois... Neuf mois, et Pedro lui reviendrait.

Elle prit une profonde inspiration et essaya de se concentrer sur la messe, en vain. Tant d'idées se bousculaient dans son esprit ! Quelle robe porterait-elle ce soir à la fête ? Celle de satin ? Et ses cheveux ? En chignon ? Nattés en forme de coquillage ? Quels bijoux ? Le collier d'or, serti de pierres, cadeau de son père pour ses vingt ans ? Le diadème, présent de dom Pedro ? Le médaillon de nacre qui renfermait une mèche des cheveux de sa défunte mère ? Une chose était sûre : elle serait plus élégante qu'elle ne l'avait jamais été. Si sa beauté ne pouvait rivaliser avec celle d'Inès, son élégance, elle, l'emporterait.

Neuf mois...

Avignon, à la même heure.

La foule se bousculait le long de la rue de la Grande-Fusterie où hommes et femmes jouaient des coudes pour apercevoir le cortège papal. C'était ainsi chaque fois que le Saint-Père quittait la ville ou y revenait. Aujourd'hui, le chef de la chrétienté rentrait de son château de Sorgues.

Quatre chevaux blancs, tenus en main par des palefreniers, ouvraient la marche. À quelques pas, suivaient un chapelain et des écuyers porteurs du *pallium* et de hampes au sommet desquelles étaient disposés les trois chapeaux couleur pourpre du Saint-Père. Dans leur sillage, marchaient, l'air solennel, les deux barbiers pontificaux. Chacun d'eux soulevait une valise, elle aussi de couleur rouge. L'une renfermait les vêtements du pontife ; l'autre la tiare et son étui. Un sous-diacre ployait sous le poids d'un crucifix en argent qu'il brandissait avec peine vers l'azur. Il précédait une mule sur laquelle on avait installé un tabernacle contenant le *Corpus Christi*. Enfin, venait le pape. Abrité sous un dais soutenu par six notables, vêtu de son costume de cistercien, Benoît XII caracolait sur un cheval blanc. À ses côtés, évoluait un écuyer attentif. Il est probable qu'entre tous c'est à lui qu'incombait la tâche la plus utile. N'était-il pas chargé du *montatorium* ? Sans cet escabeau, il est probable que le vicaire du Christ – piètre cavalier – eût été incapable de monter ou de descendre de cheval.

À l'extrémité du cortège, fermant la marche, on trouvait le camérier, des officiers, des prélats, des abbés et l'aumônier du pape qui, pour écarter les passants, leur jetait de temps à autre de la menue monnaie.

Benoît XII fit un signe de croix en direction de la foule, s'efforçant de masquer son agacement, toujours le même, chaque fois qu'il revenait dans la cité avignonnaise. Il loucha vers le sol parsemé d'ornières et de flaques nauséabondes. Il eût suffi que son équipage passât du trot au galop pour que les passants fussent éclaboussés d'immondices. Décidément, l'écoulement des eaux demeurait le problème majeur de cette ville. On allait bien devoir le résoudre un jour ou l'autre. *Avignon, la plus infecte des villes, mal bâtie, incommode, enfer des vivants ! L'égout de la terre ! De toutes les villes que je connais, c'est la plus puante !* Si ce n'était ce mécréant de Pétrarque qui avait émis ce commentaire, Benoît l'eût sans doute adopté. En réalité, il est probable que l'amer jugement du Toscan n'était que la conséquence d'une frustration éprouvée une vingtaine d'années plus tôt. Victime de ses démêlés avec les guelfes, il avait été obligé de fuir Florence pour Avignon. Une fois sur place, hélas, point d'endroit où se loger. Pas la moindre maison. Pas une seule chambre, alors que la cité regorgeait d'hôtelleries. Et pour cause, les maisons étaient d'une petitesse extrême, des familles entières y étaient entassées et surtout, depuis l'installation de la papauté, la population avait quasiment doublé. Furieux, le poète s'était trouvé contraint de plier bagages pour Carpentras. Il n'en demeurait pas moins, songea Benoît, qu'il aurait pu par la suite revenir sur sa critique. N'était-ce pas en Avignon qu'il avait connu la grande passion de sa vie, une dénommée Laure de Noves ? Mais c'est bien connu, les poètes manquent de reconnaissance.

Le cortège venait d'arriver à l'entrée du palais pontifical. La voix de son écuyer arracha le pape à ses pensées. Avec précaution, il posa le pied sur le montoir et glissa au bas de son cheval.

Suivi par le chapelain, les barbiers et le sous-diacre, il franchit la porte des Champeaux et fut immédiatement accosté par Mgr de Fontenay. Le cardinal mit un genou à terre et, après avoir baisé l'anneau papal, il s'enquit :

– Bienvenue, Votre Sainteté. Avez-vous fait bon voyage ?

– Fatigant, comme tous les voyages. Même s'il ne s'agissait que de deux lieues. Que se passe-t-il ?

– Que voulez-vous dire, Saint Père ?

– Il n'est pas dans vos habitudes de m'accueillir. J'en déduis que vous avez une raison.

– Oui. Enfin, rien de grave, rassurez-vous.

151

Le pape reprit sa marche.

– Retrouvez-moi tout à l'heure dans la Chambre de Parement. On m'attend.

Quelques instants plus tard, il traversait le grand Tinel et pénétrait dans sa chambre à coucher. À peine le seuil franchi, une lueur de satisfaction éclaira ses prunelles. Les peintures qui recouvraient le plafond et les murs de sa chambre étaient sublimes. Ces rinceaux de vigne et de chêne sur fond bleu, parsemés d'oiseaux et d'écureuils, répondaient exactement au souhait qu'il avait exprimé. Il joignit les mains, ravi, et s'adressa au peintre qui, pris de court, s'empressait de descendre de son échafaudage.

– Toutes mes félicitations, Jean. Vous avez réussi au-delà de mes espérances.

Jean Dalbon s'inclina, les joues roses de plaisir.

– Je suis heureux que cela vous plaise, Saint Père. Hélas, comme vous pouvez le constater, mon travail n'est pas encore terminé. Il reste les ébrasements des deux fenêtres et le registre supérieur des murs.

– Je vois bien. Prenez votre temps. Encore que le temps soit ce qui nous manque le plus. J'ai parfois l'impression que jamais les travaux n'auront de fin et je me fais vieux.

– N'ayez crainte, Dieu vous soutiendra. Vous avez déjà accompli des prouesses. Pensez donc ! La tour du Trésor, l'agrandissement de la chapelle Saint-Étienne, l'aile du Conclave, celle des appartements privés, la tour de l'Étude, des Chapelles, le Consistoire, les cuisines, le...

Le pape leva la main.

– Arrêtez ! Cet inventaire me donne le vertige.

Il poussa un soupir et repartit vers la porte.

– De toute façon, si vous ne finissez pas votre travail avant ma mort, le bonheur sera pour mon successeur.

Quand il entra dans la Chambre de Parement, il était à bout de souffle. Il salua Fontenay d'un signe de la tête et se laissa choir sur le siège pontifical.

– Je suis épuisé, lança-t-il en sortant un mouchoir de la poche de sa robe de cistercien.

– Je comprends, Votre Sainteté. Ces travaux...

– S'il n'y avait que cela ! Punir les abus des fonctionnaires et ceux du clergé séculier ! Apaiser les conflits entre le roi de France et celui d'Angleterre, restaurer nos relations avec l'empereur de Bavière, tout en supportant la présence d'un millier d'ouvriers qui ne cessent de marteler le palais de l'aube au crépuscule ! Sans doute ai-je sous-estimé ma tâche.

Avant que le cardinal n'ait eu le temps de commenter, il enchaîna :

– Alors ? Que se passe-t-il ?

– C'est au sujet de ce vol.

– Oui ?

– Nous n'avons toujours pas retrouvé la trace du coupable. Néanmoins, je pense qu'il s'agit d'une question de jours. Je me suis permis d'entrer en rapport avec les responsables de l'institution judiciaire et...

– L'Inquisition ?

– Oui, Votre Sainteté n'est pas sans savoir que cette institution dispose d'un extraordinaire réseau de renseignements, tant en France qu'en Italie ou en Espagne. Une impressionnante toile d'araignée tissée en près de deux siècles et qui a largement fait ses preuves. Le supérieur du couvent franciscain auquel appartenait le dénommé Giuseppe Carducci nous a communiqué un signalement détaillé du personnage. À l'heure qu'il est, ce signalement est entre les mains de la plupart des espions de l'Inquisition. Je ne doute pas de leur efficacité.

Le pape approuva d'un mouvement de la tête.

– Excellent travail, monseigneur. Néanmoins, je ne vous sens pas totalement satisfait. Je me trompe ?

– Quelque chose me tracasse, en effet. Il y a quelques années, peu de temps avant sa mort, votre prédécesseur, Sa Sainteté Jean XXII, a bien voulu accorder l'hospitalité à un frère franciscain. Aurelio Cambini. Un *zelanti*, de toute évidence. L'homme affirmait avoir été forcé de fuir Rome sous prétexte que sa vie était menacée par la famille Colonna.

– Est-il toujours dans nos murs ?

– Oui, Saint Père. Il vit quasiment en reclus. Ne sort de sa chambre que pour se rendre au réfectoire et assister aux offices. Il refuse de dormir dans un lit, préférant l'inconfort d'une paillasse.

– C'est bien un *zelanti*. Mais quel rapport avec l'affaire qui nous concerne ?

– Avant de débarquer en Avignon, Cambini était responsable des archives du Latran.

Une expression intéressée apparut sur le visage du pape. Il encouragea le cardinal à développer.

– Il y a quelques jours, j'ai interrogé l'homme pour essayer d'obtenir de lui des informations au sujet de Giuseppe Carducci qui, je vous le rappelle, était lui aussi franciscain et résidait dans le même monastère. Or, à sa manière de me répondre, ou plutôt de se dérober, j'ai eu la nette impression que Cambini cherchait à cacher quelque chose.

– C'est curieux. Que je sache, ce n'est pas lui qui a volé le dossier du prêtre Jean puisque nous savons qui est le coupable. D'ailleurs, si cela n'avait pas été le cas, je ne vois pas comment le jour du vol le franciscain aurait pu se trouver tout à la fois ici et au Latran. Voilà bien un an qu'il n'a pas quitté la cité épiscopale.

– Évidemment. Toutefois je suis convaincu que Cambini en sait bien plus sur cette affaire qu'il ne l'admet.

– Mettons que vous soyez dans le vrai. Que faire ?

– Commencer, avec votre autorisation, à fouiller sa chambre. S'assurer qu'il ne conserve pas un document, un indice susceptible de nous éclairer.

– Et si vous ne trouvez rien ?

Le cardinal fit une moue embarrassée.

– Je ne sais pas, Saint Père. Je dois réfléchir.

Le pape ferma les yeux, l'air soudain très las.

– Réfléchissez donc, monseigneur. Et tenez-moi au courant.

Agitant faiblement la main, il congédia le cardinal.

Palais de Montemor, Portugal.

Les torchères éclairaient la salle de bal de mille feux. De l'âtre s'échappait une odeur tenace de viande grillée et de persil arabe.

Assise au centre de l'une des deux grandes tables en forme d'U, la reine Béatrice observa son époux à la dérobée

155

et fut soulagée de constater que, pour la première fois depuis longtemps, il paraissait plus détendu. Il avait même échangé quelques mots avec son fils, par-dessus l'épaule de doña Constanza. À l'instar du souverain, l'infante elle aussi semblait sereine. À plusieurs reprises au cours de la soirée, Béatrice l'avait surprise qui riait aux éclats. Son regard s'arrêta sur le prince. Il semblait ailleurs. Elle en éprouva un petit pincement au cœur. Apparemment, rien n'avait changé. Cet ailleurs n'était-il pas ici, parmi ces dames d'honneur qui roucoulaient, installées à l'autre table, à l'extrémité de la salle ? N'était-il pas figuré par cette jeune femme silencieuse à la gorge de cygne et aux joues de lys et de rose ? Par ce prénom tant de fois murmuré quelques jours plus tôt par les lèvres fiévreuses du prince ? *Inès...* *Inès...* Pedro et elle ? Était-ce possible ? Son fils était donc si volage pour tromper une épouse dès le lendemain de son mariage ? À moins que ce fût une passade, un instant d'égarement. Béatrice orienta son regard vers la dame d'honneur et la scruta longuement. Non, hélas. Ces traits, cette pureté n'étaient pas ceux d'un être qui se livre à des instants d'égarement. Il émanait d'elle beaucoup trop de noblesse. Béatrice fit taire ses appréhensions en s'efforçant de se convaincre que tout cela n'était pas bien grave.

À la droite de la reine, repu de vin, somnolait Carlos Valdevez, l'ambassadeur de Castille. Pansu, la figure ronde et le nez aplati, il n'était pas loin, songea Béatrice, de ressembler au cochon – le troisième de la soirée –, qu'un tout jeune tournebroche faisait cuire dans l'âtre. Si, de temps à autre, les conseillers du roi n'avaient pris la peine et à tour de rôle de s'adresser à l'envoyé castillan, il est probable que l'homme se serait écroulé sur la table, la tête dans le bol de *caldo verde* encore fumant, à peine entamé.

— Je suis heureuse, chuchota Constanza en appuyant sa tête contre l'épaule de Pedro.

En guise de réponse, le prince désigna les musiciens groupés au centre de la salle.

— Leur musique est assommante. Vous ne trouvez pas ?

— Pas vraiment.

— Moi je la trouve insupportable.

— N'est-ce pas la musique qui sied à un jour de Noël ?

— Sans doute.

L'un des musiciens, un guitariste, venait de s'approcher de leur table. Pendant quelques instants, Pedro fit mine de s'intéresser au morceau qu'il interprétait, puis l'apostropha :

— Quel est ton nom ?

Un peu surpris, l'homme bredouilla :

— Manuel.

— Dis-moi, Manuel. Saurais-tu jouer une *folia* ?

Le musicien écarquilla les yeux.

— Pardonnez-moi, mon seigneur. Vous avez bien dit : une *folia* ?

— Parfaitement.

— Ici ? Maintenant ?

Pedro opina.

— Tu n'y penses pas ! se récria Constanza affolée. Ce genre de danse ne convient pas à un lieu comme celui-ci ! Il est tout juste bon pour les gens du peuple. Il est...

L'infant fit celui qui n'entendait pas.

— Alors ? insista-t-il auprès du guitariste.

L'homme jeta un coup d'œil éperdu autour de lui. Jamais il n'eût imaginé pareille requête. Ainsi que venait de le souligner l'infante, jouer une *folia* devant une telle assemblée était impensable. Ce rythme endiablé, ce tourbillon de notes risquaient fort de ressembler à une provocation.

– Joue ! ordonna Pedro.

Des perles de sueur étaient apparues sur le front du guitariste. Il eut un ultime moment d'hésitation avant de se pencher en avant avec déférence.

– Si tel est votre souhait...

Il pivota sur les talons et se précipita vers les autres musiciens. On le vit chuchoter. La même expression incrédule s'afficha sur les visages. Il chuchota à nouveau. Après un haussement d'épaules, un joueur de tambour donna le signal.

Aux premières notes, toutes les voix se turent.

Hormis peut-être l'ambassadeur de Castille arraché à sa somnolence, tous avaient reconnu la danse infernale. Lascive, enragée, allant crescendo, la musique submergea la salle. Alors, Pedro se leva lentement et accompagna le rythme en frappant dans ses mains. Il était le seul. Les autres, immobiles, l'air gêné, demeuraient cloués à leur siège. Béatrice décocha un regard furtif vers le roi. Il semblait de marbre.

– Pedro, implora l'infante, arrête !

Au lieu d'obtempérer, il se tourna vers la jeune femme et lui tendit la main.

– Viens... N'aie donc pas peur. Viens danser. Encourageons-les.

Elle secoua la tête.

– Non. Ce n'est pas bien. Assieds-toi, je t'en prie !

Indifférent, il se détourna d'elle et recommença à soutenir la musique, esquissant un pas de danse de temps à autre. À lire son expression, on eût dit que c'était son âme qui chantait.

L'ambassadeur se racla la gorge. Quelques invités toussotèrent. Le roi ne bronchait toujours pas.

C'est alors qu'on entendit un claquement de mains faire écho aux mains de dom Pedro. Il montait d'un coin de la salle à manger.

Tous les regards convergèrent aussitôt vers la table des dames d'honneur. Une jeune femme à la gorge de cygne s'était levée. Les avant-bras légèrement dressés à hauteur de son visage, elle accompagnait gracieusement le prince en frappant dans ses paumes.

– Qui est-elle ? s'étouffa l'ambassadeur de Castille à l'intention de Diogo Pacheco.

– Elle s'appelle Inès, Excellence. Inès de Castro.

– La fille de don Fernández ?

Pacheco acquiesça.

– Mais que fait-elle ici ?

– Elle fait partie de la suite de l'infante. C'est l'une de ses dames d'honneur.

Quel que fût le sentiment du Castillan, il ne laissa rien paraître, mais Pacheco se dit que l'homme devait être passablement abasourdi.

Là-bas, Inès continuait de battre des mains. Et Pedro ne soutenait plus la musique, mais Inès.

Gonçalves qui dévorait la scène des yeux se demanda si

ce qu'il voyait était bien réel. Ces deux-là étaient-ils fous ?
Elle le brûlait des yeux. Il la respirait. Le *meirinho-mor* jeta
un coup d'œil discret vers doña Constanza. Elle lui fit
l'effet d'un spectre, tant était grande la pâleur qui avait
submergé son visage.

Encouragés par l'intervention du couple, les musiciens
s'étaient mis à jouer avec plus de ferveur. La cadence s'accé-
léra. C'était comme une explosion unanime d'allégresse et
de jubilation. C'est au moment où Pedro fit mine de
s'avancer au centre de la salle que la voix du souverain
claqua :

– Il suffit !

Debout. L'œil plein d'orage, Afonso répéta :

– Il suffit !

Et ce fut le silence. Un silence pesant comme une
menace.

Pedro fit volte-face vers le souverain.

– Ce... ce n'est qu'une... qu'une danse, père. Rien... rien
qu'une danse.

Quelqu'un pouffa, amusé par le bégaiement.

Afonso foudroya la personne du regard.

– Cette danse déplaît au roi !

Un instant s'écoula. Les deux hommes continuèrent de
s'observer, puis Pedro murmura :

– Acceptez... mes... mes excuses, père.

C'est le moment que choisit doña Constanza pour bon-
dir hors de son siège. Elle traversa la salle en courant et
disparut.

11

— Déraison ! Déraison ! hurla Afonso en arpentant la pièce comme un fauve.

Il s'immobilisa d'un seul coup et plongea son regard dans celui de son fils.

— Comment avez-vous pu oser nous faire un tel affront ?

— Je... Père... Je...

— Répondez !

Pedro avait la bouche sèche et les mots s'enlisaient dans ce désert.

— Père... Je n'imaginais pas... Je n'imaginais pas qu'une danse...

— Non ! Une offense, pas une danse ! Un prince ne se lève pas pour frapper dans ses mains comme le dernier des *camponeses* !

— Un paysan ? Est-ce si déshonorant, si...

Encore ces mots qui refusaient de jaillir.

— Je n'imaginais pas...

Le roi froissa sa barbe d'un geste vif.

— Lorsque, il y a quelques jours, on vous a retrouvé ivre

mort, après avoir passé des nuits à vous mêler à la plèbe, là non plus, vous n'imaginiez pas ?

L'infant releva le front.

– La plèbe... C'est votre peuple... Le royaume...

– Non ! Le royaume c'est le roi ! Le peuple n'est que son vassal ! On ne fraie pas avec les vassaux, on les gouverne !

Afonso recommença à arpenter la pièce.

– Quelle sorte d'homme êtes-vous donc ? Vous, mon avenir.

Il soupira.

– Et ma solitude.

Il se figea à nouveau et la question fusa :

– Qui est cette femme ?

Pedro baissa les yeux.

– Vous m'avez entendu ? Qui est-elle ?

– L'une des dames d'honneur de doña Constanza.

– Son nom ! Car vous le savez, je suppose.

– Inès de Castro.

– Étonnamment légère pour une de Castro !

– Non !

Sans s'en rendre compte, Pedro avait crié.

– Non, répéta-t-il. Vous ne devez pas la méjuger ! Elle... Elle...

Le roi posa ses poings serrés sur ses hanches.

– Poursuivez ?

En quel pertuis puiser les phrases justes et trouver la force de les aligner ? Son cerveau s'embrouillait, il aurait voulu fuir cette chambre, cette voix qui le broyait.

– Rien, balbutia-t-il. Rien...

Ses jambes tremblaient.

Il montra un siège.

– Me permettez-vous... ?

Afonso acquiesça. Il considéra son fils avec gravité et alla s'asseoir à son tour. Ses traits avaient un peu perdu de leur dureté.

– Comment vous faire comprendre, Pedro ?

On eût dit qu'il rassemblait tout ce qu'il avait d'énergie avant de se lancer :

– Écoutez-moi. Je vous en conjure. Vous êtes dom Pedro. Petit-fils du roi Denis et du roi Sanche de Castille. Dans votre sang coulent le Tage et le Douro. Dans votre âme sont gravées les armoiries de la noblesse et de la grandeur du Portugal. Ne voyez-vous pas que votre destin ne vous appartient pas, mais qu'il est au service de l'héritage ? Un prince a des devoirs. Pourquoi diantre refusez-vous de vous y soumettre ?

L'infant plissa légèrement les yeux.

– Mes devoirs ? Lesquels ? Ceux qui sont attribués au prince ou à l'homme ? Pour ce qui est de l'homme, ai-je jamais manqué de m'appliquer du mieux que j'ai pu ? Aurais-je été un enfant malveillant ? Ai-je à aucun moment rechigné à apprendre tout ce que vos précepteurs furent chargés de m'enseigner ? Je sais par cœur la cartographie, le calcul, le latin, les préceptes de Marc Aurèle. Par cœur aussi l'*Almageste* de Ptolémée et son dédale astronomique. Avez-vous jamais reçu une plainte, entendu une critique de mes maîtres à mon égard ? Je sais les poésies de votre père, de même ces chants que vous traitez de « faméliques *cancioneiros* ». J'ai lu plus que vous n'avez jamais lu. Plutarque, Épictète, Platon ont bercé mes nuits.

163

Il eut un haussement d'épaules :

– Bien sûr. Je monte à cheval et, bien qu'instruit du métier des armes, je ne chasse pas. Qu'y puis-je ? Planter une flèche dans le cœur d'un chevreuil ne m'a jamais inspiré autre chose que du dégoût.

Il respira un grand coup.

– Il se pourrait que je vous aie mal compris. Vous vouliez peut-être parler de mes devoirs de prince ; non de mes devoirs d'homme.

– À mes yeux, ils ne font qu'un, dom Pedro.

– Dans ce cas, pardonnez-moi, père. J'ai failli.

Le roi sursauta.

– Oui, reprit Pedro, j'ai failli à mes devoirs de prince. Est-ce ma faute ? Vous avez prononcé tout à l'heure le mot « solitude ». Vous avez raison. Car c'est bien ainsi que vous gouvernez : dans la solitude. D'aussi loin que je me souvienne, jamais vous ne m'avez entretenu des affaires du royaume. Jamais je n'ai siégé à vos côtés lors de vos réunions du Conseil. Pacheco, Gonçalves, Coelho, Montalto ! Ce sont eux que vous avez éclairés. Pas votre fils ! Moi, vous m'informiez de vos partances, de vos batailles, mais seulement pour me mettre en garde et m'aviser de votre possible mort.

Il soupira.

– Triste devoir que celui qui consiste à appréhender la mort de son père...

La fenêtre était ouverte. Dans son cadre obscurci, le ciel crépusculaire entrait peu à peu.

– Vous êtes injuste, observa le souverain. Ou alors...

Il se tut. Médita avant de poursuivre :

– La vie est bien cynique. Il y a peu de jours, alors que j'inspectais l'arsenal du Mosteiro de Belém, j'interrogeais Balthasar sur l'utilité ou non de vous mettre au courant de certaines choses concernant précisément les affaires du royaume.

Pedro secoua la tête de droite à gauche.

– Il n'est peut-être pas trop tard ?

– Il s'agit d'une question de la plus haute importance.

– Je ne demande qu'à me montrer digne de votre confiance.

– Inutile, je pense, de vous dire que ce que je vais vous confier impose le secret le plus absolu. Rien. Pas un seul mot ne doit filtrer. Vous me suivez ?

– Absolument.

La cloche de l'angélus tinta.

Afonso rapprocha son siège.

– Parmi les sciences que vous avez apprises, vous avez mentionné la cartographie...

Une fois le seuil du cloître franchi, doña Constanza ordonna à ses dames d'honneur :

– Attendez-moi dans la chapelle. Je vous y rejoindrai tout à l'heure.

Elle invita Inès à la suivre.

– Viens !

Le lieu était désert. Une brise parfumée courait à travers les oliviers avec un murmure de ruisseau.

La dame d'honneur suivit sa maîtresse sans mot dire jusqu'au bout du jardinet. Son cœur battait la chamade. Elle pressentait la raison de cet aparté. Pedro. Sinon, pourquoi ? Avisant un banc de pierre, Constanza s'y installa et fit signe à Inès de prendre place à son côté.

Autour des deux jeunes femmes, ce n'était qu'une marée d'herbe, une débauche de feuillages qui tremblaient dans le couchant.

L'infante déplia d'un coup sec un éventail aux ailes mouchetées de nacre et, au lieu de s'en servir, le contempla les yeux baissés. Elle resta ainsi, immobile. Et le cœur d'Inès s'inquiéta un peu plus.

Constanza se décida enfin à sortir de son mutisme.

– Tu étais mon amie..., furent ses premiers mots.

Inès acquiesça, ventre noué. Que répondre ?

– L'es-tu encore ?

– Je...

– Non ! Ne dis rien. Ma question est absurde. Ne dis rien ! Les hommes sont mauvais, Inès. Et les femmes sont perfides.

À qui s'adressait cette affirmation ? À Inès ? À Pedro ? Aux deux ?

– Depuis quelque temps des rumeurs circulent à Montemor. Elles ont dû te parvenir.

– Des rumeurs, doña Constanza ?

– Oui. Noires et vilaines comme les nuits sans amour.

– Je... je ne comprends pas.

– Parce que tu es pure, parce que le mal et la médisance te sont choses étrangères. Pourtant... Pourtant c'est bien ce qui se passe.

166

Constanza referma posément son éventail et le plaça sur ses cuisses.

– On raconte – de méchantes langues – on raconte que Pedro et toi entretiendriez une relation coupable. C'est faux, naturellement !

Emprisonnant vivement les mains d'Inès, elle poursuivit sur un ton plein d'afféterie :

– Oh ! Pardonne-moi ! Je vois que je te blesse. Ceux qui colportent ces accusations ne te connaissent pas. Ils ignorent tout de ta noblesse, de ta loyauté, de ton incapacité à te livrer à pareille bassesse. J'ai raison, n'est-ce pas ?

Mon Dieu ! pensa Inès, totalement décontenancée, *mais quel jeu joue-t-elle ? Pourquoi ? Est-ce possible qu'elle soit dupe ?* Elle scruta sa maîtresse pour essayer de dénouer le vrai du faux, mais les traits de la jeune femme restaient insondables.

– Oui, j'ai raison, recommença l'infante. Une Castro, une parente du Cid, est incapable de trahison. Aussi, je laisse les chiens aboyer et les vilains déverser leur fiel. Je te conseille d'ailleurs d'en faire autant. Ne nous laissons pas atteindre par ces choses.

Elle observa Inès pour sonder l'impact de ses paroles.

– À en juger par ton expression, je vois combien cela te trouble. Pardonne-moi.

Inès bafouilla :

– Vous pardonner ?

À sa tempe, une veine battait. Elle s'écria :

– C'est moi ! Moi qui...

– Je t'en prie ! Oublions ces malveillances. Écoute-moi

plutôt et parlons de bonheur. J'ai une grande nouvelle à t'annoncer.

L'infante se tint très droite, tandis qu'une lueur d'allégresse traversait ses prunelles.

– J'attends un enfant !

Inès sentit le sol se dérober.

– C'est... c'est merveilleux.

– N'est-ce pas ? Cette naissance sera le plus beau jour de ma vie. Un garçon, si Dieu le veut.

– Dom Pedro...

– Quoi donc ?

– Dom Pedro est-il au courant ?

– Pas encore. Tu es la première à qui j'en parle.

Elle ajouta sur sa lancée :

– Ce n'est pas tout. J'ai une autre nouvelle. Cette fois, elle te concerne.

Inès se tint sur ses gardes.

– Je vous écoute, doña Constanza.

– Tu seras la marraine de mon enfant.

– Moi ?

C'était comme un ouragan qui venait de déferler dans son âme.

– Ce n'est pas possible doña Constanza !

– Pourquoi ? N'es-tu pas mon amie ?

– Je suis indigne d'un tel honneur ! Choisissez quelqu'un d'autre. Il y a doña Filippa, doña Cecilia...

– Absurde ! Tu es de loin la plus proche de mon cœur. Ne refuse pas, je t'en conjure.

Maintenant l'ouragan soufflait avec encore plus de force.

Ce que venait de proposer l'infante aurait pu être considéré comme une faveur. En réalité, il n'en était rien. En la désignant comme marraine, Constanza instaurait un lien de parenté indélébile entre elle et sa dame d'honneur. Une parenté spirituelle, certes, mais qui serait consacrée par l'Église, et à laquelle se grefferait une responsabilité morale à l'égard de l'enfant qui allait naître.

Inès eut l'impression d'un filet de ténèbres que l'on jetait sur elle.

— Je ne peux pas, implora-t-elle. Je vous le répète, je suis indigne de l'honneur que vous me faites.

— Non ! cria l'infante. Tu dois accepter !

Elle saisit sa dame d'honneur par les épaules.

— Ne comprends-tu donc pas ? Il le faut !

Malgré elle, sans doute, des larmes se mirent à perler dans ses yeux.

— Que dois-je faire ? Dis-moi, Inès ? M'agenouiller ? Alors, soit !

Joignant le geste à la parole, Constanza se laissa glisser aux pieds de sa dame d'honneur. Horrifiée, celle-ci s'empressa de la relever.

— Doña Constanza ! Pitié !

— D'accord, point de geste. Dans ce cas, souffle-moi les mots. Lesquels dois-je prononcer pour te convaincre ?

Inès était dos au mur.

— Très bien, dit-elle, un sanglot dans la voix. J'accepte.

Aussitôt, l'infante prit sa dame d'honneur et l'attira contre elle.

— Tu verras, murmura-t-elle. Tout ira bien.

Inès ne répondit pas. Pourtant elle aurait voulu hurler

comme hurlent les aquilons certains soirs d'hiver par-dessus les plaines de Castille.

— Doña Constanza !

Une voix venait de retentir à quelques pas des jeunes femmes. Surprise, l'infante desserra son étreinte et examina l'écuyer qui venait de l'apostropher.

— Qu'y a-t-il ?

— C'est le grand majordome qui m'envoie. Deux voyageurs sont arrivés au palais. Ils cherchent Doña Inès de Castro.

— Deux voyageurs ? Qui sont-ils ? questionna Inès.

— Il s'agit de vos frères. Les seigneurs Francisco et Juan.

12

Inès effleura du doigt la cicatrice qui surplombait l'arcade sourcilière de son frère.

– Un accident de chasse ?

– Oui. Il s'en est fallu de peu.

Il désigna celui qui venait de prendre place dans un fauteuil.

– C'est Francisco qui m'a sauvé.

Ce dernier fit remarquer avec un sourire :

– N'est-ce pas le rôle de l'aîné ?

Il tendit la main vers Inès.

– Viens, petite sœur, approche que je t'admire. Tu nous as manqué.

La jeune femme s'exécuta machinalement.

– Tu es toujours aussi radieuse. Apparemment, l'air du Portugal sied à ton teint. Es-tu heureuse ici ?

Elle fit oui d'un signe de tête.

Sa réponse manquait-elle de conviction ? Ou Francisco décrypta-t-il l'ombre des larmes dans ses yeux ? Il fronça les sourcils.

– Quelque chose ne va pas ?

– Tout est parfait.

– Es-tu sûre ? Car si jamais quelqu'un te cherchait des noises, tu n'hésiterais pas à nous le dire, n'est-ce pas ?

Elle changea de sujet.

– Je ne m'attendais guère à vous voir ici. Qu'est-ce qui vous amène à Montemor ?

Ce fut Juan qui répondit :

– Les affaires. Comme toujours. La guerre...

Elle s'alarma.

– La guerre ? Encore ?

– Rassure-toi. Pas entre nous et le Portugal. Non. Des éclaireurs nous ont informés de certains mouvements de troupes mauresques au sud. Nous ignorons leurs intentions.

– Cette situation n'aura donc jamais de fin ? Des morts, du sang...

Francisco intervint.

– Allons ! La guerre n'est pas un sujet pour une femme. Parlons plutôt de ta vie à la Cour. Ce mariage. Notre infante est-elle satisfaite de son époux ?

Inès répondit, l'air lointain :

– Dom Pedro est un bon époux. Et je ne crois pas que doña Constanza connaîtra le funeste sort de dona Maria.

Elle s'enquit avec un sourire ironique :

– Notre roi batifole-t-il toujours avec cette chère Leonor de Guzmán ?

Francisco éclata de rire.

– Plus que jamais.

Il ajouta, détaché :

– L'essentiel n'est-il pas le gouvernement du royaume ? Je...

L'arrivée d'un serviteur l'interrompit. L'homme se glissa dans la pièce et déposa sur une table un plateau garni d'un flacon de vin et de trois coupes.

– Mes seigneurs souhaitent-ils autre chose ?

En guise de réponse, Juan le congédia d'un geste de la main.

Saisissant la carafe, il déclara :

– Buvons à nos retrouvailles. Buvons à la Castille !

– Pardonnez-moi, fit le serviteur qui s'était arrêté devant la cheminée. Le feu n'est pas loin de s'éteindre. Si mes seigneurs le désirent, je peux rajouter quelques bûches.

– Fais donc ! approuva Juan avec indifférence. Et par la même occasion allume les lampes. On n'y voit presque plus.

Tandis que l'homme s'exécutait, Juan servit une coupe à Inès et une autre à son frère.

La jeune femme protesta.

– Le vin me fait tourner la tête.

– Allons ! Un effort.

– Rien qu'une gorgée.

Elle s'humecta à peine les lèvres.

– Combien de temps comptez-vous rester à Montemor ?

– Le temps de nous entretenir avec le roi, répondit Francisco, et de régler certaines affaires.

Il jeta un regard complice vers son frère.

– Des affaires de la plus haute importance.

– Vous semblez bien mystérieux.

D'un mouvement discret de la tête, il rappela la présence du serviteur.

– Nous t'expliquerons, plus tard. Sache déjà que...

Il se pencha vers sa sœur et dit à voix basse :

173

– ... tu es directement concernée.

Elle lui jeta un regard ébahi.

– Moi ?

– Plus tard, dit Francisco, en posant un doigt sur ses lèvres.

Avignon, même soir.

Attablés sous la voûte du réfectoire, éclairés par une légion de cierges, la soixantaine de prêtres qui vivaient dans les murs du palais papal achevaient de prendre le repas du soir. Cardinaux et évêques étaient absents. Et pour cause. Ils résidaient au sein même de la ville, dans ce que l'on appelait des « livrées », un terme parfaitement adéquat puisqu'il signifiait : *maison livrée aux membres de l'Église.* Ce détail faisait d'ailleurs partie de la longue liste des actions méprisables patiemment recensées par Aurelio Cambini. C'était aussi la première chose qui l'avait outré à son arrivée en Avignon. Un véritable scandale que ces livrées, car ce n'était pas une, mais plusieurs demeures qui étaient mises ainsi à disposition des dignitaires du clergé. Comment pouvait-on tolérer qu'un cardinal pût posséder trente, voire cinquante maisons à lui seul ! Comment supporter cette injustice faite aux malheureux occupants, sommés de quitter les lieux en quelques heures, moyennant une indemnité de misère ! On était si loin de l'enseignement de François d'Assise, si loin des vœux de pauvreté. L'Église s'empiffrait, l'Église se vautrait dans le luxe et la fange ! Et ce palais était le symbole même de cette décadence. Au fond, Dante avait bien raison de qualifier ce lieu de « rendez-vous des démons » !

– Je vous dérange dans votre méditation, frère Cambini ?

Le franciscain qui allait porter une cuillère à sa bouche resta interdit, la main levée.

– Monseigneur de Fontenay ? Vous ici ?

– Je comprends votre étonnement. Mais il se trouve que ce soir je n'ai pas eu la force de regagner mon domicile. Vous ne pouvez pas imaginer la fatigue que l'on ressent au terme d'une journée.

Tout naturellement, le cardinal pria le voisin de Cambini de lui faire un peu de place.

– Que vous a-t-on servi ? s'informa-t-il tout aussi naturellement. Je meurs de faim.

Le franciscain avala sa salive avant de bafouiller :

– Une soupe... et du poulet.

– Magnifique ! Un vrai festin. Remarquez, on mange trop.

Le cardinal tapota l'arrondi de son ventre.

– L'âge n'arrange rien, hélas.

Il montra du doigt l'assiette creuse posée devant le franciscain.

– Vous n'avez pas pris de poulet ? Vous avez tort. Entre l'ascèse et l'hédonisme, il y a tout un monde. Vous ne croyez pas ?

– Je... je n'y ai pas réfléchi. Sans doute.

Le cerveau de Cambini était en ébullition. La présence impromptue du cardinal ne pouvait être fortuite. Il questionna avec une fausse désinvolture :

– Où se trouve donc votre livrée, monseigneur ?

– Derrière la place des Champeaux. Pourquoi ?

Le franciscain se mordit la lèvre inférieure. La place en question était située presque au pied du palais. Le prétexte invoqué par le cardinal était donc sans fondement. Que se passait-il donc ? Que lui voulait-on encore ?

Il articula :

— Simple curiosité. Je pensais que vous résidiez hors de l'enceinte, ou sur l'autre rive, par-delà le pont de Saint-Bénezet. On a beaucoup construit là-bas.

— Vous avez raison. La ville ne cesse de s'étendre. Mais non. J'ai eu la chance d'obtenir une livrée à l'intérieur des murs. De plus...

Le cardinal s'interrompit pour apostropher le serviteur qui s'apprêtait à débarrasser l'assiette de Cambini.

— S'il n'est pas trop tard, je vous saurais gré de me servir une aile de poulet.

Puis, revenant à Cambini, il demanda :

— Vous disiez ?

Le franciscain plissa le front.

— Il me semble que c'est vous qui parliez de la chance que vous avez eue de...

— C'est vrai ! Où ai-je donc la tête !

Cette fois, il n'y avait plus de place pour le doute. Quelque chose se tramait. Mais quoi ? Une information était-elle parvenue de Rome ? Avait-on retrouvé Giuseppe Carducci ? À moins que...

Tout à ses tourments, Cambini n'aurait pu imaginer que son voisin connaissait lui aussi les affres de l'angoisse, mais pour d'autres motifs. En ce moment précis, et sur ordre du cardinal, un jeune chapelain était en train de fouiller la chambre du franciscain. Plaise à Dieu que cette démarche débouchât sur une piste ! se torturait Fontenay.

– Monseigneur, permettez-moi de prendre congé.

Cambini s'était levé soudainement.

– Vous m'abandonnez ? s'affola l'autre.

– Je me sens un peu las. Ne m'en veuillez pas.

– Attendez donc un instant !

La requête resta sans écho.

Le cardinal dut faire un effort surhumain pour ne pas lui emboîter le pas. En désespoir de cause, il se signa discrètement et récita une prière.

Dans son empressement, Cambini faillit briser la serrure de sa porte. Sa main tremblait. Il tremblait tout entier. Une fois à l'intérieur de sa chambre, il referma le battant avec une telle violence que celui-ci ne fut pas loin de se dégonder.

Arrêté au centre de la pièce, il retint son souffle et jeta un regard circulaire. Tout semblait à sa place. Pourtant...

Il fit un pas en avant et effleura l'extrémité du cierge posé près du prie-Dieu. À la base de la mèche, la cire était tiède et molle. Alors, le regard fou, il se précipita vers sa paillasse, la souleva et la projeta contre le mur opposé. Accroupi sur le carrelage, il enfonça ses ongles dans un interstice situé entre deux bandes de carreaux vernissés sur lesquels figuraient des poissons. Il dut forcer à plusieurs reprises avant de réussir à soulever l'un des bandeaux.

– Le Seigneur soit loué ! cria-t-il, au bord de l'évanouissement.

Sous ses yeux, se détachait une enveloppe en peau de chèvre râpée.

Il répéta :

– Le Seigneur soit loué...

Et se laissa glisser au sol, la joue contre le carrelage.

Palais de Montemor, Portugal.

Le corps de Pedro était devenu volcan, celui d'Inès n'était plus que lave. Dans leur dérive de feu, la moindre parcelle de peau était centre d'une jouissance rayonnante. Ils ne faisaient pas l'amour. C'était une danse. À moins que ce fût un combat ; de ceux que livre l'âme des enfants aux prises avec les terreurs de la nuit qui s'avance.

– Je t'aime tant, cria Inès en emprisonnant Pedro dans l'étau d'albâtre de ses cuisses.

Elle le tenait, mais c'était lui son geôlier.

Étrangement, les gémissements de plaisir de la jeune femme étaient ponctués de phrases inachevées où il était question de peur, de péchés, d'interdits, tandis que les murs de Montemor écoutaient tous ces soupirs de la nuit.

Qu'allons-nous devenir, Pedro ? Je n'ai pas le droit. Nous ne devons plus. Aime-moi. Quand me quitteras-tu ? Me quitteras-tu ? Jamais. Dis-moi, jamais.

Cela faisait une sarabande de mots qui pressaient le temps de céder la place à un bonheur haletant.

Lorsque le corps de Pedro s'effondra sur elle, elle crut mourir tant était fort le plaisir d'épouser totalement les contours de sa chair.

Après un long silence, elle reposa la question, cette fois dans la pleine maîtrise de sa pensée :

– Qu'allons-nous devenir ?

– J'ignorais pour l'enfant. Tu me crois, n'est-ce pas ? (Il se reprit :) Oui, je sais. Constanza te l'a dit. Dois-je être heureux ? Je devrais l'être. N'est-ce pas le sentiment qui conviendrait à un homme à qui l'on annonce qu'il sera père ? Alors, pourquoi ne puis-je éprouver qu'inquiétude et serrement de cœur ?

Elle lui prit la main et la porta contre sa joue.

– Ce n'est pas bien. Désormais, c'est Constanza qui doit occuper le centre de ta vie. Je lui cède la place. Je vais rentrer en Castille.

– Non ! Si tu pars, je te suivrai. Je te suivrai où que tu ailles. Où que tu vives, je vivrai.

Elle s'écarta de lui. Sa figure s'était métamorphosée d'un seul coup. On eût dit qu'elle avait entrevu un spectre quelque part, dans le clair-obscur qui noyait la chambre.

– Tu ne comprends donc pas ? cria-t-elle. C'est impossible !

Il la dévisagea, interloqué. Jamais il ne lui avait connu une telle expression.

Elle hoqueta :

– C'est fini. Fini, Pedro. Je ne peux m'enfoncer plus encore dans le péché.

– Très bien, dit-il d'une voix rauque. Alors, je te pose à mon tour la question : qu'allons-nous devenir ?

– Pour ce qui me concerne, je mourrai un peu plus tous les jours.

Il serra le poing à s'en bleuir les phalanges.

– Et moi ? Crois-tu que je pourrai survivre ? Je t'aime !
Ne me demande pas de refermer un livre à peine entrou-
vert. Je t'en supplie, Inès. As-tu déjà oublié les mots que
je t'ai écrits ? Les as-tu oubliés ?

Elle récita d'une voix brisée :

– *Je vous ai aimée avant même de savoir que vous existiez.*
Je vous aime comme on aime le bonheur et l'espérance et le
jour qui se lève...

– Ce ne sont pas de simples phrases. C'est mon sang. Je
ne peux me renier.

– Dans ce cas, préférerais-tu que je continue à plonger
dans le déshonneur ? N'ai-je pas déjà failli, brisant toutes
les règles dans lesquelles on m'a élevée depuis mon enfance ? Toi et moi seuls savons la pureté de ce qui nous
lie. Mais les autres ? Aie pitié de moi, Pedro. Sauve-moi de
moi-même. Je t'en supplie.

Il s'assit au bord du lit, et se prit la tête entre les mains.

Dans la chambre filtrait la lumière ocre des étoiles. Le
temps ne courait plus ; à l'instar d'Inès, lui aussi semblait
en attente.

Après un moment infini, il porta son regard vers elle.

– Le déshonneur. Jamais je ne supporterai de te voir
humiliée. Mon égoïsme serait-il plus fort que mon amour ?
Ou serait-ce la peur de te perdre qui me guide ? Je ne sais
plus.

Il donna l'impression de s'effondrer.

– Je me plie à ton exigence. Je m'y plie, mais uniquement
pour te protéger. Je vais partir. Je vais quitter Montemor.

Il s'était exprimé d'une seule traite, comme s'il avait

craint que son cœur cesse de battre avant qu'il ait achevé ses phrases.

– Pourquoi t'en aller ? Et où irais-tu ?

– Inès, mon amour. Peux-tu imaginer que je sois capable de rester ici, te sachant à un souffle de moi et cependant inaccessible ? Peux-tu imaginer que je puisse te croiser jour après jour et me détourner chaque fois pour ne pas tomber en cendres ? Je n'ai pas le choix. Il faut que je parte.

– Pour m'oublier ?

Elle avait posé la question, affolée par avance s'il répondait « oui ».

– T'oublier ?

Il vint se blottir contre elle.

– T'oublier ? répéta-t-il. Autant oublier que je suis le fils d'Afonso et de Béatrice. Autant nier que le Tage coule vers la mer et qu'il existe quatre saisons. Je te l'ai dit, si j'accepte de me séparer de toi, c'est pour te protéger. Pour ne pas qu'on te méjuge. Ne m'en demande pas plus.

Elle tremblait.

– Je ne sais pas d'où vient ce que j'ai éprouvé dès le premier jour, quand ton regard a croisé le mien. Je ne sais comment on explique ce genre de chose. Tant de violence, et cette certitude de n'avoir jamais appartenu qu'à toi. Je sais seulement que, si tu devais m'oublier, je m'éteindrais, lentement. As-tu déjà vu un arbre mort, Pedro ? C'est à lui que je ressemblerais.

Comme il allait répondre, elle dit encore :

– Oui. Tout est contradiction dans ma pauvre tête. Je me noie. Tu devras te montrer fort pour deux.

– Je vais essayer.

Lorsqu'il referma la porte, elle se recroquevilla sur elle-même, les genoux au menton. Elle venait d'avoir mille ans.

Où vas-tu, dom Pedro ?
Il n'est point de havre pour ceux qui souffrent, point d'asile qui préserve de la faux.
Où vas-tu, dom Pedro ?
Crois-tu le monde assez vaste pour t'y perdre ? Le fleuve assez injuste pour t'accueillir en son lit ? Où trouveras-tu la paix ? Te voici qui chevauches, et la poussière que soulève ton cheval fait comme une poudre d'or à la lueur des étoiles. Mais cet or ressemble aux larmes. Où vas-tu ? Il est ici ton royaume. Dans cette chambre que tu viens de quitter. Nulle part ailleurs. De Lisbonne à Portimão, de Coimbra à Séville, partout où tu iras, tu ne verras qu'elle. En chaque femme, tu croiras la reconnaître ; en chaque rire tu l'entendras rire. Et si tu croises des hommes en larmes, tu te diras qu'ils pleurent de n'avoir pas connu Inès.
Souviens-toi des mots de la vieille folle, cette nuit-là, quand tu t'enivrais à Évora et que roulaient les tambours.
« Até ao fim do mundo ! »
Jusqu'à la fin du monde.
Dis-moi, dom Pedro, où vas-tu ?

Massala se pencha à la fenêtre de sa chambre. Il vit un cavalier qui filait dans la nuit. Droit devant.

13

Une semaine, deux, puis trois s'écoulèrent ; nul ne savait ce qu'il était advenu de dom Pedro. Le jour même de son départ, on avait envoyé un écuyer à la recherche de Massala dans l'espoir que le Berbère saurait quelque chose. Mais non. Massala aussi avait disparu.

Dans un premier temps, en apprenant la nouvelle, le roi resta de glace. Mais on devinait une immense déception. Sourd aux supplications de la reine, il refusa catégoriquement d'envoyer une patrouille sur les traces de son fils.

On entrait à présent dans la quatrième semaine. À l'angoisse suscitée par la disparition de l'infant, étaient venues s'ajouter des nouvelles préoccupantes qui concernaient la sécurité de la péninsule et donc du Portugal. Des éclaireurs portugais avaient confirmé les informations transmises par les frères d'Inès à Montemor. Des troupes mauresques marchaient effectivement vers Huelva, elles étaient donc à une trentaine de lieues de la frontière. Pure folie ! s'étaient écriés les officiers d'Afonso IV. Depuis la défaite qu'elles avaient subie à la bataille du Salado, les armées musulmanes n'étaient plus en état de se lancer dans ce genre d'aventure. De plus, un pacte de vassalité n'avait-il pas été signé entre l'émir de Grenade et la Castille ? Affaibli comme il l'était, jamais Youssouf Ier n'aurait pris le risque de le rompre. Alors ? Alors, d'où venaient ces troupes ? Quel but poursuivaient-elles ? Afin de répondre à ces interrogations, Afonso avait pris sur lui de renvoyer les frères d'Inès en Castille avec pour mission d'en savoir plus. En effet, qui d'autre que les Castillans étaient mieux placés pour découvrir ce qui se tramait en Andalousie ? Grâce aux forteresses qu'ils avaient érigées autour de Séville, sur une ligne allant de Cordoue à Jaén, rien de ce qui se produisait dans le royaume de Grenade ne leur échappait.

L'écuyer invita les deux frères à entrer dans la salle du Conseil. Pacheco, Gonçalves et Coelho s'y trouvaient déjà. On n'attendait plus que le roi.

Pacheco fit signe aux Castillans de s'asseoir. Ils saluèrent les conseillers qui leur répondirent avec froideur, hormis Gonçalves qui les ignora purement et simplement. Le *meirinho-mor* voyait d'un très mauvais œil la présence de ces hommes qui, depuis près de vingt jours, s'étaient incrustés à la Cour. Le souvenir de l'empoignade avec Francisco restait encore présent dans sa mémoire et sa méfiance demeurait intacte. Elle s'était même renforcée, depuis que l'homme chargé de surveiller l'infant et son amante lui avait rapporté une conversation pour le moins ambiguë. Elle s'était déroulée le jour même de l'arrivée des deux Castillans : « Combien de temps comptez-vous rester à Montemor ? avait demandé leur sœur. – Le temps de régler certaines affaires », avait répondu l'un des deux frères. Et de préciser : « Des affaires de la plus haute importance. Sache déjà que tu es directement concernée. »

Étant donné les rapports qu'entretenaient dom Pedro et cette femme, il y avait certainement lieu de s'inquiéter. Seulement voilà : quelques bribes échangées, un pressentiment ne justifiaient pas que l'on alarmât le roi. Il valait mieux attendre ; d'autant plus que, pour l'heure, la belle Inès était dans un tel état qu'elle ne pouvait être d'aucune utilité. Depuis la fugue de son amant – à laquelle personne ne comprenait rien – elle semblait comme morte. Elle ne quittait sa chambre que pour se rendre à l'angélus et certains jours elle restait invisible. Paradoxalement, cette situation avait transformé l'infante. Jamais celle-ci n'était apparue si radieuse et si épanouie. Plus sa dame d'honneur s'étiolait, plus doña Constanza s'éveillait à la vie. Ce qui rappelait à Gonçalves cette phrase lancée un jour par une dame de la Cour, une vieille femme acariâtre, dona Deolinda : « *Sachez, senhor, qu'une femme préfère être veuve qu'abandonnée.* » Aucun doute, doña Constanza faisait partie de ces femmes-là. Mais il était aussi probable que la raison de cette métamorphose s'expliquât par l'enfant qu'elle attendait. Pour peu que ce soit un garçon, le triomphe de l'infante serait total. Quelle mouche avait donc piqué dom Pedro ? Et pourquoi son esclave avait-il lui aussi disparu ?

L'arrivée du roi mit fin aux réflexions de Gonçalves.

Afonso prit place en bout de table et questionna aussitôt l'aîné des Castillans.

– Alors ? Avez-vous pu obtenir des précisions sur ce qui se trame en Andalousie ?

185

– Oui, Sire. Selon nos informations, il s'agirait d'un contingent formé de dissidents nasrides opposés au pacte de vassalité signé entre nous et le sultan Youssouf. Aux dernières nouvelles, ils ont dressé un camp aux environs d'Alcoutim.

– Alcoutim ? Mais c'est à une portée de main de notre frontière sud !

– *Votre* frontière, corrigea Francisco.

– Cependant, l'ennemi évolue sur un territoire qui est sous *votre* contrôle, rectifia Afonso. Quelles sont les intentions de mon gendre ?

– Sa Majesté nous a chargés de vous dire qu'elle ne jugeait pas utile d'intervenir.

Il eut un petit rire :

– Vous connaissez certainement le proverbe portugais, Sire : *Em briga de branco, negro não se mete.* « À querelles de Blancs, Noir ne se mêle pas ». Aux yeux de notre souverain, il s'agit d'une affaire intérieure au royaume de Grenade. Il n'y a pas lieu de s'en mêler.

– Une affaire intérieure ? Alors que ces gens s'apprêtent peut-être à violer la frontière du Portugal ?

Francisco rétorqua, impassible :

– Précisément, c'est bien ce que je faisais remarquer à Votre Majesté. Il s'agit du Portugal. Non de la Castille.

– Et moi je vous répète que ces troupes, dissidentes ou non, devraient être refoulées par vos hommes ! Comme vous le rappeliez il y a un instant, un pacte a été scellé entre vous et le sultan de Grenade. Ce pacte a été rompu. Vous ne voudriez tout de même pas que ce soit à nous qu'incombe la tâche de faire respecter un accord qui ne nous concerne pas ?

Le Castillan hocha la tête, affichant un air faussement compréhensif.

— Je vois bien votre point de vue. Toutefois...

— Trêve de palabres ! décréta sèchement Afonso. Je vais régler cette affaire comme je l'entends. Toutefois, vous ferez remarquer à mon cher gendre que lorsqu'il a réclamé mon aide à Tarifa, au moment où l'armée du « sultan noir » menaçait directement les intérêts de la Castille et du León, je n'ai pas souvenance d'avoir réagi en déclarant : « Il s'agit d'une affaire intérieure. »

Un silence de mort succéda aux propos du souverain portugais.

Il fit signe à un serviteur de lui apporter à boire et s'enquit :

— Quand avez-vous l'intention de rentrer à Burgos ?

— Dans les jours qui viennent, Sire, répondit Juan en effleurant sa cicatrice.

— Que je sache, fit observer Gonçalves, plus rien ne vous retient ici.

— Détrompez-vous, objecta Juan. Il y a notre sœur, Inès. Vous n'ignorez pas que sa santé est chancelante. Elle a grand besoin de notre présence à ses côtés. À ce propos...

Juan s'adressa au roi sur un ton doucereux :

— Sa Majesté Afonso vous fait savoir qu'elle est très préoccupée par — il chercha le mot — le bonheur de doña Constanza. Le roi se fait beaucoup de soucis pour elle depuis qu'il a appris que le seigneur dom Pedro...

– Rassurez-le ! L'infante se porte comme un charme. Jamais elle n'a été plus heureuse.

– Tant mieux. Mais avez-vous des nouvelles de son époux ?

– Son époux n'est autre que mon fils ! Et ce que fait mon fils...

Il laissa volontairement sa phrase en suspens pour conclure :

– Est une affaire intérieure...

Adoptant une voix tranchante, il conclut :

– Je dicterai un courrier pour mon gendre et vous le lui remettrez. Vous pouvez vous retirer !

À peine les deux hommes étaient-ils sortis de la salle, que Gonçalves s'exclama :

– Des scorpions !

– Du calme ! gronda le souverain. Je n'ai pas l'intention de me lancer dans un nouveau conflit avec nos voisins. Trois années de guerre stérile ont suffi largement.

Il prit la coupe de vin qu'on venait de poser devant lui et but une gorgée. Une expression soucieuse s'était emparée de son visage. On eût dit que tout à coup il éprouvait une certaine gêne à s'exprimer. Les yeux rivés sur la coupe, il demanda à la cantonade :

– Avez-vous du nouveau ?

Les trois conseillers échangèrent un regard circonspect.

– Du nouveau, Majesté ? s'informa Pacheco. Vous voulez parler d'Avignon ?

– Non. Je sais que vos hommes ont atteint leur destination. Nous verrons ce qu'il en sortira.

Il but une nouvelle gorgée.

– Deux unités de cavalerie ont bien pris la route, hier matin ?

– Bien sûr ! s'exclama Pacheco qui venait de comprendre. Ainsi que vous l'avez ordonné...

– Je n'ai rien ordonné ! Je n'ai fait que céder aux prières de la reine.

– Heu... Oui, Majesté.

– Alors ?

– Le seigneur dom Pedro reste introuvable. Pas de trace non plus de son serviteur. Soyez sans crainte, nous les retrouverons.

Le roi répliqua avec dédain.

– De la crainte ? Gardez cette recommandation pour la reine... C'est son fils !

Il frappa la table de sa coupe.

– Ah ! Cet insupportable sentiment maternel qui pardonne tout ! Laissez-moi à présent. J'ai besoin d'être seul.

D'un même mouvement, les trois conseillers se levèrent, et se dirigèrent vers la porte.

– Tenez-moi au courant ! cria Afonso.

Ce fut seulement quand la porte fut refermée qu'il chuchota :

– C'est aussi mon fils...

Cap Saint-Vincent, extrême sud de l'Algarve.

Ici, s'arrête la terre. Ici est le promontoire sacré. Ici commence le bout du monde.

Adossées à l'Atlantique, les falaises se dressent vers le

ciel, indifférentes à l'assaut répété des vagues. Par moments, le vent se lève et tourbillonne. Sous l'inflexion de cette main invisible, la dérive des rares nuages s'accélère et cède la place à des espaces bleus.

Assis sur un rocher, les joues noires de barbe, le teint hâve, Pedro s'adressa soudain à Massala :

– Sais-tu qu'en ce lieu des chrétiens enterrèrent il y a plus de mille ans saint Vincent, le protecteur du royaume ?

– Je l'ignorais.

– Il est mort en martyr, assassiné par les Romains.

– Je l'ignorais aussi.

– C'est une histoire bien curieuse. Bien qu'un peu longue, elle n'est pas sans intérêt.

– Peu importe, dit Massala. Elle ne me paraîtra pas plus longue que ces quinze jours passés ici à écouter le bruit du vent.

– C'était au temps de l'occupation romaine. Saint Vincent était alors le diacre de Valère, l'évêque de Saragosse. Or, comme il s'exprimait avec plus de facilité que son supérieur, lequel à mon avis était bègue, l'évêque lui confia le soin de la prédication, tandis que lui se consacrait à la prière et à la contemplation. Un matin, les deux hommes furent arrêtés sur ordre du proconsul, un nommé Dacien, et jetés au fond d'un cachot. Aucune nourriture ne devait leur être servie. Ce fut seulement lorsqu'il les crut presque morts de faim que le proconsul les convoqua. Quelle ne fut pas sa surprise de découvrir deux êtres en parfaite santé, et joyeux de surcroît. Furieux, Dacien lança à l'évêque : « Que dis-tu, Valère, toi qui, sous prétexte de religion, agis contre les décrets de l'empereur de Rome ? » Or, comme

Valère répondait avec trop d'aménité, et probablement avec maladresse, Vincent prit sur lui d'intervenir : « Père vénérable, suggéra-t-il à l'évêque, veuillez ne pas parler avec tant de retenue ; expliquez-vous avec une entière liberté. Si vous m'y autorisez, c'est moi qui répondrai au juge. » Alors, Vincent se tourna vers Dacien : « Jusqu'à présent, lui dit-il, tu n'as péroré dans tes discours que pour nier la foi en Jésus-Christ, Notre Seigneur. Sache que chez les chrétiens, c'est blasphémer et commettre une faute indigne que de refuser de rendre à Dieu l'honneur qui lui est dû. » La réaction de Dacien fut immédiate. L'évêque fut exilé, et le diacre, considéré comme n'étant qu'un arrogant et un présomptueux jeune homme, condamné à avoir les membres disloqués. Quand tous ses os furent brisés, le proconsul l'apostropha : « Réponds-moi, Vincent ! À présent, de quel œil regardes-tu ton misérable corps ? » Et Vincent de répliquer sereinement : « Je le vois ainsi que j'ai toujours désiré le voir. » Les bourreaux lui enfoncèrent alors des peignes de fer à travers les chairs, de sorte que le sang ruisselait de tout son corps et que l'on pouvait presque apercevoir ses entrailles.

– Intéressant, ironisa Massala. Quand je pense que vous dites de nous, les musulmans, que nous sommes cruels et irrespectueux de la vie humaine !

– Je te ferai observer que ce Dacien était un païen, un incroyant.

Le Berbère sourit.

– Incroyant par rapport à qui ? Ne sommes-nous pas toujours l'incroyant de quelqu'un ? Mais poursuivez, seigneur, je vous prie.

– Jusqu'au dernier instant, Vincent demeura serein, les yeux tournés vers le ciel et priant le Seigneur. Exaspéré, Dacien ordonna que l'on attache une meule à la dépouille et qu'on la jette dans la mer, ici, du haut des falaises. Ce qui fut fait. Mais à peine les bourreaux repartis, le corps refit surface et fut rejeté sur le rivage. Retrouvé par des pêcheurs, ceux-ci l'ensevelirent à la hâte quelque part, là-bas, entre les pierres. On dit que, sur cette tombe anonyme, une nuée de corbeaux aurait monté la garde afin de la protéger des animaux sauvages et des oiseaux de proie. Près de mille ans plus tard, les reliques du martyr furent ramenées à Lisbonne, une fois la ville reprise aux Maures. Les corbeaux lui firent escorte et ne se retirèrent qu'une fois assurés que le saint bénéficiait d'une sépulture chrétienne. Histoire étonnante, ne penses-tu pas ?

Massala haussa les épaules.

– Je pense seulement que les corbeaux sont plus humains que les hommes. Pourquoi me racontez-vous toutes ces choses ?

– Parce qu'à mes yeux, ce récit contient deux leçons. La première nous prévient qu'un excès de zèle, doublé d'éloquence, peut avoir de funestes conséquences. Si le saint s'était montré moins empressé et si l'évêque avait su s'exprimer, il est probable que c'est lui que l'on aurait martyrisé et non son diacre. La seconde leçon a trait à la capacité que possède l'homme de conviction à supporter les pires souffrances.

Massala plissa le front.

– Dois-je en déduire que vous vous repentez d'avoir fait montre de trop de zèle ?

192

Pedro éluda la question.

– Je constate seulement que, malgré le manque d'Inès qui me broie le cœur, je suis encore vivant.

Le prince se replia dans le silence avant de demander :

– Crois-tu qu'un jour nous réussirons à franchir la mer Océane ?

– Bien sûr. Les anciens n'ont-ils pas accompli des exploits qui nous étonnent encore ? Ceux qui viendront après nous s'émerveilleront à leur tour de nos prouesses.

– Mon père aussi en est convaincu. Il caresse un rêve qui, s'il devenait réalité, ferait du Portugal le plus glorieux et le plus riche des royaumes. Je souhaite qu'il réussisse.

– Sinon, vous hériterez du rêve et ce sera à vous de le réaliser.

– J'en doute. Je ne suis même pas capable de mener à bien mes propres rêves.

Massala poussa un cri de dépit.

– Je suis fatigué ! Fatigué d'être le témoin de vos doutes. Voilà des jours que je me tais, que je vous suis docilement, comme un chien fidèle. À présent, j'étouffe ! Allah m'est témoin, vous êtes un vrai chrétien. Vous êtes bien pire que les Juifs. Toujours à vous fustiger, toujours à appeler le châtiment et à battre votre coulpe ! M'autorisez-vous à vous dire ce que je pense de votre attitude ? Mais avant, je dois vous poser une question : avez-vous, oui ou non, l'intention de mettre fin à cette errance et de rentrer au palais ?

– Je ne sais pas encore.

– La Couronne ? Le royaume ?

– À quoi me servirait la Couronne si j'étais privé de la femme que j'aime ? Quant au royaume... Il ne saurait être gouverné par un souverain malheureux, surtout quand il s'agit du Portugal où la mélancolie est reine. Si je dois être roi un jour, je veux être un roi qui danse !

— Votre attitude est non seulement stérile et égoïste, mais elle est aussi dangereuse. Stérile, parce que cette fuite ne vous sauvera de rien et en tout cas pas du mal qui vous ronge. C'est bien connu, où que nous allions, nous emportons ce que nous sommes. Voilà près d'un mois que vous errez à travers le pays. Vous sentez-vous mieux pour autant ? En décidant de partir vous avez réagi comme un enfant capricieux qui se voit refuser une douceur. Vous réagissez exactement à l'opposé de doña Inès qui, elle, s'est conduite en être responsable.

— Tu es injuste, Massala ! Je suis parti pour ne pas lui imposer ma souffrance.

— Ne voyez-vous pas combien c'est absurde ? Agissant de la sorte, vous n'avez fait que rendre cette souffrance plus pénible encore, puisque, aux affres de la séparation, vous avez ajouté les angoisses de l'inquiétude. Comment croyez-vous qu'elle vit en ce moment ? Ne pensez-vous pas qu'elle se pose mille et une questions sur votre sort ? Se demandant si vous êtes mort ou vivant ? Blessé ou malade ? Et il n'y a pas qu'Inès. À l'heure qu'il est, votre mère doit être à l'agonie. Quant à votre père...

— Il gouverne...

— Sottises ! Il s'inquiète aussi pour vous. Je ne connais pas de père qui ait un cœur assez dur pour ne pas se préoccuper de la disparition de son fils.

— Dans tes critiques tu as mentionné le danger. Pourquoi ?

– Au nom d'Allah, celui qui fait miséricorde, le Miséricordieux ! Votre mémoire est-elle à ce point défaillante ! Vous êtes le fils du roi Afonso, héritier de la Couronne du royaume de Portugal. S'il arrivait malheur à votre père, qui le remplacera sinon vous ?

– Arrête ! Tu te répètes, tu rabâches sans arrêt les mêmes phrases !

Le Berbère se laissa tomber à terre, et s'assit en tailleur avec une expression abattue.

– Toutes ces déchirures pour une femme ! Le monde est plein de femmes, dom Pedro. Elles sont aussi innombrables que les astres. Mais comme les astres, certaines brûlent plus que d'autres. Doña Inès est le feu.

Il leva son index en signe de mise en garde.

– Cette histoire finira mal.

L'infant rejoignit son serviteur. Posant la main sur son épaule, il dit d'une voix tranquille :

– Écoute-moi. Ce qui me lie à Inès n'est pas que l'amour. Lorsque je lui dis je t'aime, je me mords aussitôt les lèvres, conscient de l'immense écart qui existe entre ce que je ressens et la pauvreté de ce que j'exprime. Je sais qu'il en va de même pour elle. Inès est unique. Elle n'est pas de ces femmes qu'on remplace. Aucune ne l'a précédée, aucune ne lui succédera. N'ai-je donc pas le droit d'aimer qui je veux ? Dois-je m'astreindre à passer mon existence auprès d'un être qui m'a été imposé ? Pourquoi ?

– Ce ne sont pas les raisons qui manquent, mon seigneur. Rassurez-vous, je ne vais pas les énumérer, vous me traiteriez encore de vieillard fatigué. Je vous rappellerai seulement que vous aussi vous avez été imposé à doña

Constanza et qu'elle n'est plus seule. Elle porte désormais votre enfant.

Durant tout le temps qu'ils parlèrent, ni l'un ni l'autre ne se rendirent compte que le soleil avait fondu sur les falaises et que la nuit couvrait tout le cap.

Dans un soupir, Massala s'enveloppa dans une couverture et s'allongea sur la terre.

Pedro se leva et marcha jusqu'au bord de la falaise.

La vie n'est donc faite que de choix : marcher du côté du devoir ou suivre la direction que vous souffle votre âme ? Vivre en troupeau ou survivre en solitaire ? Enfermer sous une cotte de maille nos élans, nos impudeurs, ou avancer le cœur à découvert ?

Inès... Gorge de cygne. Où es-tu, ce soir ? Que fais-tu ?

Inès, assise près de l'âtre, tend ses mains. Jamais elle n'a eu aussi froid.

14

Un soleil rouge éclaboussait de lueurs sanguines l'uniforme des cavaliers qui venaient de faire halte à quelques pas du camp de fortune dressé par Massala et dom Pedro. Les deux hommes dormaient encore, emmitouflés dans leurs couvertures de laine. Ils n'avaient rien entendu.

Le chef du contingent descendit de cheval et marcha vers l'infant.

– Mon seigneur...

Le prince se leva, l'air hébété.

– Que me voulez-vous ?

– Je suis envoyé par Sa Majesté.

Massala s'était réveillé à son tour et reconnut aussitôt l'un des lieutenants d'Afonso IV.

– *Bom dia*, Sanche.

L'homme répondit au salut par un vague mouvement de la tête et continua de s'adresser à l'infant.

– Sa Majesté m'a chargé de vous ramener à Montemor.

– Il n'en est pas question !

– Pourtant, mon seigneur...

– Tu m'as bien entendu. Je ne vous suivrai pas.

Le militaire jeta un coup d'œil embarrassé vers Massala comme s'il lui réclamait son aide. Le Berbère lui répondit par une moue impuissante.

Pedro était debout. Il mit de l'ordre à ses vêtements et interpella le lieutenant :

— Sanche. C'est bien ton nom ?

L'homme opina.

— Eh bien, Sanche, tu vas faire demi-tour et tu diras au roi que, pour l'heure, je n'ai pas l'intention de rentrer.

— C'est que...

— Quoi donc ?

— Sa Majesté n'est plus au palais. Elle a pris la route du sud. En ce moment, elle ne doit plus être très loin d'Alcoutim.

Pedro écarquilla les yeux.

— Alcoutim ? Mais c'est à une cinquantaine de lieues d'ici ! Pour quelle raison ?

— Nous avons été informés que des dissidents nasrides se sont infiltrés dans l'Algarve. Votre père est parti à leur rencontre.

Un certain trouble envahit le visage de l'infant. Il resta muet un moment avant d'annoncer :

— Cela ne change rien. Tu l'informeras à son retour.

Le militaire ouvrit la bouche pour protester. Pedro fut plus rapide que lui :

— Il y a un problème, *tenente* ?

— C'est que, mon seigneur, j'ai des ordres. Sa Majesté...

— Je comprends fort bien. Mais il est inutile d'insister.

— Seigneur ! Je vous en prie, vous devez nous suivre.

Pedro toisa le militaire.

– Sinon ?

Il y eut un silence gêné.

Un vent froid s'était emporté. Bondissant, il soulevait des paquets d'écume, pour les jeter violemment contre le flanc des falaises.

L'infant apostropha les soldats qui observaient la scène.

– *Irmãos !* Mes frères ! Auriez-vous la présomption d'arrêter l'infant du Portugal comme s'il s'agissait d'un vulgaire coupe-jarret ?

En guise de réponse, les hommes plongèrent leur regard vers le sol. Un cheval se cabra, maîtrisé aussitôt par son cavalier.

Pedro pivota vers le lieutenant.

– Tout cela est stupide. Retourne d'où tu viens. Je prends sur moi de te défendre auprès du roi. Je t'en fais la promesse.

Le militaire hésitait toujours.

Alors, l'infant fit un bond en arrière et récupéra son épée.

– Et maintenant ? Que décidons-nous ? Crois-tu vraiment qu'il serait sage d'en découdre ?

Massala vint aussitôt se ranger aux côtés de son maître. Il tenait une dague à la main.

Le lieutenant eut une moue plus réprobatrice qu'affolée.

– Allons, mon seigneur. Soyez raisonnable. Rangez donc cette arme. Toi aussi, Massala.

Il ajouta :

– Je vous ai vu naître, dom Pedro. Plutôt voir ma main se dessécher que de dégager ma lame de son fourreau.

L'essentiel est que je puisse rapporter à Sa Majesté que vous êtes sain et sauf. Pour le reste, que Dieu me garde.

Il opéra une volte et commanda à ses hommes :

– Demi-tour !

Au moment où il se hissait sur sa monture, il ajouta à l'intention de Pedro :

– Souhaitez toutefois que le jour où vous rentrerez ne soit pas celui où vous devrez vous agenouiller au chevet de votre père... *Adeus !*

Avignon, au même moment.

Assis sur le dallage glacial, Aurelio Cambini réfléchissait. Le cardinal le soupçonnait, c'était une évidence. Mais de quoi ? Était-il possible qu'il eût fait le rapprochement entre le vol du dossier, les pièces manquantes et... Cambini ? C'était impensable. Pour y parvenir, il eût fallu que Fontenay eût connaissance de certains faits qui remontaient à plus d'un siècle et qui n'étaient connus que de quatre personnes, lesquelles étaient toutes mortes. Non, rectifia Cambini. Pas toutes. Il négligeait Melchiore, le frère de Pordenone. Seulement voilà, personne ne pouvait être au courant de son existence et même si – hypothèse hautement improbable – quelqu'un avait eu vent de sa présence dans le Frioul, il n'était pas sûr que ce simplet fût au courant des détails, ô combien complexes, de l'affaire. Alors ? Que pouvait bien savoir Fontenay pour avoir osé donner l'ordre de fouiller sa chambre ? Cambini ne se trouvait-il pas ici, en Avignon, lorsque le vol s'était produit ? Pouvait-on imaginer alibi plus imparable ? Et si tout simplement l'attitude du cardinal n'était motivée que par le passé du franciscain ? Par le fait qu'il eût occupé la fonction d'archiviste dans les locaux du Latran. Ce n'était pas impossible. De toute façon, il ne servait à rien de paniquer. Certes, Cambini pouvait toujours plier bagage, pour aller chercher refuge ailleurs. Néanmoins, si Fontenay n'avait rien de concret contre lui, cette fuite apparaîtrait aussitôt comme un aveu. Non. Le plus sage était d'attendre. Si les choses venaient à se préciser, il serait toujours temps de réagir.

Chambre de Parement, palais des Papes.

Le pape relut la lettre que venait de lui remettre monseigneur de Fontenay.

Villanova, novembre 1340

Salutassions, ami Aurelio,

Plaise à Dieu que ce courier vous void en bonne santé. Voilà longtemps que je n'ai pris de vos nouvelles. Pareillement de votre côté. Vous ne m'avé pas écrit depuis que votre dépar de Villanova. Ça fait presque un an. Vous nous manquez. Ludovico, mon fils aîné, demande souvant de vous. Il s'été beaucoup attaché à votre présance. Il vous considéré un peu comme son second père. Je panse que vous êtes toujours dans cette ville d'Avennio, tranquille à maiditer et à prier pour la salutassions de nos âmes impures. Moi, je vis comme dabitude dans mon petit village de Villanova. Les enfants vont bien, sauf le dernier, mon bien aimé Li Feng, qui est mort brusquemant il y a un an. Ça a était un grand moment de désespoir dont sa mère ne s'est jamais remis. En plus de cela, et presque après dans cette même année, une méchante maladie à déssimé mon troupeau de brebis. Des cinquante que je possédais, il n'en est resté qu'une vingtaine. C'est vous dire ma peine combien elle est grande. La sainte Vierge me protège pourtant et je n'ai jamais manqué un office de toute ma vie. D'ailleurs, comment aurais-je pu avec un frère franciscain comme vous-même, ami Aurelio. Vous n'avez pas oublié, mon frère Odoric n'est-ce pas ? Je sais que vous l'aimiez beaucoup. C'était un saint homme. Voilà neuf ans qu'il a été rappelé par Notre Seigneur, et il me manque encore autent. C'est d'ailleurs grâce à lui que j'ai batisé mon défunt fils, Li Feng. Et le destain me l'a enlevé lui aussi. Triste sort. Mais j'arrête ici les larmoiements. La séson s'annonce bonne. J'ai déjà vendu la moitié de mes Montasio ; vous savez, ce délicieux fromage à la pâte dure que vous aimiez tant lorsque vous viviez ici ? Si vous le souhaitez, je peux vous en envoyé. Il tiendra le voyage. Il n'en sera que meilleur. Faites-le moi savoir.

Je vous dis adieu maintenent. Je dois aller m'occupé. Angela vous fait ses salutassions qu'elle joint aux miennes, très afectueuses.

Signé Melchiore de Pordenone.

Le Saint-Père restitua la lettre à son secrétaire. Sa seconde lecture ne l'avait pas plus éclairé que la première.

– Qu'est-ce que c'est que ce charabia, monseigneur ?

– C'est le courrier que nous avons retrouvé dans la chambre du frère Cambini.

– Et que nous apprend-il ? Sinon que son auteur aurait besoin de revoir son orthographe... J'ai rarement lu autant de fautes en si peu de lignes ! Et quel style !

Monseigneur de Fontenay sourit.

– C'est vrai, Votre Sainteté. Toutefois, ce n'est pas l'orthographe qui est digne d'intérêt dans cette lettre, mais plutôt son signataire.

– Je ne m'en souviens déjà plus.

– Melchiore de Pordenone.

– Et en quoi le nom de cet illettré serait si important ?

– Pas lui. Son frère.

Le cardinal articula d'une voix distincte :

– Odoric. Odoric de Pordenone. Cela ne vous dit rien ?

Le pape eut un imperceptible temps d'hésitation avant de répondre :

– N'est-ce pas ce voyageur qui, sous Jean XXII...

– Parfaitement, anticipa Fontenay.

– Il est décédé, me semble-t-il.

– Il y a environ dix ans. Quelques mois après son passage ici.

Le pape plissa le front.

– Vous allez me trouver quelque peu lent, mais je ne vois toujours pas le lien entre Odoric, Cambini, cette lettre et le vol du dossier *Presbyteri Joannis*.

Le prélat approuva.

– Pas de lien direct, j'en conviens. Mais un lien tout de même. Je me suis renseigné : Cambini et Odoric se sont connus, ici, il y a une dizaine d'années. Odoric rentrait alors d'un long périple à travers l'Asie.

Le pape eut un geste d'impatience.

– Et alors ? Je répète ma question : quel rapport entre le vol du Latran et ces deux hommes ?

Le cardinal reconnut à contrecœur :

– Je ne l'ai pas encore cerné.

– Dans ce cas...

Il désigna la lettre.

– Curieux prénom, vous ne trouvez pas ? Je veux parler de celui que ce Melchiore a donné à son fils : Li Feng. Je pense qu'il n'existe pas une seule personne dans tout le Frioul à porter ce prénom !

– Sûrement. Mais si l'on se souvient qu'Odoric a long-temps voyagé à travers la Chine, le prénom s'explique.

Le pape eut une moue dubitative.

– Peut-être. Mais reconnaissez que s'appeler Li Feng dans un village perdu du nord-est de l'Italie n'a pas dû être une sinécure ! Le pauvre garçon. Mais peu importe ! Dites-moi plutôt ce que vous souhaitez. Prouver que Cambini a été mêlé d'une façon ou d'une autre au vol du Latran ?

– Oui, Saint Père.

– À mon avis, vous perdez votre temps. Vous ne trou-verez rien. Et quoi que vous ayez l'intention de faire, je vous recommande la plus extrême prudence. Si par extraor-dinaire vous aviez raison, il ne faut en aucun cas effaroucher votre homme. S'il se sent menacé d'une manière ou d'une autre, soyez sûr qu'il disparaîtra et nous aurons bien du mal à retrouver sa trace.

Le cardinal approuva d'un mouvement de la tête.

— Je ne ferai rien qui puisse l'alerter.

Le pape pointa à nouveau son doigt sur la lettre.

— Ne risque-t-il pas de s'apercevoir de son absence ?

— C'est peu probable. Nous l'avons retrouvée roulée en boule, au fond de l'un des tiroirs d'une petite encoignure qui meuble sa chambre. Ce qui prouve qu'il n'y accordait pas grande importance.

— Peut-être. Mais prudence, monseigneur. Prudence...

Montemor, Portugal.

La reine Béatrice hésita un instant avant de choisir l'un des deux sièges qui étaient disposés devant la fenêtre.

— Vous pouvez vous asseoir, Inès, dit-elle en prenant place. Je n'apprécie guère que mes interlocuteurs restent debout.

Tandis que la jeune femme s'exécutait, Béatrice en profita pour la détailler discrètement. Tout de suite elle fut frappée par sa métamorphose. Ce n'était plus la belle enfant qui, peu de temps auparavant, avait débarqué à Montemor, mais une femme aux traits bouleversés, incroyablement amaigrie. Pourtant demeurait quelque chose de majestueux dans sa manière de se mouvoir.

Apercevant la tapisserie brodée au petit point qu'Inès venait de poser sur le bord du lit, la reine observa :

La Reine crucifiée

— Vous venez de la commencer, semble-t-il.
— Oui, Votre Majesté.
— L'ouvrage m'a l'air joli. Que représentera-t-il ?
— La décollation de saint Jean-Baptiste.
La reine lui jeta un regard surpris.
— Une décapitation ? Même si, en l'occurrence, il s'agit de celle d'un saint, le thème n'en est pas moins un étrange sujet pour une jeune fille de votre âge. Sans doute êtes-vous très pieuse.
Interrogation ou affirmation ? Dans le doute, la jeune femme se garda de commenter.
— Vous avez bien mauvaise mine. L'air du Portugal ne vous réussirait-il pas ?
— Si, Majesté, seulement j'ai été un peu fiévreuse.
— Je m'étonnais aussi de vos absences. On ne vous voit guère depuis quelque temps. Cela va-t-il mieux ?
— Oui, Majesté.
Soudain, la reine changea si vivement de ton qu'on aurait dit que, jusque-là, elle n'avait fait que tenter de retenir un cri.
— Mettons un terme à ces banalités, Inès ! Vous n'ignorez pas la raison pour laquelle je suis venue jusqu'à vous. Il n'est pas dans les habitudes d'une reine de se déplacer. Je l'ai fait parce que l'on vous disait très lasse et souvent alitée.
Inès porta les mains à son cœur, affolée.
— Oh ! Majesté. Si j'avais su... Même à l'agonie, j'aurais répondu à votre appel. Vous me croyez, n'est-ce pas ?
— Je vous crois. Mais nous nous égarons et le temps court. Je suis ici pour que nous parlions de Pedro.
— Oui...

206

– Alors, parlez-moi de lui.

La jeune femme eut un sursaut.

– Qui suis-je pour vous répondre ? Que vous dirais-je que vous ne sachiez déjà ? N'est-il pas votre fils ?

– Mon fils, oui. Mais il s'agit aussi de *votre* amant.

Le regard de la reine s'évapora au loin, tandis qu'elle ajoutait :

– Je ne suis pas ici pour vous juger, mais pour trouver une réponse à certaines questions. L'une d'entre elles consiste à comprendre de quelle femme mon fils est si maladivement amoureux. D'une femme avertie ou d'une ingénue ? D'une impudente libertine ou d'une vertueuse égarée ?

Elle conclut avec une fausse nonchalance :

– À moins qu'elle ne soit tout simplement une gourgandine ?

Inès se mordit la lèvre inférieure.

– Alors ? insista Béatrice. Qu'avez-vous à me dire ?

La jeune femme répondit comme on se jette dans un abîme.

– Vous dirais-je que j'aime dom Pedro ? Vous me rétorqueriez que dom Pedro est marié et qu'il est des principes qu'une femme d'honneur ne trahit pas. Vous dirais-je que je me meurs sans lui ? Vous me répondriez qu'à mon âge on ne meurt pas d'amour ou alors peut-être trop souvent. Je pourrais vous jurer devant Dieu que je suis innocente de ce torrent qui déferle en moi, vous me diriez que je vis dans le rêve et que le drame des rêves c'est l'heure du réveil. Vous dirais-je que votre fils est ce que j'ai croisé de plus beau, de plus noble, de toute mon existence ? Vous me feriez remarquer que j'ai peu vécu.

Inès croisa les doigts et les serra à s'en bleuir les jointures.

— Des jours, des nuits entières, reprit-elle, des siècles ne suffiraient pas à exprimer ce que je ressens. Aussi, le seul mot qui me vienne à l'esprit, mot puéril et sans doute vain, est le mot pardon. J'implore votre pardon, Majesté.

La reine considéra son interlocutrice. Jouait-elle ? Simulait-elle ? Cette pensée ne dura que quelques instants et s'évanouit sous le poids de l'évidence : impossible. Elle ne pouvait ignorer que, par cet aveu, la jeune femme reconnaissait son déshonneur au grand jour.

Elle s'enquit :

— Où est Pedro ?

— Je ne sais pas, Majesté. La question me hante depuis qu'il est parti.

— La raison de ce départ ?

Inès ne répondit pas.

— J'insiste. Ce n'est pas la reine, mais la mère qui vous le demande.

— À cause de moi. J'ai exprimé le désir que tout s'arrête.

Béatrice lui lança un regard perplexe.

— Je vous croyais amoureuse, éperdument.

— C'est la vérité. Mais doña Constanza nous a ôté toute espérance.

— Expliquez-moi. Comment ?

Un éclair traversa les yeux d'Inès. La reine crut y lire comme de la gratitude.

— Je vais tout vous dire, Majesté.

La Reine crucifiée

Alcoutim, frontière du Portugal, trois jours plus tard.

Les archers s'étaient rangés au son des trompettes. Les cavaliers gardaient les mains posées sur les rênes, flattant de temps à autre l'encolure de leur coursier pour apaiser la fièvre qui, avant chaque combat, prenait possession d'eux. Au second rang, les fantassins, munis de fléaux et de hallebardes, attendaient leur tour pour s'élancer. Tous avaient l'œil fixé sur le roi. Traits de marbre, celui-ci était en train de contempler la bannière aux armoiries du Portugal : neuf châteaux dorés alignés le long d'un bandeau rouge et, au centre quatre écussons bleus sur fond blanc. S'il avait éprouvé la moindre crainte quant à l'issue de la bataille, elle eût été aussitôt balayée par cette vision.

Là-bas, à une lieue à peine, avait surgi l'armée arabe. Elle était bien plus importante qu'on ne l'avait cru. Près d'un millier d'hommes. Uniquement de la cavalerie.

Afonso IV se signa, tira son glaive de son fourreau et, ainsi qu'il l'avait fait à Tarifa, récita à voix haute le premier verset du septième psaume.

Encore une bataille. Un combat encore, sans secret, sans mystère, la mort rejointe, et le sang et les cris, et le sifflement des flèches et l'écho déchiré du glaive et de l'écu.

Il galopait en tête. La cavalerie avançait dans son sillage. Les Maures fonçaient à leur rencontre. Comme deux paumes qui s'entrechoquent, les deux armées se heurtèrent à l'orée d'un champ d'oliviers. Fracas, hurlements sauvages, et là-haut, au-dessus de la mêlée, l'indignation du ciel.

À quel moment Afonso se retrouva-t-il à terre, écrasé

par la masse de son cheval ? La lumière était aveuglante, l'enchevêtrement des corps indescriptible. Le roi essaya de se dégager. En vain. Sur lui pesait l'énorme poids ensanglanté de sa monture. Il pouvait deviner le souffle saccadé de l'animal à l'agonie, les naseaux gorgés de bave et d'écume, les pulsations de la chair pleine de sueur. Une nuit écroulée.

Afonso comprit aussitôt qu'il était perdu. Dans une sorte de songe, il vit les années de sa vie qui défilaient à rebours, le cortège des plaines et des vallées et, dans les méandres du Guadiana, le visage dur de son père surgissant des replis du poitrail du cheval. La haine ? Était-ce donc le dernier sentiment qu'éprouve l'homme qui va mourir ? D'un seul coup, toutes les formes de son hallucination volèrent en éclats pour céder la place au regard triomphant d'un fantassin arabe. Le soldat brandissait un cimeterre. « Mon Dieu, murmura Afonso. L'heure est venue ! » Ses membres se contractèrent. Il serra les poings, mais ne ferma pas les yeux.

Le cimeterre s'abattit.

Il n'atteignit pas son but.

Une main avait emprisonné le poignet de l'Arabe.

Était-il possible que la mort fût créatrice de fantasmagories ? Sûrement. Sinon, comment expliquer que le visage de l'Arabe se soit dilué dans l'espace pour être remplacé par la noble figure de dom Pedro ?

Le fantassin s'écroula. Il avait une dague enfoncée entre les épaules.

Maintenant, il y avait aussi la voix de dom Pedro. Et cette voix criait des ordres.

– Par ici ! Aidez-moi ! Vite !

Des soldats se précipitèrent. Afonso sentit les mains de son fils se glisser sous ses aisselles.

– Courage, père !

Non, le roi de Portugal n'était pas la proie d'illusions. Son fils était bien à ses côtés.

Au bout de quelques instants, la masse couchée sur le souverain se fit moins pesante et Pedro parvint à dégager le corps de son père.

– Non ! articula Afonso. La bataille... Il faut poursuivre... ne pas battre en retraite...

– N'ayez crainte, rassura l'infant. Je vous donnerai la victoire...

Le dernier souvenir que devait conserver le roi avant de perdre connaissance était la silhouette de son fils qui filait à contre-jour vers le champ de bataille.

15

Il y avait plus d'une demi-heure maintenant que, dans la quiétude du cloître, Inès affrontait l'insistance de ses frères. Il lui avait fallu un certain temps avant de pouvoir assimiler la complexité de cette étrange histoire de carte maritime, la mystérieuse affaire du prêtre Jean, l'enjeu des Indes. Et surtout, elle avait eu du mal à saisir en quoi cet imbroglio la concernait. Ce fut seulement lorsque Francisco avait prononcé les mots « vigilance », puis « espionnage », que la démarche des deux hommes s'était révélée dans toute son ignominie.

Francisco saisit la main de sa sœur.

– Tu dois nous aider, Inès. Tu ne peux pas te dérober. Il y va du destin de la Castille.

Elle se dégagea vivement.

– Jamais, jamais je ne jouerai ce rôle ! Ce que vous me demandez est infamant !

Elle fixa tour à tour ses deux frères et redit fermement :

– Jamais !

Juan intervint :

– Je ne comprends pas tes réticences ! Servir son pays serait donc une infamie ?

– Trahir ceux qui vous font confiance en est une !

– Le mot confiance n'a jamais fait partie du vocabulaire portugais, ironisa Francisco. Ces gens ne méritent pas l'honneur que tu leur fais. Et puis, que diable ! Nous n'exigeons pas de toi autre chose que d'être aux aguets et de nous informer. Rien de plus. Si cette carte existe, si elle est bien en leur possession, il est indispensable que nous soyons prévenus. C'est tout.

– Imaginons que ce soit le cas, observa Inès. Ensuite, que ferez-vous ?

Les deux frères échangèrent un regard fuyant.

– Rien, répliqua Juan. Mais nous saurons à quoi nous en tenir.

Elle ne fut pas dupe.

– Tu mens !

Elle s'élança d'un pas ferme vers la sortie du cloître, mais Juan lui barra le passage.

– Inès ! Sois raisonnable. Pense à nous. À notre père. Tout ce que nous pourrons accomplir au service du roi nous sera bénéfique et il sera le premier à en recueillir les fruits.

La jeune femme laissa échapper un petit rire.

– Parce que tu crois vraiment qu'un homme de sa trempe accepterait d'accueillir un honneur sachant qu'il récompense une trahison ? Notre père...

– Trahison, trahison ! coupa Francisco. Tu n'as donc que ce mot à la bouche ? On ne trahit que les siens ! Pas des étrangers auxquels rien ne nous lie !

214

– Si surprenant que cela puisse vous paraître, je ne considère pas dom Pedro comme un étranger.

Les deux frères la fixèrent avec stupéfaction.

– Que veux-tu dire ?

– Vous m'avez bien comprise.

Un éclair de suspicion traversa le regard de Francisco.

– Est-ce que par hasard... ?

Il eut un rire forcé et changea de ton.

– Non, ce serait inconcevable. Pas toi !

Les traits d'Inès se fermèrent.

– Je dois rentrer.

Elle fit un pas vers la grille.

– Attends ! Tu en as trop dit ou pas assez.

La sonnerie d'une trompette éclata tout à coup par-dessus les remparts. Une voix cria : « Le roi ! Le roi est de retour ! »

– Laissez-moi partir.

Une seconde sonnerie fit écho à la première.

– La troupe rentre d'Alcoutim, nota Francisco.

– La troupe... oui, approuva Juan. Et qui sait, peut-être aussi... ?

Il acheva sa phrase sur un ton sibyllin :

– Le seigneur dom Pedro ?

Inès ne l'entendit pas. Elle courait vers le palais.

Dom Pedro chevauchait en tête ; les vêtements noirs de poussière, la figure striée de sang et de boue séchés. Dans son sillage, marchaient quatre soldats qui portaient la civière sur laquelle on avait étendu le roi Afonso. Le souverain semblait immobile et paisible, pourtant il souffrait atrocement. Venus d'Évora, et même de plus loin, les habitants s'étaient rassemblés tout au long du chemin pour acclamer les vainqueurs d'Alcoutim. Cette fois, ce n'était pas le surnom de *O Bravo*, qui courait sur les lèvres, mais celui du prince héritier. Cependant, insensiblement, à mesure que le cortège se rapprochait du palais et que l'on découvrait le corps figé d'Afonso, son visage livide tourné vers le ciel, la joie se muait en une immense incrédulité.

Le roi est blessé, le roi se meurt.

Indifférent au tumulte qui l'entourait, Pedro franchit le pont-levis, pénétra dans la cour d'honneur.

– Fais venir immédiatement Balthasar, lança-t-il à l'écuyer qui se précipitait vers lui. Vite !

Ensuite, il intima aux soldats l'ordre de porter le souverain dans ses appartements. La reine s'y trouvait déjà. Bouleversée, elle fit un pas vers son époux, s'arrêta comme si elle avait craint de toucher la mort elle-même et se jeta dans les bras de son fils.

– Pedro. Tu es de retour...

– Venez...

Elle s'affola en découvrant son visage maculé.

– Tu es blessé !

– Ce n'est rien.

Il la prit doucement par le bras et l'entraîna vers le lit où l'on venait de coucher le roi. Ce dernier articula faiblement :

– Heureux de vous voir, ma mie.

– Ne parlez pas. Gardez vos forces.

— Mes forces... Ma force... je ne peux la perdre... elle se tient ici...

Il souleva légèrement l'index en direction de Pedro.

— À vos côtés... Ma force retrouvée.

Brusquement il hoqueta. Un filet de sang s'échappa de sa bouche.

— Je vous en conjure, supplia Béatrice. Ne dites rien.

Pedro cria :

— Où est donc Balthasar ?

— Je suis là, mon seigneur !

Haletant, l'Enchanteur déposa au pied du lit la trousse qu'il tenait à la main.

— N'achève pas le travail des Maures, lui souffla Afonso.

— Aucune chance, Sire. Je n'ai pas leur talent.

Son examen terminé, Balthasar s'efforça de masquer son inquiétude sous un apparent détachement.

— Deux côtes et une jambe brisées n'ont jamais tué un homme, encore moins un roi. Rassurez-vous. Sa Majesté vivra.

— Saint Vincent soit béni ! s'exclama Béatrice.

— À présent, il serait bien que vous me laissiez seul avec Sa Majesté afin que je puisse lui prodiguer mes soins.

— Je reste, répliqua Pedro.

Il se tourna vers sa mère et, d'un regard, lui fit comprendre qu'il valait mieux qu'elle se retire.

Au-dehors, le soleil couchant avait commencé d'empourprer les collines. La première étoile n'allait pas tarder à pointer dans le ciel.

Pedro entraîna l'Enchanteur à l'écart.

— La vérité, dit-il sans préalable.

– Il est au plus mal. Le cheval a écrasé son thorax. J'ai vu que Sa Majesté crachait du sang et des humeurs. Il se peut que les poumons soient perforés. Tout dépendra de sa résistance.

– Mon père est un roc.

– Je le crois aussi.

Un gémissement interrompit leur discussion.

– Je dois le soulager. Il souffre.

Sans plus attendre, Balthasar retourna vers sa trousse et en extirpa une série de fioles, des pots emplis d'onguents et de baumes. Il réclama un pichet d'eau préalablement bouillie et une coupe. Pedro transmit la requête au serviteur en faction devant la porte et ralluma lui-même les lampes.

Il se sentait vidé, vieilli. Il avisa un siège et s'y laissa tomber. Ce qu'il venait de vivre ces derniers temps lui faisait l'effet d'une terre saccagée. Les déchirements, les affres de l'absence et ce contact avec la mort qui lui avait enseigné pour la première fois ce qu'était de tuer un homme de sang-froid. Une semaine s'était écoulée depuis la bataille, pourtant sa bouche conservait encore le goût âcre du sang.

À vos côtés... Ma force retrouvée.

Étrange qu'Afonso eût prononcé ces mots. Une brèche existait donc quelque part ? Il porta la main à son front, pris de vertige. Une invisible couronne l'enserrait si fort qu'il en éprouva une sorte de chavirement. Quel roi ferait-il si son père disparaissait ? Était-il armé pour ce combat ? Jusque-là, il n'avait fait que tenter de défendre un château onirique. Saurait-il en faire autant le jour où il devrait gouverner un monde réel ?

Un jour vous serez roi. Votre peuple aura besoin de vous.
Les mots prononcés par Inès lui revinrent à l'esprit.
Inès... Inès...

Il avait cru que cette fuite lui aurait permis d'apaiser le manque d'elle ou que, dans le fracas des vagues, au pied des falaises de Sagres, se serait noyé un peu de cet amour fou. Mais non, rien. Son cœur était revenu intact. Et ses sentiments que la séparation avait aiguisés brûlaient d'un feu plus ardent que la veille.

— Mon seigneur...

La voix de Balthasar l'arracha à ses réflexions.

— Comment va-t-il ?

— Il dort. J'ai fait tout ce qui est en mon pouvoir. La suite n'est plus entre mes mains. Sachez qu'il souffre moins. Le chanvre reste un remède efficace. Venez, mon seigneur, laissons-le reposer.

Pour la seconde fois, dom Pedro répliqua par la négative.

— Non. Partez. Je vais le veiller.

— Vous avez le teint plus terreux que celui de votre père et, si j'en juge par vos cernes, j'en déduis que vous n'avez pas beaucoup dormi ces jours-ci. Soyez raisonnable.

— Raisonnable... Il y a bien longtemps que le sens de ce mot m'a échappé.

Il posa une main affectueuse sur l'épaule de Balthasar.

— Allons. Partez. Je vous appellerai en cas de nécessité.

— S'il venait à se plaindre de douleur, donnez-lui ceci à boire...

L'Enchanteur remit à l'infant une coupe pleine à ras bord d'un mélange laiteux et ajouta :

— N'oubliez pas...

– Comment-le pourrais-je ?
– Non. Je veux dire, n'oubliez pas...
Il montra du doigt le roi endormi.
– C'est votre père. C'est aussi mon ami.

Pedro s'éveilla brusquement, le front couvert de sueur. Il faisait encore nuit. Un bruit, à moins que ce ne fût une présence étrangère, avait dû le tirer de son sommeil. Curieusement, les lampes n'éclairaient plus ; sans doute par manque d'huile. Il tendit l'oreille.

Sa respiration ! Dans la chambre ne résonnait plus la respiration de son père. Ce souffle court qui, tout au long de la première heure, avait envahi la pièce, ce souffle, à l'instar des lampes, s'était éteint.

Il voulut se lever. Il en fut incapable. Durant son sommeil, quelqu'un avait entravé ses chevilles. Il tendit les mains comme s'il cherchait à saisir un appui parmi les ombres. Elles aussi étaient captives, ainsi que son thorax. Son corps tout entier semblait enserré dans une armure invisible, cloué au mur.

Appeler au secours, vite ! Réclamer de l'aide. Vite !

Aucun son ne sortait de sa gorge. Il étouffait.

C'est à ce moment qu'il le vit. Droit, l'œil terrible, drapé dans un linceul immaculé. Son père marchait vers lui, une épée à la main.

Non !

Le spectre, mais était-ce bien un spectre ? pointa la lame vers sa poitrine.

Non !

Le cri le réveilla.

Une lueur diaphane inondait la pièce. L'aube était là. Il se leva, frissonnant. Afonso IV était toujours couché sur le dos. Immobile. Son expression semblait moins crispée. Il dut sentir son fils, car il battit des paupières.

– J'ai soif. J'ai la bouche en feu.

– Souffrez-vous encore autant ?

– Guère plus que mon corps ne peut le supporter.

Pedro récupéra la coupe qui contenait la décoction de chanvre préparée par l'Enchanteur et souleva délicatement la nuque de son père.

– Cela vous fera du bien. Buvez.

Le roi avala une large rasade et retroussa les lèvres, écœuré.

– Je reconnais bien là l'affreux goût des mixtures de mon ami Balthasar. Un âne n'en voudrait pas.

– Je... Je sais. J'ai eu le loisir de... de tester ses plantes médicinales.

Afonso grimaça un sourire.

– Après votre soûlerie, je suppose ?

– Après ma soûlerie. Oui... père.

– Aidez-moi à m'asseoir.

– Ce... serait imprudent. Vous risquez d'attiser plus encore vos... vos douleurs. Je...

– J'en ai cure ! Aidez-moi. J'ai besoin de voir le jour qui se lève et de sentir le soleil sur mon visage.

Une fois calé entre les coussins, la tête à la hauteur des premiers rayons qui se frayaient un chemin entre les meneaux, Afonso ferma les yeux.

– Belle victoire, dit-il au bout d'un moment.

221

– En effet. Je... Je crois que désormais plus un... plus un seul Arabe n'osera s'aventurer à nos frontières.

Il y eut un silence.

– Vous avez quand même tardé à me rejoindre...

Pedro se raidit.

– Vous n'êtes pas sans... savoir... qu'entre Sagres et Alcoutim...

Il s'interrompit, reprit son souffle. Dire les mots. Les dire d'une seule traite.

– ... il faut compter cinq journées. Il ne m'en a fallu que quatre.

– À votre âge, trois m'auraient suffi.

– C'est le privilège des rois... que... que...

– Pourquoi ? Pourquoi m'infligez-vous ce bégaiement ! À moi seul ! Que je sache, vous ne l'avez jamais imposé à votre mère. Pourquoi moi ?

Pedro hésita avant de répondre :

– J'ai lu quelque part... que... le bégaiement c'est l'âme qui tente de s'exprimer sur les lèvres de... l'enfance. Aux yeux de ma mère, je reste sans doute un... enfant. Face à elle, mon âme... est probablement plus à l'aise.

– Justement ! Il est là tout le drame ! Vous n'êtes plus un enfant.

Afonso ouvrit les yeux et lui décocha un regard en coulisse.

– L'avez-vous jamais été, d'ailleurs ?

Il réprima aussitôt un cri de douleur.

– Redonnez-moi de cet infâme breuvage !

– À la condition que vous ne vous enfiévriez... pas tel que vous... vous le faites.

– Depuis quand pose-t-on des conditions à son souverain ?

Pedro ignora la question et glissa à nouveau sa paume sous la nuque de son père.

– Il faudra que je demande à Balthasar... s'il... s'il n'est pas dangereux d'abuser de cette décoction.

Afonso répliqua entre deux gorgées :

– Au pire, vous serez roi de Portugal...

Il désigna le siège d'un mouvement de la tête.

– Vous avez passé la nuit ici ?

– Oui.

– Vous n'avez pas dû beaucoup dormir. Mais comme vous détestez le sommeil... Eh bien, laissez-moi à présent. J'ai besoin d'être seul.

– Si... si... tel est votre souhait. Un garde est en... faction. N'hésitez pas à l'appeler.

– Un instant !

– Oui, père ?

– Je vous ai menti.

Pedro capta son regard.

– Oui, reprit Afonso. Même à votre âge, je n'aurais pas mis trois jours pour franchir la distance entre Sagres et Alcoutim. Partez maintenant !

Avignon.

Ils venaient d'entrer dans la rue de la Poissonnerie. *Coq d'argent, le Renard qui taille, la Tête de Sarrasin, la Truie qui file ;* suspendues aux murs, ballottées par le vent, les enseignes volumineuses des échoppes semblaient près de s'écraser sur leur tête. Taverniers, pelissiers, tisseurs, tondeurs, marchands de draps, corroyeurs, cordonniers, peu de villes regorgeaient d'autant d'artisans réunis en si peu d'espace. Compressés, bousculés, les passants luttaient pour se frayer un passage.

Anibal Cavaco, l'homme de main de Gonçalves, jura à voix basse et lança à l'intention de ses deux compagnons :

– Ce n'est pas une ville, c'est une fourmilière !

– Je ne te le fais pas dire ! approuva le premier que l'on surnommait « l'Africain » en raison de sa peau étonnamment cuivrée. J'ai manqué deux fois d'être écrasé par une bête de somme.

Le troisième, qui répondait au nom de Cabral, renchérit :

– En plus, harnachés comme nous le sommes avec ce manche à balai que nous sommes obligés de porter ! Moi qui vomis tout ce qui porte soutane ! Si ma mère me voyait fagoté en franciscain, je crois qu'elle lâcherait un pet dans sa tombe !

Anibal Cavaco lui décocha un regard sévère.

– Tout d'abord, il ne s'agit pas d'un manche à balai, mais d'un bourdon. Bâton de Moïse, principal attribut des pèlerins ! D'autre part, surveille ton langage, *amigo*. Il n'est pas digne d'un homme d'Église.

– D'accord, d'accord. Tu nous as assez rebattu les oreilles pendant cette traversée pour que je m'en souvienne.

Il récita sur un ton monocorde :

– Compostelle est le centre lumineux de l'espérance.

Nous nous y rendons pour honorer la mémoire de saint Jacques, symbole de la résistance contre les Arabes.

Sur sa lancée il se signa et conclut, railleur :

– *In nomine Patris, et Filii, et Spiritus Sancti. Amen.* J'ai été enfant de chœur.

– Il suffit, gronda Cavaco. Tu vas nous faire remarquer !

– Il a raison, approuva Cabral. Ton comportement est stupide.

– Ça va ! On se calme ! Ma mère se retiendra. *Estão satisfeitos ?*

Derrière l'attitude détachée du personnage se cachait quelque chose d'effroyablement inquiétant. Bâti en force, avec un cou de taureau, les cheveux couleur bronze, il irradiait de tout son être une énergie maléfique, glaciale, dont on soupçonnait qu'elle pouvait produire, une fois libérée, les pires dévastations.

– Regardez-moi ça ! s'exclama soudain Cabral.

Ils étaient en train de longer un cimetière au beau milieu duquel s'étaient établies des loges de changeurs et de drapiers. Dans l'indifférence, un porc se repaissait d'un cadavre, manifestement inhumé de fraîche date et sans doute pas assez profondément enterré, qui débordait de sa sépulture. Alentour, marchands de toutes sortes, vendeurs à l'encan côtoyaient des notaires attablés entre les pierres tombales.

– Ces gens n'ont donc aucun respect pour les morts ?

– Quand on est mort, on est mort, commenta l'Africain doctement.

Ils n'échangèrent plus un seul mot jusqu'au moment où ils arrivèrent devant l'entrée du palais épiscopal. La vue de l'imposant édifice et des soldats en armes qui gardaient l'entrée arracha à Cabral un sifflement admiratif.

— Une véritable citadelle.

Anibal Cavaco rappela aux deux hommes :

— Vous avez bien tout retenu ? Étant le seul à pouvoir m'exprimer en français, c'est moi qui me chargerai des discussions. Est-ce bien compris ?

— Parfaitement, assura Cabral.

— *Dominus vobiscum*, ânonna l'Africain.

C'est avec un mélange d'étonnement et d'admiration que Mgr de Fontenay avait écouté jusqu'au bout le récit d'Anibal Cavaco.

— Voilà, venait de conclure ce dernier. Vous savez tout.

Le cardinal dodelina du chef.

— En préalable, mes frères, laissez-moi vous dire que vous êtes des âmes bien courageuses. Vous n'ignorez pas que votre parcours est peu conforme à celui que suivent habituellement les pèlerins qui se rendent à Compostelle ? Car, si j'ai bien compris, vous êtes partis de Rome ?

— En effet, monseigneur.

— N'eût-il pas été moins éprouvant, au lieu de remonter vers Avignon, de poursuivre votre route vers Fréjus, Arles, Pau et jusqu'à Puente-la-Reina ?

— Bien sûr. Mais dans ce cas, nous aurions manqué l'occasion unique de rencontrer Sa Sainteté.

— Je comprends.

— De surcroît, nous n'avons pas l'intention de passer en Espagne par Puente-la-Reina.

Le cardinal sourcilla.

– Oui, expliqua Cavaco, nous avons opté pour le col de Roncesvalles.

– Le col de Roncevaux ? Décidément, mes frères, le moins que l'on puisse dire est que la difficulté ne vous rebute pas ! Le col est un passage ardu, surtout en cette saison.

– Vous avez raison, monseigneur. Mais que vaut une existence si elle n'est pas ennoblie par cette vertu suprême qu'est le sacrifice ?

Il s'était exprimé à voix basse, comme empreint d'une humilité extrême.

– Eh bien, mes amis, tous mes vœux vous accompagnent. En attendant, je vais donner des ordres pour qu'on vous donne une chambre. J'imagine que vous êtes passablement fatigués.

– Merci, monseigneur.

– Quand avez-vous l'intention de reprendre la route ?

– Aussitôt après notre audience avec le Saint-Père.

Il s'empressa de s'enquérir avec une pointe d'anxiété :

– Car il y a espoir, n'est-ce pas ?

– Le pontife est débordé. Néanmoins, je vous promets de faire le nécessaire.

– Vous avez notre gratitude.

Le prélat examina le trio avec attention et demanda :

– À votre tenue, je vois que vous appartenez à la congrégation des Frères mineurs. Votre couvent serait-il celui de saint Françoise d'Assise, à Ascoli ?

Anibal Cavaco n'eut pas l'ombre d'une hésitation.

227

— Parfaitement. Ascoli. Patrie de frà Girolamo da Lisciano !

— Bien sûr. Le Saint-Père, Nicolas IV. Le premier pape franciscain. Intéressant. Vous aurez peut-être plaisir à rencontrer l'un de vos frères qui vit actuellement parmi nous. S'il me souvient bien, lui aussi a fait partie de la communauté d'Ascoli.

— Son nom ?

— Aurelio Cambini. Le connaissez-vous ?

Cavaco resta impassible.

— Pas du tout.

— C'est curieux quand même... On a l'impression que personne ne fraie dans votre couvent.

— Pourquoi dites-vous cela ?

Le cardinal éluda la question.

— Peut-être avez-vous entendu parler du frère Giuseppe Carducci ?

— Hélas, pas davantage.

— Mais depuis combien de temps résidez-vous à Ascoli ?

— Guère plus de six mois, monseigneur.

— Je comprends mieux alors. Et avant ? Où étiez-vous ?

— Près de Venise, sur la petite île de San Francesco.

— J'ignorais qu'il existât un couvent à cet endroit.

— Pourtant...

Fontenay médita un instant avant de poser une nouvelle question :

— Avez-vous une raison particulière de voir le pape ?

— Sa bénédiction, monseigneur. Nous aimerions tant recevoir sa bénédiction. Serait-ce trop outrecuidant de notre part ?

– Certes, non. Je ferai de mon mieux.

Cavaco mit un genou à terre et baisa avec déférence l'anneau cardinalice.

– Dieu vous garde, monseigneur.

Cabral l'imita. L'Africain marqua un temps d'hésitation avant d'en faire autant. Personne n'entendit l'infâme juron qu'il prononça en son for intérieur.

16

Tu me manques, Inès.

Tu me manques comme le soleil peut manquer à l'été, la mer au navire. Je sais que le rempart que doña Constanza a dressé entre nous ne s'est pas ébréché, il est là, et son ombre déborde sur ma vie, sur tout ce qui m'entoure. On a condamné notre amour à l'exil. Mais qu'y a-t-il de plus têtu que l'amour ? Le mien en tout cas, sache-le, demeure inchangé ; j'oserais même dire qu'il est mille fois plus fort qu'avant ma fuite stérile pour Sagres. Avant mon départ, je pressentais que si l'on m'arrachait à toi ce serait comme si l'on m'arrachait à moi-même. Maintenant je sais que c'est bien pire. On ne peut m'arracher à moi-même, puisque j'ai cessé d'exister.

Tu me manques, Inès. Oh ! Rassure-toi. Je ne tenterai rien qui puisse te compromettre. J'ai beaucoup réfléchi, là-bas, face à l'immensité. Ton honneur est ce qui compte le plus. Tu avais raison cette nuit lorsque tu me disais : « Je ne peux m'enfoncer plus encore dans le *péché.* » *Je t'ai souillée, Inès, malgré moi et te demande pardon.*

Tu as prononcé aussi d'autres mots le soir de notre séparation. Tu m'as dit : « Je sais seulement que si tu devais m'oublier, je m'éteindrais, lentement. As-tu déjà vu un arbre mort, Pedro ? C'est à lui que je ressemblerais. » Toute la raison de ma lettre est là. Tu ne seras jamais un arbre mort. Je suis là, bien qu'absent. Je m'endors à tes côtés et je m'éveille en toi.

Mon père, tu as dû l'apprendre, est passé tout près de la mort. Mille pensées n'ont cessé de tournoyer à ce moment dans ma pauvre tête. Je te confie l'une d'entre elles. J'ai imaginé qu'une fois sur le trône, je prendrais les armes, me rendrais maître du Saint-Siège, en Avignon, et menacerais le pape des pires tourments s'il n'acceptait pas de promulguer une bulle m'accordant le divorce. Et pourquoi pas à tous les couples qui le souhaiteraient ? La liste des péchés édictée par l'Église est plus longue qu'une journée loin de toi. Néanmoins, il est un péché que l'on a oublié de mentionner : la désespérance ; celle de deux êtres condamnés à vivre ensemble alors que mourir leur serait un plus doux châtiment.

Pardonne-moi. Je m'égare, je blasphème.

Où trouver la consolation ? Peut-être en ressassant l'idée que tu seras, par la grâce de doña Constanza, marraine de mon enfant. Sa seconde mère, par conséquent, son ange gardien. Ainsi, en plus des liens du sang qui nous unissent, s'instaurera un lien supplémentaire : celui d'un amour commun et désintéressé pour un

même être. Sois sûre que ce lien-là, nul ne pourra le rompre. Ni l'Église, ni les hommes.
Je t'aime, Inès...

Pedro reposa la plume près de l'encrier. La douleur indicible qui creusait son ventre s'était faite plus intolérable encore. Écrire à Inès réveillait tant de frustrations...

– Je vous dérange ?

Constanza venait d'entrer dans la chambre. Il n'avait rien entendu.

– Non. Enfin... Je...

La jeune femme traversa lentement la pièce et se campa devant la fenêtre ouverte sur les douves.

– L'hiver sera long cette année, dit-elle, songeuse. Avez-vous remarqué qu'il a neigé quelques flocons hier soir ?

– Je n'y ai pas prêté attention.

– C'est dommage, Pedro. Vous auriez aimé ce parterre poudreux, cet instant où la nature hésite entre blanc et vert ; hésitante, comme nous le sommes parfois lorsque nous oscillons entre le bien et le mal, entre l'amour et la haine.

Elle se retourna et vit la main de Pedro qui masquait une lettre. Un sourire mélancolique effleura son visage.

– Vous écrivez ?

Il fit oui de la tête.

– Un poème sans doute ?

– En quelque sorte.

– Vous l'ai-je déjà dit ? Je n'aime pas la poésie. Elle me fait penser à certains arbres dont les fleurs sont parfumées et les fruits amers. Mais je sais que ce n'est pas votre avis.

Elle demanda à brûle-pourpoint :

– Êtes-vous heureux ?

– Étrange question.

– Incomplète, par ma faute. Je rectifie : l'idée d'être père vous rend-elle heureux ?

– Vous en doutez ? Je serai comblé.

– Qu'il s'agisse d'un garçon ou d'une fille ?

– L'un ou l'autre me remplira de joie.

– C'est bien. Vous m'ôtez une angoisse. J'espère quand même que ce sera un fils. Pour le Portugal.

Elle s'approcha du pupitre sur lequel était posée la lettre et demanda négligemment :

– Me permettez-vous de lire votre poème ?

– Vous venez de le dire : vous n'aimez pas la poésie et ses fruits amers. Je crains que vous ne puissiez supporter l'amertume de ces lignes.

– Bien sûr. Je comprends.

Elle saisit son éventail du rebras de sa manche, et l'ouvrit près de son visage.

– Je comprends, répéta-t-elle.

Et elle ajouta d'une voix cassante :

– Doña Inès et moi ne partageons pas les mêmes plaisirs.

Pedro la fixa.

– Constanza, je crois qu'il est temps que nous parlions.

– Vous le souhaitez vraiment ?

– Oui. Mais pas ici. Je vais demander que l'on selle mon cheval.

Elle eut un mouvement de panique.

– Vous n'y pensez pas ! Vous savez bien que je déteste monter et voyez ma tenue !

L'air frais fouettait la figure de Constanza. Assise en amazone, serrée contre Pedro, elle sentait les vibrations qui montaient de la terre et lui parcouraient tout le corps. Curieusement, la crainte des premiers instants s'était évanouie cédant la place à une sensation d'euphorie déclenchée sans doute par la découverte qu'elle faisait de cette triple union. Celle de l'homme, de la nature et de l'animal confondus. Le mot « sensualité » effleura la pensée de l'infante, qu'elle rejeta aussi vite qu'il avait surgi.

Devant eux, venait d'apparaître une colline, et une *pedra talha,* un dolmen planté verticalement en son sommet. Ils montèrent la pente à vive allure. Une fois là-haut, Pedro mit pied à terre et souleva Constanza par la taille.

– Venez, dit-il en la déposant sur le sol. Ici nous serons tranquilles.

Encore tout étourdie, elle s'enquit :

– Vous êtes déjà venu ici ?

– Souvent. La première fois c'était avec Massala. J'avais douze ans.

Il tendit la main vers l'horizon.

– Regardez ! Le spectacle n'est-il pas magnifique ?

À perte de vue sinuaient des coteaux, des champs de blé, sans l'obstacle d'une maison, d'un pan de muraille, d'une route. Seul le ciel épousait l'immensité du paysage.

– C'est très beau en effet.

– C'est la « terre du pain ». Ma terre.

Constanza caressa distraitement la surface froide du dolmen.

— Vous souhaitiez que nous parlions.

Il se laissa choir au pied d'un chêne-liège.

— Dois-je vous dire d'abord que j'éprouve à votre égard une grande affection ? Vous l'avez senti, je suppose.

— Par moments. Oui. Quand il vous arrive de me faire l'amour sans amour.

— On ne peut aimer deux êtres à la fois.

Elle vacilla sur ses jambes et dut s'appuyer contre l'arbre pour ne pas s'écrouler. Il ne lui avait rien dit qu'elle ne sût déjà, pourtant l'aveu lui fit l'effet d'un poignard planté en plein cœur. À présent, elle se disait qu'elle eût préféré mille fois continuer de vivre dans cette situation de connaissance sans connaissance. Savoir que l'on est trompé est douloureux, supportable parfois ; l'entendre de la bouche même de celui qui vous trompe devient intolérable.

— J'aurais pu la renvoyer en Castille, vous vous en doutez, n'est-ce pas ?

— Pourquoi ne l'avez-vous pas fait ? Il est toujours temps.

— Ce serait bien pire.

Elle se glissa près de lui.

— Je n'ai pas une grande expérience des choses de l'amour, néanmoins je suis femme. Mon instinct me souffle (sans doute ai-je tort), que lorsqu'il s'agit du cœur, le manque et l'interdit sont les plus sûrs des aiguillons. Vous l'enlever vous ramènerait-il à moi ? Répondez-moi, Pedro.

— De la savoir là, à quelques pas, m'apaise, même si elle m'est devenue, par votre choix, inaccessible. Si demain je devais l'imaginer hors de ma portée, je vous quitterais pour la rejoindre, où qu'elle soit.

– Vous abandonneriez tout ?

– Tout.

– Votre titre d'héritier ? Le royaume ?

– Massala m'a déjà posé cette question.

– Que lui avez-vous répondu ?

– Que le royaume ne saurait être gouverné par un roi malheureux.

Constanza porta la main à sa poitrine. Chaque mot qu'il prononçait était un fer rougi qui s'enfonçait dans sa chair. Malgré tous ses efforts, les larmes se mirent à glisser le long de ses joues.

– Devant Dieu et les hommes, je demeure votre femme.

– J'en suis conscient.

– Alors il faut rompre !

– N'est-ce pas déjà fait ? En la choisissant pour marraine vous nous avez exilés l'un de l'autre.

– Peut-être. Mais je n'ai pas pu vous exiler de sa pensée, ni elle de la vôtre. Car elle pense toujours à vous, soyez-en certain.

Elle se leva, essuya ses larmes du revers de la main et lança d'une voix soudainement raffermie :

– Très bien. Qu'attendez-vous de moi ? Qu'elle vive et que je meure ?

Il se dressa à son tour et la prit par les épaules.

– Non. Vivez, Constanza. Vivez mille ans. Je resterai votre époux aux yeux des hommes et de Dieu puisque d'autres que nous l'ont voulu. Mais ne me demandez pas de bâillonner mes pensées ou de briser ne fût-ce qu'un maillon de la chaîne qui m'attache à Inès de Castro.

– Me feriez-vous le serment de ne plus la revoir ?

– C'est elle qui a exigé que nous nous séparions. Elle ne voulait plus être déshonorée. Je n'irai pas contre sa volonté.

Elle resta silencieuse. Avait-elle le choix ? Elle pouvait se consoler en se disant qu'elle avait réussi à proscrire leurs étreintes. Jamais plus leurs corps ne s'uniraient. De cela au moins elle était convaincue. Inès n'oserait pas franchir la limite qui sépare l'adultère du blasphème. Alors, qu'importent leurs esprits ! Elle continuerait de garder Pedro et un jour elle serait reine de Portugal. Elle avait tout à gagner ; Inès avait tout à perdre.

– Qu'il en soit ainsi, déclara-t-elle plus rassérénée.

– Qu'il en soit ainsi, reprit en écho Pedro.

Burgos, en Castille.

Francisco déclara, les yeux baissés :

– Oui, Majesté, malgré tous nos efforts elle a refusé de nous aider.

Il jeta un coup d'œil en coin vers son frère Juan et constata que lui non plus n'en menait pas large. Depuis deux jours qu'ils étaient rentrés en Castille, deux jours qu'ils n'avaient pas dormi, conscients de l'échec de leur mission et des conséquences qui risquaient d'en découler. Pourtant, ils avaient tout mis en œuvre pour venir à bout de la résistance d'Inès, usant tour à tour de la menace et de la supplique. Elle n'avait rien voulu savoir, s'arc-boutant inexorablement derrière la même litanie : « Pedro, jamais je ne trahirai Pedro. » Au bout du compte, ils avaient fini par percer la vraie raison de cet entêtement. Qui aurait pu l'imaginer ? Inès, si pure ! Elle qui semblait la plus vertueuse de toutes les femmes de Castille et de León. Elle qui rougissait pour un rien. Si leur vieux père, l'honorable don Fernández, venait à l'apprendre, il l'étranglerait, c'était sûr, de ses propres mains.

Le Vengeur croisa les bras et étudia le duo avant d'annoncer :

— Nous voilà donc dans un cul-de-sac.

— Je le crains, Sire.

Une expression ironique anima les traits du jeune roi.

— Savez-vous ce qu'on raconte ici et là à propos de votre sœur ?

Les deux frères se figèrent.

— Les nouvelles vont vite, fit remarquer le souverain.

— Que dit-on, Majesté ?

— Que doña Inès fornique avec l'infant et que pendant ce temps notre doña Constanza souffre mille maux.

Ses interlocuteurs échangèrent un regard affolé.

Ainsi, l'information avait gagné la Castille. Le déshonneur de leur sœur était consommé.

— Ce ne sont probablement que des ragots, avança mollement Juan.

— Détrompez-vous. Je tiens mes renseignements de la plume du *señor* Carlos Valdevez, notre envoyé à la Cour. Voulez-vous que je vous lise sa lettre ?

— Inutile, Sire, déclina Francisco.

— Dommage. Les propos de Valdevez sont assez

piquants. Il m'a relaté, entre autres choses, ce repas de Noël au cours duquel doña Inès s'est donnée en spectacle, debout, au milieu de la salle à manger, frappant dans ses mains comme une vulgaire paysanne, sous l'œil languissant de dom Pedro.

Il décroisa les bras et se pencha en avant.

– Alors ? Qu'en pensez-vous ?

Il n'y eut pas de réponse.

– Moi, reprit le souverain castillan, moi je vais vous le dire. Je trouve que nous ne pouvions pas rêver meilleure situation.

Le trio crut avoir mal entendu.

– Mais si ! Réfléchissez. *Gorge de cygne*, car c'est bien ainsi qu'on la surnommait lorsqu'elle évoluait à la Cour ? *Gorge de cygne* a emprisonné le jeune Pedro dans ses rets. Parfait. L'homme est amoureux ; éperdument si j'en crois notre ambassadeur. Parfait aussi. Nous savons tous combien un homme épris devient stupide et donc vulnérable. Si cette carte existe, si elle est bien entre les mains de nos voisins, il est impossible que l'infant n'ait pas été mis au courant. Par conséquent, il suffirait que la belle Inès s'emploie à lui tirer les vers du nez. Rien n'est plus propice aux confidences qu'un bon oreiller.

Juan dévisagea le roi avec embarras.

– Sire, c'eût été envisageable si notre sœur avait accepté de collaborer. Or...

– Elle a refusé, j'ai bien compris.

Le souverain respira profondément. Sa physionomie avait changé. On eût juré un prédateur.

– Jusqu'à cette heure, je vous ai laissé largement la bride

sur le cou, sans vous contredire, à aucun moment. Je n'étais pas toujours de votre avis, pourtant je ne me suis pas opposé. Lorsque vous vous êtes lancés sur la piste du Latran, j'ai approuvé. Lorsque vous avez décidé de payer ce franciscain, j'ai approuvé, alors que, soit dit en passant, la prudence la plus élémentaire eût voulu que vous vérifiiez la teneur des documents que l'on vous avait remis. Lorsque vous m'avez annoncé avoir été obligés de trucider le prêtre, j'ai encore approuvé. À mes yeux, un petit meurtre n'a jamais été un crime. Quand vous m'avez proposé de vous rendre au Portugal en laissant entendre que votre sœur nous aiderait, je vous ai souhaité un bon voyage. À présent, c'est terminé !

Afonso XI frappa du poing sur la table.

– Désormais, *señores*, je prends la relève. Étant donné que cette affaire est devenue en quelque sorte une affaire de famille, je compte la gérer comme telle.

– Que... que voulez-vous dire, Majesté ?

Le roi martela :

– Comme telle ! Comme telle !

Il renversa la tête en arrière et poursuivit les yeux fixés sur les dorures du plafond :

– Je présume que votre chère sœur est – comme toutes les filles – très attachée à son père...

Les deux frères réagirent comme un seul homme.

– Vous n'allez pas...

– Bien sûr que si ! Dans une heure, don Fernández de Castro sera arrêté et mis aux fers.

– Non ! s'écria Juan. Pitié pour lui. C'est un vieil homme. Sa santé ne le supporterait pas.

241

– Pensez au déshonneur, renchérit Francisco. D'ailleurs, en quoi cela aiderait notre cause ? Pourquoi, Majesté ?

– C'est simple. Vous allez, sur-le-champ, écrire une lettre à votre sœur, une lettre dont je vous dicterai les termes essentiels. Je peux d'ores et déjà les résumer ainsi : soit doña Inès collabore, soit doña Fernández de Castro croupira dans une cellule jusqu'à la fin de sa vie. Chaque jour d'hésitation sera un jour de souffrance de plus pour son père. Chaque semaine de tergiversation sera une semaine d'horreur pour don Fernández.

Le roi conclut, l'œil torve :

– À vos plumes !

Avignon, cette même nuit.

Allongé sur le lit, l'Africain fit glisser avec volupté un index le long de son poignard.

– Je n'arrive pas à y croire, maugréa-t-il. Moi, ici ! Dans cette chambre de gueux.

– Arrête donc de te plaindre, se récria Cabral. Tu nous fatigues !

– Et range cette arme, conseilla Cavaco. Au cas où tu l'aurais oublié, je te rappelle qu'un mort ne parle pas. Notre but n'est pas de tuer notre homme, mais de lui arracher des informations.

Un rictus découvrit les dents noirâtres de l'Africain.

– Bien sûr. Seulement une fois qu'il aura parlé...

Il posa la lame sur le milieu de sa gorge et fit mine de la trancher.

Une cloche tinta quelque part dans le palais.

– Venez, ordonna Cavaco. Le repas va être servi. Ce sera l'occasion de faire connaissance avec ce Cambini.

– Encore faudra-t-il l'identifier, rappela Cabral.

– Une cotte brune, la taille serrée par une ceinture de corde, le crâne probablement recouvert d'un capuchon... Ne sera-t-il pas vêtu comme nous ?

– Tenez ! s'exclama l'Africain. Voilà une idée à laquelle je n'avais pas pensé !

Ses compagnons l'examinèrent, surpris.

– De quelle idée parles-tu ?

– La corde, mes frères, la corde... Une belle arme pour qui sait s'en servir...

17

Le réfectoire était désert ou presque. Seul un prêtre avait devancé le trio. Cavaco s'informa avec déférence :

– Pardonnez-moi, mon père, pourriez-vous me dire si nous pouvons nous asseoir parmi vous ?

L'ecclésiastique bougonna quelque chose qui ressemblait à un « oui ».

Les trois hommes optèrent pour la table la moins en vue et s'y installèrent.

– Croyez-vous qu'ils servent une vraie nourriture, s'inquiéta l'Africain, ou devrons-nous nous contenter d'un plat de barbaque quelconque ?

– Tu n'aurais pas d'autre préoccupation ? rétorqua Cabral. Pense plutôt à repérer notre homme.

– Pour l'instant on ne peut pas dire qu'il soit noyé dans la foule ! Si vous voulez mon avis, la pitance doit être tellement ignoble que plus personne ne fréquente cet endroit.

Cavaco secoua la tête.

– Détrompe-toi. Les voilà qui arrivent.

En effet, les prêtres se pressaient par petits groupes.

Essaim brun et noir, ils se répartirent ici et là, le long des tables. Bientôt il ne resta plus que quelques places vacantes.

Cabral et Cavaco étudiaient attentivement chacune des silhouettes, ne négligeant personne, revenant vers l'un ou l'autre au moindre doute.

— Il n'est pas ici, annonça Cabral.

— Qu'est-ce que cela signifie ? s'affola l'Africain. Il jeûne ?

— Patience, tempéra Anibal Cavaco. Il ne va plus tarder.

Un long moment s'écoula. Un jeune ecclésiastique arriva tout essoufflé au moment où le service commençait. Puis, plus personne.

— Et maintenant ? interrogea Cabral. On fait quoi ?

— On se calte, gronda l'Africain qui louchait avec dégoût sur son bol. Vous avez vu cette soupe ?

— Cela m'a tout l'air d'être de la panade.

— De la panade ?

— Laisse tomber, lâcha Cavaco. Mange ou ferme-la.

Il allait poursuivre à l'intention de Cabral, mais celui-ci le prit de vitesse.

— Là ! Au côté du cardinal !

Cavaco suivit son regard.

Mgr de Fontenay avait franchi la porte du réfectoire. Cambini marchait près de lui.

— C'est fou ! souffla Cabral. Le cardinal nous amène notre homme sur un plateau ! Ils viennent vers nous.

Cavaco n'eut pas l'air d'apprécier.

— Je m'en serais bien passé. Ce n'est pas ainsi que j'avais envisagé notre rencontre.

Il emprisonna le bras de l'Africain.

246

– Surtout pas un mot !

Le cardinal venait de se poster devant eux.

– Bonsoir, mes frères, dit-il avec un grand sourire. Voici le compagnon dont je vous avais parlé. Je vous présente le frère Aurelio Cambini.

Cavaco se leva et s'inclina.

– Enchanté, frère Cambini. Mon nom est Anibal Cavaco. Voici mes amis, Vittorio Cabral et... il eut un imperceptible temps d'hésitation... Andrea Portinari.

– Portinari, nota Cambini en posant de petits yeux suspicieux sur l'Africain. Vous êtes d'origine toscane ?

L'Africain se limita à approuver d'un mouvement de la tête.

– Ainsi, se hâta d'intervenir Cavaco, vous résidiez dans notre couvent d'Ascoli ?

– C'est exact. Vous aussi, d'après monseigneur. C'est curieux, vos visages ne me sont pas familiers.

Cavaco eut un petit rire.

– Le vôtre non plus. Mais c'est normal. Nous ne sommes à Ascoli que depuis quelques mois. D'ailleurs...

Fontenay le coupa.

– Pardonnez-moi, mais je dois rentrer chez moi. À bientôt, mes frères.

Cavaco désigna le banc.

– Prenez place, frère... (Il laissa volontairement sa phrase en suspens.) Je suis confus, je ne me souviens plus de votre nom.

– Aurelio Cambini.

– Aurelio, c'est cela. Asseyez-vous donc.

Le franciscain demeura immobile. Ses yeux allaient de

l'un à l'autre, comme s'ils cherchaient à décrypter un texte invisible. Quelque chose le gênait chez ces hommes qu'il n'arrivait pas à cerner.

— Non, dit-il après un moment, je vous remercie. Ce soir l'appétit me manque. Je vous souhaite un bon voyage. Monseigneur m'a confié que vous vous rendiez à Compostelle, n'est-ce pas ?

— C'est exact.

— Un bien rude chemin que celui qui mène à Jacques le Mineur. Surtout en hiver.

— En effet. Mais la voie du sacrifice n'est-elle pas le moyen le plus sûr de rendre grâce au Seigneur ?

Cambini approuva, le visage neutre.

— Je vous quitte, déclara-t-il avec une soudaine sécheresse. Peut-être aurons-nous l'occasion de nous revoir avant votre départ.

Sans plus attendre, il pivota sur ses talons.

— Nous nous reverrons sûrement, mon lascar, chuchota l'Africain. C'est sûr, nous nous reverrons.

Palais de Montemor.

Mon Pedro bien-aimé, ta lettre est encore chaude de ma peau. Je l'ai gardée toute la nuit durant contre mon cœur. J'ai dormi, immobile, n'osant bouger, osant à peine respirer, de peur de froisser les pages.

Merci. Merci d'être là. Je te sens. Je te respire. Tu coules dans mes veines et tu me purifies. J'ai su pour Sa Majesté, j'ai su aussi pour toi. Le roi est sauf et ton exploit est sur toutes les lèvres. Sur celles de Massala surtout. C'est lui qui m'a tout raconté. Je comprends, ô combien ! la tendresse que tu éprouves pour cet homme. Ai-je besoin de te dire qu'il a pour toi une adoration sans bornes ? Tu as bien de la chance d'avoir à tes côtés un être de cette trempe. Parfois, même entouré d'un père et d'une mère on se sent si orphelin. Remercie le Seigneur de t'avoir ainsi comblé.

Les journées passent et se ressemblent, et le ventre de doña Constanza s'arrondit chaque semaine un peu plus. Je crois percevoir qu'elle porte bas. De plus, elle est tout le temps à saler ses plats plus que d'ordinaire et préfère la croûte que la mie de pain. Ce sera donc un garçon. Tu as raison lorsque tu écris qu'en plus des liens du sang qui nous unissent s'instaurera celui de l'amour pour un même être. C'est bien ainsi que je le vis. C'est aussi cette perspective qui me permet de ne pas mourir tout à fait, et me retient de courir vers toi. Oh ! Si tu savais. Si seulement tu pouvais imaginer le mal de nous qui me ronge. Lorsque la douleur est trop forte, je manque de m'évanouir, et il ne me vient qu'une seule idée : me renier, jeter au feu le serment que je me suis fait et retrouver la certitude de tes bras. Je t'aime, Pedro. Je t'aime plus que je n'aime la vie. Et pourtant, mon amour pour la vie n'a point de limites. J'ai entendu dire que les amours vécues finissent toujours à un moment ou à un autre par perdre de leur intensité. Dans mes nuits sans sommeil, je me dis qu'il est peut-être là, le présent que Dieu nous accorde. Nous ne vieillirons pas ensemble, mais à côté l'un de l'autre, ainsi, la flamme demeurera intacte, attisée tous les jours, toutes les heures par nos manques, par nos soifs, par nos faims jamais assouvies. J'ai faim de toi mon amour.

Inès

– Tu vois, Massala, n'avais-je pas raison lorsque je te disais qu'elle était de ma chair ? Et lorsque je te disais qu'aucune femme ne l'a précédée, qu'aucune ne lui succédera ?

L'esclave saisit un chapelet de nacre et fit rouler doucement les grains entre le pouce et l'index.

– Je vais vous répondre, mon seigneur, mais une fois encore vous allez me trouver trop pessimiste ou trop anxieux. Avez-vous jamais lu le Coran ? Non, bien sûr. Alors, permettez-moi de vous soumettre une sourate que je trouve particulièrement intéressante.

Il se dirigea vers une petite étagère et s'empara du seul livre qui s'y trouvait. Après avoir tourné les pages, il s'arrêta sur l'une d'entre elles.

– Écoutez. Il s'agit de la sourate dite de la « Vache », verset 165 : *Parmi les hommes, il en est qui prennent, en dehors d'Allah, des égaux à Lui, en les aimant comme on aime Allah. Or, les croyants sont les plus ardents en l'amour d'Allah. Lorsque les injustes verront le châtiment, ils verront que la puissance entière appartient à Allah et qu'Allah est redoutable dans son châtiment !*

Il releva la tête.

– Comprenez-vous le sens de ces mots ?

Pedro répondit par la négative.

– Elle vous écrit : « Je t'aime plus que je n'aime la vie. »

250

Or, qu'est-ce que la vie sinon une émanation du Très-Haut et le don le plus sacré ? Vous me dites d'elle : « Elle est unique. » Allah seul est unique, dom Pedro. Ne m'avez-vous pas confié que vous étiez prêt, dans vos moments de délire, et une fois roi, prêt à prendre les armes contre le chef de la chrétienté pour qu'il vous accorde le divorce ?

— Je n'étais pas sérieux ! Tu le sais bien.

Massala eut un petit sourire.

— Permettez-moi une parenthèse. Parmi de nombreux privilèges, ceux qui concernent la vie conjugale confirment la supériorité de l'islam sur votre religion. Dans sa très grande clairvoyance, le Très-Haut sait que les hommes et les femmes sont, non seulement faillibles, mais aussi en quête perpétuelle du bonheur. C'est la raison pour laquelle Il nous autorise à prendre quatre femmes, de même qu'Il nous permet de nous en séparer lorsque nous devenons malheureux. Tandis que vous, vous êtes condamnés à vivre dans l'insatisfaction.

Pedro poussa un cri d'agacement.

— Dis-moi plutôt où tu veux en venir.

Le Berbère replaça le livre sur l'étagère et récupéra son chapelet.

— *Je t'aime plus que je n'aime la vie*, écrit-elle. Et vous, lorsque vous évoquez le souvenir d'Inès, vous affirmez : *Elle est unique*. Il faut se méfier des mots, mon seigneur. Les mots, tout comme les actes, peuvent heurter le Tout-Puissant et éveiller sa colère. Vous aimez trop doña Inès. Elle vous aime trop ; au point d'égaler votre amour pour Dieu ou de le reléguer à la seconde place. Prenez garde, dom Pedro ! Dans le livre des Juifs il est écrit que Dieu est un Dieu jaloux. Il ne supporte pas le partage. Le verset que je viens de vous lire dit, à quelque nuance près, la même chose. Prenez garde de ne pas offenser le divin !

Pedro partit d'un éclat de rire.

— Tu me rappelles cette vieille diseuse de bonne aventure qui m'a lu les lignes de la main lorsque je me trouvais à Évora. Sais-tu ce qu'elle m'a baragouiné ? (Il cita :) « Il ne faut pas, ou ce sera elle et vous jusqu'à la fin du monde ! » *Até ao fim do mundo !*

L'infant conclut par un haussement d'épaules.

— Si je devais conserver Inès jusqu'au jour du Jugement dernier, eh bien cette perspective me comble et me permet de supporter tout ce que je supporte. Mais changeons de sujet !

Une expression grave s'empara du visage du prince.

— Il s'est passé quelque chose de mystérieux à Alcoutim. Quelque chose que je ne parviens pas à expliquer et qui m'obsède depuis.

— Vous fûtes, paraît-il, admirable de courage.

— Je n'ai fait que ce que mon devoir me soufflait. Rien de plus. Mais là n'est pas la question.

Pedro tendit la main vers le chapelet de Massala.

— Peux-tu me le prêter ?

L'esclave ironisa :

— Auriez-vous l'intention de vous convertir ?

— Arrête, Massala, je suis sérieux.

À son tour, l'infant se mit à égrener le chapelet de nacre, mais à la différence de son serviteur, il le fit de façon saccadée et nerveuse.

— J'ai tué. Je ne sais combien d'hommes. Mon arme était si rouge de sang que je n'en voyais plus le tranchant. Je

252

me revois dans un brouillard enfoncer mon glaive dans les chairs et trancher des têtes comme s'il s'agissait de fruits. C'était une sensation curieuse. Tu es bien placé pour savoir combien la vue du sang m'a toujours indisposé. Mon rejet de la chasse en est la preuve. Il me souvient qu'une fois – je devais avoir une douzaine d'années – mon père m'obligea à l'accompagner pour forcer le sanglier. Au bout de plusieurs heures de poursuite effrénée, les chiens hurleurs avaient réussi à débusquer la bête. C'était un énorme sanglier, couvert de la boue de sa bauge où il avait dû se vautrer. Un de ces solitaires qui ne se fient qu'à leurs défenses, capable de vous éclater le ventre d'un seul coup. Ce fut la curée. Une, deux, puis trois flèches jaillirent des arbalètes et je crus voir la hure se fendre littéralement au-dessus des yeux. Un choc sourd fit trembler le sol. La nausée me monta aux lèvres. Mon père m'ordonna alors de descendre de ma monture et m'obligea à contempler l'agonie de la bête jusqu'au moment où elle rendit son dernier souffle. Pendant longtemps, des nuits entières, je n'ai cessé d'être hanté par la vision de ce groin souillé de boue et de sang, par ces yeux flamboyants qui trouvaient encore dans la souffrance la force de lancer des menaces.

Pedro se tut. Maintenant, ses doigts trituraient le chapelet comme s'il cherchait à en écraser les grains.

– La terreur, reprit-il après un moment. Dès ce jour, la terreur de la mort et le refus de l'injustice prirent possession de mon esprit. Le refus de l'injustice demeure ; la peur de la mort m'a quitté depuis la bataille d'Alcoutim. Mais il y a bien plus troublant...

Il se tut à nouveau et lâcha le surprenant aveu :

253

– J'ai ressenti de la jubilation à ôter la vie.

Le visage de Massala resta impassible.

– Oui, répéta Pedro, de la jubilation. J'ai aimé voir le visage décomposé de ces hommes, leur effroi, leur incrédulité au moment où mon épée les transperçait. J'ai aimé voir l'affaissement de ces corps, tout à coup désarticulés, et j'ai senti monter en moi un majestueux sentiment de puissance et d'ivresse à observer la vie qui fuyait en flots discontinus de la béance des plaies.

Il conclut par une constatation :

– C'est peut-être cela quitter le monde de l'enfance pour celui des adultes. Dans ce cas, mon père peut être satisfait.

– Absurde !

– Absurde ?

– Vous n'avez jamais assisté aux trépignements de joie de certains enfants, ou entendu leurs rires devant les soubresauts d'agonie d'un lézard ? Vous n'avez jamais été témoin de leurs moqueries quand ils s'attaquent en bande au plus chétif d'entre eux ? Non. Votre conclusion n'est pas la bonne.

– En aurais-tu une autre à me proposer ?

– Non. Retenez seulement ceci : si une fois encore vous deviez éprouver ce sentiment jubilatoire, alors, à votre place, j'aurais peur. Très peur.

Avignon.

Un bien rude chemin que celui qui mène à Jacques le Mineur.

Cambini fulminait. Fontenay le prenait vraiment pour le dernier des niais. Jacques *le Mineur* ! Comment ce soi-disant franciscain avait-il pu tomber dans un piège aussi vulgaire ? Il n'existait pas un seul ecclésiastique au monde qui ne sût que saint Jacques, fils de Zébédée et de Salomé, évangélisateur de l'Espagne, était surnommé *le Majeur*. Surnom qui permettait de le distinguer de l'apôtre du même nom, évêque de Jérusalem et qu'on appelait, lui, Jacques le Mineur.

Un rire nerveux secoua le franciscain tandis qu'il soulevait sa paillasse.

Partir, il fallait partir au plus vite. Il n'emporterait que le scorpion, fidèle soutien, compagnon de toujours. Le document, lui, serait bien plus en sécurité ici, sous le dallage, que sur sa personne. Plus tard il aviserait. D'abord sauver sa peau.

Il ouvrit la petite encoignure en bois de chêne, en retira quelques vêtements, les fourra dans un balluchon et fonça vers la porte.

Alors qu'il dévalait quatre à quatre l'escalier qui menait à l'étage inférieur, mille et une pensées contradictoires s'empoignaient dans sa tête. Il avait senti la menace sans pouvoir l'identifier clairement et encore moins percer son mécanisme. Quel lien existait entre ces trois hommes et le prélat ? Car ce lien devait exister, sinon pour quelle raison Fontenay avait-il tant insisté pour les lui présenter ? À moins que... S'il faisait fausse route ? S'il ne s'agissait que d'une coïncidence ? Si Fontenay ignorait tout de ces individus ? Dans ce cas, la situation était encore plus périlleuse qu'il ne l'avait imaginé. Si ces hommes étaient venus en

Avignon, c'est qu'ils *savaient*. Celui qui les avait envoyés avait été informé de son retour dans la cité papale. Cambini avait cru détecter une pointe d'accent lorsque ce Cavaco s'était exprimé. Espagnol, peut-être. Quant à l'autre, ce personnage au cou de taureau, il n'avait certainement rien d'un Toscan. Une chose était sûre, il valait mieux ne pas tomber entre ses mains. Un seul regard de Cambini avait suffi pour le juger : c'était un tueur. Un de ces monstres capables de vous faire passer de vie à trépas sans un battement de cil.

Il franchit d'un pas vif la galerie du conclave et aborda l'aile des Grands Dignitaires. C'est à ce moment, à l'autre extrémité du corridor, qu'il aperçut les trois hommes. Ils lui barraient le passage. Cavaco s'écria :

— Mon frère ! Quelle heureuse surprise. Justement, nous vous cherchions.

Cambini, tétanisé, fit demi-tour.

— Où allez-vous ? Attendez-nous ! cria encore le Portugais.

Tout en parlant, il fit signe à ses compagnons d'accélérer le pas.

Ils couraient maintenant et le corridor était plein de leurs ombres désordonnées.

Cambini courait aussi. Mais avec ses petites jambes, son poids, il ne se faisait aucune illusion. Ses poursuivants ne tarderaient pas à le rattraper. Où aller ? La sueur noyait ses yeux, son cœur bondissait dans sa poitrine. Où aller ?

Sa course l'avait entraîné, presque à son insu, devant la chambre du camérier. Il n'hésita pas. Il entra dans la pièce. Personne. Un grand cierge jetait des lueurs ocre le long des murs. Une autre porte ouvrait sur la bibliothèque. Il se rua vers elle. Elle était fermée. Il cogna du poing, s'acharna contre la poignée, en vain. Quand il voulut faire demi-tour, il était déjà trop tard. Une main venait d'emprisonner sa nuque. Sur le coup, Cambini eut la sensation qu'il s'agissait d'un carcan métallique. Une main humaine ne pouvait avoir cette force. Il se sentit écrasé contre la porte. Son front heurta violemment le chambranle et lui arracha un cri de douleur.

– Lâchez-moi !

Un rictus déforma les lèvres de l'Africain.

– Du calme, mon frère. Nous voulons juste discutailler.

– Lâchez-moi !

Cavaco ordonna :

– Relâche-le.

Il s'approcha lentement du franciscain.

– Retourne-toi.

Cambini s'exécuta. Un filet de sang glissait le long de sa joue. Il balbutia :

– Que me voulez-vous ?

– Bien peu de chose, répliqua Cavaco.

Le ton de sa voix était neutre, presque indifférent.

– Juste un document... Une carte. Une carte maritime, très précisément.

– Vous êtes fous ! Je ne possède rien de tel !

– Oh ! se récria Cabral, feignant l'outrance. Dire que je pensais les gens d'Église incapables de menterie !

– La carte, aboya Cavaco. Où est-elle ?

– Je ne sais pas de quoi vous parlez !

– Ici peut-être ?

Cabral récupéra le balluchon que le franciscain avait laissé choir. Il dénoua le cordon qui garrottait son extrémité et vida le contenu sur le sol. La première chose qu'il vit fut le scorpion. Il le souleva entre le pouce et l'index avec un air dégoûté.

– Un fouet ?

Il questionna le franciscain :

– À quoi sert-il ?

L'Africain ironisa :

– À se châtier la queue dès qu'elle se met à bander.

Cabral acheva sa fouille.

– Rien, annonça-t-il désappointé. Que d'infâmes chiffons.

Cavaco se tourna alors vers l'Africain.

– Il est à toi...

L'homme fit jaillir son poignard.

Bizarrement, la peur panique des premiers instants avait abandonné Cambini. Point de terreur face à l'arme, plus un mouvement de protestation. Il s'était même redressé et se tenait bien droit, nuque raide, tête haute.

Ce changement d'attitude n'échappa pas à Cavaco. Il le mit sur le compte de l'inconscience, à moins que ce fût l'esprit de sacrifice ; celui qui habitait les premiers chrétiens au moment d'entrer dans l'arène.

L'Africain effleura la tempe du franciscain. Avec une précision d'orfèvre, il fit glisser la pointe en demi-cercle, de haut en bas, jusqu'au menton.

– *O mapa ? Onde está ?*

Il n'y eut pas de réponse.

258

L'Africain se dit que sa victime ne comprenait probablement pas le portugais. Tant pis ! Il réitéra son geste, mais cette fois il appuya la pointe contre la peau. Avec une délectation évidente, il fendit la chair tout le long du côté droit du visage, pour s'arrêter à la commissure des lèvres.

Pas un gémissement ne sortit de la bouche du franciscain.

L'Africain porta le poignard sur le versant gauche et creusa un nouveau sillon.

Pas l'ombre d'un tressaillement.

– Parle ! hurla Cabral.

Point de réponse.

L'Africain venait de poser le poignard sur le front de Cambini.

– Tu n'es déjà pas très beau à voir, observa-t-il. Mais quand j'en aurai fini avec toi, Dieu lui-même ne te reconnaîtra pas.

Cambini ne l'écoutait pas. Il était seul dans cette bibliothèque. Seul face à sa jouissance. Mais cela, aucun des trois hommes ne pouvait le savoir. S'ils avaient pu avoir accès au secret de son âme, ils auraient entendu comme une litanie : « Souffrance, souffrance. Le monde n'est que souffrance. »

Le front subit le même sort que le visage. Ensuite, ce fut au tour des oreilles. Avec une volupté grandissante, « l'Africain » découpa un lobe et le fourra dans la bouche du franciscain.

Cavaco, qui ne quittait pas le spectacle des yeux, commençait à éprouver une sensation de malaise. Ce n'était pas ce visage défiguré et sanguinolent qui l'émouvait, mais la totale indifférence qui émanait de l'homme torturé. Ce prêtre était-il fou ? Que l'idée de la mort ne l'effrayât point, passe encore, mais dans quel gouffre mystérieux puisait-il cette résistance à la douleur ?

L'Africain venait d'arracher le second lobe.

— Assez ! ordonna Cavaco, à bout de nerfs.

Il fit un pas vers Cambini et colla presque son visage contre celui du franciscain.

— Je suis fatigué, souffla-t-il. Parle !

Pour toute réponse, le franciscain ânonna :

— *Credo in unum Deum, Patrem omnipotentem, creatorem cæli et terræ...*

— Comme tu voudras.

Il lança à l'Africain :

— Les yeux !

Comme s'il n'avait attendu que cet instant, l'Africain positionna la pointe de son poignard à l'angle de l'œil droit.

— Je vais te faire un joli trou, *amigo*. Un petit trou en amande. Je vais extirper ton petit œil, doucement, lentement, assez lentement pour que tu savoures le crissement étouffé que fait le métal quand il s'enfonce dans l'orbite. Ensuite, je poserai ton œil au creux de ma paume et je te le montrerai encore frémissant.

Et il joignit le geste à la parole.

Alors seulement, Cambini cria. Un cri contenu, ou plutôt un râle qui résonna dans toute la bibliothèque et sans doute au-delà.

— La carte ! aboya Cabral. Parle !

— L'autre œil ! lança Cavaco.

— Que se passe-t-il ici ? Qui êtes-vous ?

260

Interloqué, le trio eut un mouvement de recul.

La porte que Cambini avait tenté vainement de forcer venait de s'ouvrir. Un homme était apparu dans l'encadrement. Il était vêtu d'une soutane blanche. Une croix pectorale ornait le vêtement saint.

Il répéta avec autorité :

– Qui êtes-vous ?

– Et vous ? questionna l'Africain avec un sourire cynique.

– Le pape !

À peine eut-il prononcé ces mots qu'il vit le visage du franciscain, et poussa un cri d'horreur.

18

Palais de Montemor.

Le roi Afonso avait écouté jusqu'au bout et sans l'interrompre le rapport de Gonçalves. Quand le conseiller se tut, il tendit la main vers lui.
– Montrez-moi cette lettre que vous avez interceptée.
Le *meirinho-mor* s'exécuta.
Le souverain déplia la feuille parcheminée et lut.

Burgos,

Inès, ma tendre sœur, je t'écris et mon cœur saigne. Notre père adoré a été arrêté ce matin même et jeté dans un cachot de la prison d'Ojeda. Je m'empresse de te dire qu'il n'est accusé de rien. Sa conscience est pure. D'ailleurs comment en serait-il autrement lorsque nous savons l'intégrité qui l'a toujours habité ? Alors pourquoi ? À cause de nous, ma tendre Inès. Tu n'as pas oublié la discussion que nous avons eue la veille de notre départ pour la Castille. Ce jour-là, Juan et moi t'avons

263

suppliée de nous venir en aide. Tu n'as rien voulu savoir et, malgré toutes nos prières, tu as persisté dans ton refus de collaborer, alors que notre démarche – je te le rappelle – n'était inspirée que par le désir de servir notre roi et notre royaume. Il me souvient t'avoir expliqué que si tu réussissais dans ta mission, notre père ne manquerait pas de recueillir les fruits de ce succès. Tu n'ignores pas combien est grande la générosité de notre souverain et de quelle façon il sait récompenser la fidélité de ceux qui le servent. En revanche, ce que nous avons volontairement omis d'évoquer, pour ne pas te tourmenter et pour préserver ta quiétude, c'était les conséquences possibles d'un échec. Aujourd'hui, notre père paie cet échec. Nous avons été contraints de relater à Sa Majesté les motifs de ton refus. Sa déception, tu l'imagines, fut immense. Elle le fut d'autant plus que le roi a été mis au courant de ta relation coupable et de l'humiliation que subit, par ta faute, l'infante, doña Constanza. Nous avons, bien entendu, tenté de défendre ta cause. Après tout, n'est-ce pas la volonté de ne pas trahir ton amour qui a inspiré ton attitude ? L'amour est certainement un sentiment honorable. Seulement, comme l'a souligné notre souverain, ce sentiment devient méprisable et dangereux, dès lors qu'il interfère dans les intérêts de l'État.

Désormais, la vie de notre père est entre tes mains. La décision t'appartient. Il ne dépend plus que de toi qu'il vive ou qu'il meure ; car n'en doutons pas, il ne tiendra pas longtemps. La mortification qu'il endure le tuera plus sûrement que la maladie. Cependant, je m'empresse de te mettre en garde : point de tromperie, point de dérobade. Sa Majesté ne sera pas dupe. Si tu venais à mentir pour te dégager, alors sache qu'aucune puissance au monde ne sauvera don Fernández de Castro. Reçois notre affection.

Ton frère, Francisco.

Le roi restitua la lettre à Gonçalves sans dire un seul mot.

Diogo Pacheco, assis à la droite du *meirinho-mor*, risqua :
— Votre Majesté, je ne sais si...
Le roi le fit taire d'un geste de la main.
— Depuis combien de temps ?
Pacheco lui lança un regard interrogateur.
Le roi précisa :
— Depuis combien de temps mon fils partage-t-il la couche de doña Inès Castro ?
Les trois conseillers échangèrent une moue embarrassée.
— J'attends votre réponse !
— Plusieurs semaines, Sire, révéla Gonçalves. En réalité, leur relation a commencé dans les jours qui suivirent le mariage. Si nos informations...
— Pour quelle raison ne m'a-t-on pas informé ?
— Nous n'avons pas jugé utile de le faire, Sire. Après tout...
— Oui ?
Gonçalves baissa les yeux et poursuivit d'une voix hésitante :

265

— Il n'y avait pas matière à s'inquiéter. Le seigneur Pedro ne faisait rien de très répréhensible, rien qui justifiât...

Afonso poussa un rugissement de fauve.

— Vous n'avez pas jugé utile ? Rien de répréhensible ? Parce que selon vous, tromper son épouse, mentir, trahir, dégorger son déshonneur comme on vomit sur son pourpoint ! Tout cela à vos yeux *n'est pas répréhensible ?* Mais de quel bois êtes-vous faits, *senhores ?* Quel sang bat dans vos veines ? Combien de maîtresses partagent votre lit ? Combien de bâtards avez-vous essaimés pour juger si complaisamment l'adultère ?

La prunelle étincelante, il pointa l'index sur la lettre.

— Et maintenant cette menace !

Un silence oppressant s'abattit dans la salle des Portulans. Pétrifiés, aucun des trois conseillers n'osa le moindre commentaire. Dehors, il s'était mis à pleuvoir avec une incroyable violence et les fenêtres tremblaient sous les paquets d'eau.

Le roi récupéra la lettre d'un geste vif, survola le texte et se récria :

— L'un d'entre vous peut-il me dire ce que cachent ces allusions ?

Il cita :

— « *Ce jour-là, Juan et moi t'avons suppliée de nous venir en aide. Tu n'as rien voulu savoir et, malgré toutes nos prières, tu as persisté dans ton refus de collaborer.* » Qu'est-ce que cela signifie ? De quelle mission est chargée doña Inès ? Qu'exige-t-on d'elle de si important qui mérite que l'on jette son père en prison ?

Pêro Coelho prit sur lui de répondre :

— Nous y avons réfléchi, Sire. Nous n'avons rien trouvé de probant. Rien sinon...

Il se racla la gorge avant d'annoncer :

— Le dossier *Presbyteri Joannis*.

— Vous voulez dire que nos voisins seraient au courant ?

— C'est fort possible. Voyez-vous, cette lettre du prêtre Jean a été divulguée à un certain nombre de personnes. De multiples copies ont circulé à travers le continent, jusqu'à la « Ville de Constantin », ou si vous préférez, Constantinople. C'est d'ailleurs ainsi que nous avons eu vent de l'affaire. En toute logique, rien ne s'oppose à ce que les Castillans eux aussi en aient eu connaissance.

— Et pour la carte ? Ce serait pareil ?

En guise de réponse, Coelho adopta un air perplexe.

— Ce serait proprement incroyable, observa Gonçalves. Pour connaître l'existence de la carte, il eût fallu que la Cour castillane disposât d'un esprit aussi brillant et aussi érudit que celui de Balthasar de Montalto, et que cet esprit fût capable de remonter la piste d'Avignon. Impossible ! Le travail d'investigation auquel s'est livré notre ami fut d'une telle complexité que personne, je le répète, personne n'aurait pu réussir.

Le *meirinho-mor* prit une courte inspiration avant de reprendre :

— En revanche, ainsi que le soulignait Pêro Coelho, il n'est pas improbable qu'ayant été informés de l'existence de cette carte, les Castillans cherchent à découvrir si elle est ou non entre nos mains.

Diogo Pacheco décida d'intervenir à son tour :

– Une chose est sûre, dit-il avec gravité, doña Inès représente désormais un danger pour le royaume.

Le roi ne parut pas entendre la remarque. Il avait l'œil
noir et la figure pleine de tumultes.

– Mon fils, dit-il sèchement. Faites venir mon fils et
qu'on nous laisse.

Avignon.

François Villeneuve, le médecin personnel du pape, posa
un pansement neuf sur l'œil de Cambini et confia à monseigneur de Fontenay.

– Il va un peu mieux qu'il y a trois jours. Si l'infection
ne gagne pas, nous pouvons espérer une guérison. C'est
d'ailleurs étonnant qu'il ne soit pas mort après avoir perdu
autant de sang. Une vraie force de la nature.

– Quelle histoire ! s'exclama le cardinal allant et venant
dans la chambre du franciscain. Quelle histoire ! Des assassins dans le palais épiscopal ! Et en plus, à quelques pas de
la chambre du pontife. Dans sa bibliothèque privée ! Je
vous ai dit, n'est-ce pas, que c'est Sa Sainteté qui a mis ces
lascars en fuite ?

– Oui, monseigneur. Le Saint-Père a fait montre d'un
grand courage. Finalement avez-vous pu obtenir des renseignements sur ces individus ? Leurs motivations ?

– D'après frère Cambini, il apparaîtrait que ces gens
cherchaient à accéder à la chambre du Trésor Haut qui est
à cheval entre la bibliothèque privée du Saint-Père et
la chambre du camérier. Ils pensaient – allez savoir pour-

quoi ! – que le frère possédait les clés de cette chambre. Le malheureux a eu beau leur dire qu'ils faisaient erreur, ils n'ont pas voulu le croire et l'ont torturé dans l'espoir de le faire parler. Ensuite, surpris par l'arrivée impromptue du pape, ils ont préféré détaler.

Le médecin leva les yeux au ciel.

– C'est non seulement insensé mais stupide, puisque la chambre en question ne contient qu'une infime partie des richesses et qu'elle est gardée par des hommes en armes.

Le cardinal arrêta son va-et-vient et s'approcha de la paillasse de Cambini.

– Pardonnez-moi, mon frère. Êtes-vous bien sûr de nous avoir tout rapporté ? N'auriez-vous pas négligé une information ? Un mot, une phrase ?

Le franciscain remua à peine la tête.

– Non, monseigneur. Je vous ai tout raconté.

Le médecin fit observer :

– Consolez-vous en vous disant que l'affaire aurait pu être bien plus tragique encore. Ces mécréants auraient pu se retourner contre le Saint-Père.

– Vous avez raison, mon ami, approuva Fontenay. Je n'ose même pas l'imaginer.

Il effleura de sa main le front bandé du franciscain.

– Reposez-vous. Essayez de dormir. Je reviendrai vous voir en début de soirée.

Cambini bredouilla un oui presque inaudible.

La porte se referma.

Il pensa à part lui : « Merci, Seigneur. Je vous rends grâce pour cette épreuve. Ces hommes ne pouvaient être que vos messagers. Merci, Seigneur. »

Palais de Montemor.

Afonso gardait l'œil rivé sur la fenêtre. La pluie y avait abandonné des traces de buée ; lui ne voyait que des ombres fantomatiques, des arbres aux branches nues, des oiseaux à la gorge tranchée, un enfant mourant d'être orphelin, des saisons anéanties, assourdies de cris barbares et de suppliques. Et par intermittence, le visage hiératique de son père, le roi Denis.

Depuis un long moment Pedro patientait au milieu de la salle. Le souverain n'avait même pas répondu à son salut.

Finalement, Afonso l'invita à s'asseoir à l'extrémité de la longue table rectangulaire qui meublait la pièce. La forte odeur de cire qui émanait de sa surface luisante picota les yeux de Pedro ; il aimait bien cette odeur. Elle lui rappelait la propreté et l'hospitalité.

– Une fois de plus, commença le roi. Une fois de plus vous m'avez déçu. Et vous l'avez fait au pire des moments, alors que ma confiance en vous connaissait un frémissement et que je sentais naître en moi un sentiment de fierté. Fier de mon fils, fier de son courage, fier qu'il soit mon fils. Sachez cependant qu'en cet instant précis, ce n'est pas le père qui s'exprime mais le roi de Portugal. Peu importent désormais les états d'âme paternels ou la colère qui bouillonne en moi. De même, je le précise aussi, ce n'est pas à

Pedro que je m'adresse, mais à dom Pedro, prince, héritier de la Couronne. Est-ce clair ?

– Oui..., père.

– Majesté !

– Oui, Votre Majesté.

Le silence retomba. Décontenancé, Pedro se demanda quelle erreur il avait commise ? Quand ? Il pensa aussitôt : « Il sait pour Inès. »

Presque simultanément le souverain déclara :

– Inès de Castro. Ce nom vous est plus que familier, j'imagine ?

Pedro fit oui.

– C'est votre maîtresse.

– La femme de mes pensées...

– Votre maîtresse !

– Le terme...

– Le terme sied au roi !

– Bien, Sire.

– Bien entendu, vous ne manquerez pas de nous faire quelques affreux bâtards !

Les joues de Pedro s'empourprèrent. Il ouvrit la bouche pour répliquer. Mais, comme à l'accoutumée, les mots se fourvoyèrent dans sa gorge.

– Des bâtards ! répéta Afonso.

L'œil fou, il bondit tout à coup vers l'infant et le saisit par la gorge.

– Jamais ! Jamais je ne permettrai que cela arrive ! Vous m'entendez ? Jamais !

Il relâcha sa prise et s'enfouit le visage entre ses mains tremblantes.

271

– Faiseur de bâtards... faiseur de bâtards... Seigneur, dites-moi que le passé ne peut rejoindre le présent.

Se ressaisissant, il poussa un cri de douleur et se laissa tomber dans un fauteuil.

– Vos blessures, souffla Pedro, dépassé. Vous réveillez vos blessures.

– Aucune, aucune blessure ne m'aura fait autant souffrir que vous !

L'infant avala une goulée d'air.

– Si c'est doña Inès qui est cause de tous ces tourments...

Il reprit son souffle.

– ... Je vous informe qu'elle a décidé de rompre.

Il ajouta très vite :

– Contre mon gré.

Un éclair étonné fusa dans les yeux du souverain.

– Expliquez-vous.

– Doña Constanza l'a choisie pour être la marraine de l'enfant qui va naître.

– Depuis quand ce genre d'argument suffit pour mettre fin à une traîtrise ?

– Aux yeux de doña Inès, il a suffi. Elle a jugé... Elle a jugé qu'il était au-dessus de ses forces et... contre tous ses principes de... de poursuivre notre relation, consciente du rôle sacré... que Constanza lui a attribué.

– Vous avez dit tout à l'heure : « contre mon gré ». J'en déduis que vous étiez disposé à continuer. Ai-je raison ?

– Oui..., père. Majesté.

– Quitte à bafouer l'honneur. Le vôtre, le sien ?

– Oui...

Le souverain se récria :

– Est-ce là l'enfant que votre mère a porté ?

– J'aime Inès de Castro.

– Silence !

Pedro passa outre et poursuivit :

– J'aime Inès de Castro. Et si...

– Silence !

– Si l'on devait séparer... me séparer d'elle, je la suivrais. Où qu'elle aille, j'irai. Où qu'elle vive... Où qu'elle vive, je vivrai.

– Vous avez perdu la raison !

– Où qu'elle meure... je mourrai...

– Folie ! Folie ! Non ! Caprice d'enfant ! Que savez-vous de l'amour ? Rien ! Vous n'êtes qu'un gamin. Un gamin qui n'a rien connu, rien vu. Rien ressenti ! Vous...

Pedro l'interrompit avec une fermeté inattendue :

– Étais-je aussi un gamin lorsque je vous ai sauvé la vie à Alcoutim ?

Il avait parlé d'une seule traite et sans à-coups.

– Vous n'avez fait que votre devoir ! Rien de plus !

– Et j'en suis fier ! Je revendique...

Il s'arrêta. La porte venait de s'ouvrir livrant passage à la reine.

– Que faites-vous ici ? rugit le souverain.

Béatrice continua d'avancer tranquillement.

– Vos voix portent jusqu'à ma chambre. Et votre fureur aussi.

– Laissez-nous ! Il s'agit d'une affaire d'État.

– Il s'agit de mon fils.

– Il est tout à vous. Mais pour l'heure, il est à moi. Laissez-nous, je vous prie.

Faisant fi de l'injonction, la reine prit place à la table, aux côtés de Pedro.

– Je suis au courant de tout, annonça-t-elle. Votre affaire d'État n'est peut-être qu'une affaire de cœur. Vous ne croyez pas ?

Interloqué, le roi fit un pas vers elle.

– Vous saviez donc ?

– Oui. Depuis le premier jour.

– Comment ? Qui vous a informée ?

– Au début, personne. Il m'a suffi de prendre le temps de lire dans l'âme de Pedro. Ensuite, je me suis entretenue avec doña Inès. Elle a tout confirmé. De même qu'elle m'a confirmé sa rupture. Il n'y a donc plus d'affaire d'État.

– Détrompez-vous, madame ! L'affaire est brûlante. Nous sommes dans la trahison et la menace.

– Que... que voulez-vous dire ? s'inquiéta Pedro.

Afonso se dirigea vers la table et récupéra le courrier intercepté par les conseillers.

– Lisez, dom Pedro ! Lisez !

19

Avignon.

Anibal Cavaco vida d'une seule traite le godet de vin rouge que l'aubergiste venait de lui servir.

— Je te répète, maugréa l'Africain, que nous aurions dû régler son compte à ce *padre*.

— Tuer un pape ? Tu as vraiment perdu la tête !

— Un pape, un cardinal, un paysan, où est la différence ? On tue ou on ne tue pas, non ? Qu'est-ce que cela aurait changé ?

— Précisément, nota Cabral, cela n'eût rien changé parce que rien au monde n'eût fait parler notre homme.

L'Africain ricana.

— Faux ! Question de temps, c'est tout.

Cavaco fit signe à l'aubergiste de leur resservir à boire.

— J'ai bien observé ce franciscain. Il y avait en lui quelque chose de morbide. Il semblait n'éprouver aucune crainte face à la douleur. Pire encore, il ressentait du plaisir. Un plaisir maladif.

– Je l'ai remarqué aussi. À présent que décidons-nous ?
Tu n'as tout de même pas l'intention de laisser tomber ?

– Laisser tomber six mille maravédis ? Pas question.

– Je suis de ton avis, continua Cabral, mais comment
faire pour rattraper le coup ? Retourner au palais me paraît
des plus risqué. Il n'est plus possible de continuer à jouer
les pèlerins, sans oublier qu'il y a de fortes chances pour
que le pape ait communiqué notre signalement.

Cavaco rejeta l'hypothèse.

– J'en doute. Tout s'est passé beaucoup trop vite. Affolé
comme il l'était, ce serait bien le diable s'il avait pu mémo-
riser nos visages.

L'Africain laissa encore échapper un petit rire.

– Comparer le pape au diable ? Tu frises l'excommuni-
cation, *amigo*.

Cavaco ignora le commentaire.

– Nous ferons une nouvelle tentative à la nuit tombée.

– Comment ? s'inquiéta Cabral. Il n'existe qu'une seule
entrée ; celle de la porte des Champeaux, gardée par des
piquiers. Même si le pape n'a pas eu le temps de retenir
nos visages, il...

– Je n'ai jamais dit que nous passerions par la porte,
coupa Anibal Cavaco.

Il glissa la main dans la poche de sa cotte et en sortit
un parchemin plié en quatre.

– C'est le plan du palais. Gonçalves a eu la sagesse de
me le remettre avant notre départ.

Il déploya le document et l'étala sur la table.

– Regardez bien. Ici, se trouvent l'entrée principale et la
salle des gardes. Pas question de s'en approcher. Nous lon-

gerons le bâtiment sur la gauche. Ici, c'est l'aile des Familiers, plus loin, la tour de la Campane et, plus loin encore, l'aile de la chapelle pontificale. Deux fenêtres à vitraux se découpent dans le mur. C'est à cet endroit que nous passerons. Une fois à l'intérieur, nous emprunterons l'escalier de pierre qui mène aux chambres. Il ne restera plus qu'à trouver celle qu'occupe le franciscain.

Il fit disparaître le plan dans sa poche.

– Étant donné l'état dans lequel nous avons laissé notre homme, soit il est mort, soit il couve ses blessures au fond de son lit. Personnellement, vu l'étonnante résistance dont il a fait preuve, je pencherais pour la seconde possibilité.

Il leva son godet en direction de ses compagnons.

– À la santé du frère Cambini !

Palais de Montemor, Portugal.

Dom Pedro effleura à peine la main d'Inès.

– Tu ne m'en veux pas, n'est-ce pas ? Mais il était urgent que nous parlions.

La jeune femme essuya ses larmes en secouant la tête à plusieurs reprises.

– Comment pourrais-je t'en vouloir ? Ne s'agit-il pas de mon père ?

Elle poussa un cri de rage.

– Comment le roi a-t-il osé ?

– Un roi n'ose rien. Il exerce, c'est tout.

– Et il tue !

Pedro se détacha doucement.

– Tu as lu la lettre. Tu dois savoir ce qu'ils exigent de toi.

– Bien sûr. Ils attendent que je leur confirme l'existence d'une carte. Une carte qui, selon eux, permettrait à nos navires de gagner les Indes par la mer.

– Cette carte...

Affolée, elle plaqua sa paume sur la bouche du prince.

– Non ! Pas un mot. Je ne veux pas savoir si cette carte existe, je ne veux rien savoir de ce que tu sais ! Ne vois-tu pas qu'on m'arrache le cœur ?

– Je vois tout, Inès.

– Non ! Écoute-moi bien, Pedro. Si par amour tu devais faillir et me révéler ton secret, sache-le, je n'hésiterais pas, je te trahirais sur-le-champ, quitte à mourir ensuite.

Elle scanda :

– Je te vendrais pour sauver mon père.

– Tu n'auras pas à me vendre, nous allons sauver don Rodriguez. J'ai un plan.

Elle le dévisagea sans cacher sa surprise.

– Un plan ?

– Ils veulent une carte ? Nous allons leur en donner une.

– Comment ?

– Nous disposons à la Cour d'un homme de grand talent. Il s'appelle Balthasar de Montalto. Géographe, astronome, médecin, mathématicien, il est certainement l'un des personnages les plus savants de la péninsule. Je lui ai exposé mon projet. Il a commencé par pousser de hauts cris, et plaidé l'effroyable complexité de la tâche, mais en fin de compte il a fini par accepter. Il va nous aider. Dans les jours qui viennent, il va contrefaire une carte maritime si parfaite que le marin le plus aguerri n'y verra que du feu. À vrai dire, la tâche n'est pas si ardue que le prétend Montalto. Notre monde est aussi vaste qu'il nous est inconnu, semblable à une tapisserie inachevée. Avec un peu d'imagination et beaucoup de science, il doit être possible de combler les vides.

Inès glissa une main fiévreuse dans ses cheveux.

— Ton père ? Qu'en pense-t-il ?

— Il a commencé par refuser. Et finalement il a bien voulu admettre que ce plan nous fera gagner du temps et embrouillera nos rivaux. Pour découvrir si cette carte est authentique ou non ceux-ci n'auront qu'une solution : lancer une expédition. Elle a toutes les chances de ne jamais revenir. D'ici là...

— Et moi ? Et nous deux ?

— Paradoxalement, les propos contenus dans la lettre de ton frère furent tes meilleurs défenseurs. N'a-t-il pas écrit : « *Nous t'avons suppliée de nous venir en aide. Tu n'as rien voulu savoir et, malgré toutes nos prières, tu as persisté dans ton refus de collaborer.* » N'est-ce pas là une preuve irréfutable de ton intégrité ? Je dois dire que ma mère a admirablement défendu ce point de vue. D'autre part, j'ai révélé à mon père que tu avais souhaité rompre et surtout les raisons qui t'ont poussée à le faire. Là aussi, la reine m'a soutenu.

Il caressa la joue d'Inès dans un geste qui se voulait rassurant.

— Tu n'as plus rien à craindre, dit-il doucement. Tout ira bien.

— Rien à craindre ?

Une ombre recouvrit le jade de ses yeux.
– Je suis privée de toi. Je risque de perdre mon père à jamais... Rien à craindre ?

Avignon.

Il faisait une nuit d'encre. S'il n'y avait eu ces lumières blafardes qui filtraient des maisonnettes proches du palais épiscopal, les trois hommes auraient eu bien du mal à trouver leur chemin.

Au deuxième étage du bâtiment, Aurelio Cambini venait de récupérer l'enveloppe en peau de chèvre dissimulée jusque-là sous le carrelage de sa paillasse. Chaque mouvement qu'il accomplissait déclenchait des élancements fulgurants dans l'empreinte noire où, quelques jours plus tôt, son œil vivait.
Il glissa l'enveloppe sous sa cotte, et s'agenouilla à son prie-Dieu.

Quelques toises plus bas, Anibal Cavaco examinait le vitrail avec une expression contrariée. Il était bien plus haut qu'il ne l'avait imaginé. Seule la courte échelle leur permettrait d'y accéder.
Il pivota vers Cabral, le plus grand des trois :
– Tu restes ici.
Sans plus attendre, il se hissa sur les épaules de son compagnon. Bien qu'en équilibre précaire, il réussit à prendre appui

de la main gauche sur l'encadrement de la fenêtre et de la main droite saisit son poignard. Il frappa le vitrail sur lequel figurait saint Paul et fit voler en éclats la tête de l'apôtre. Il récidiva jusqu'à ce qu'il ne restât plus que des bris de verre coloré. Il se glissa dans l'ouverture. La chapelle était déserte ; seule la flamme d'un cierge tremblait dans son bougeoir. Rassuré, il passa entre les jambages et sauta dans le vide.

— Seigneur, priait Cambini, vous avez jugé salutaire de m'ôter partiellement la vue. Je vous en rends grâce. Ainsi, vous évitez à mon regard d'embrasser la totalité des vilenies qui infectent ce bas monde. À présent, je requiers à nouveau votre soutien. Le secret que je conserve depuis si longtemps ne doit à aucun prix tomber entre des mains impies. Accordez-moi la force de le protéger. Sans vous, je ne suis rien. La route qui m'attend est semée d'embûches. Je vous en conjure, Seigneur, insufflez-moi un peu de votre force divine et permettez-moi d'atteindre mon but. Une fois cette ultime mission accomplie, il ne me restera plus qu'à attendre l'heure de la délivrance finale. Enfin !

Le franciscain se signa et se dirigea vers la porte.

Il l'ouvrit.

Mgr de Fontenay lui barrait le passage, un bol fumant à la main.

— Et maintenant ? souffla l'Africain.

Cavaco éluda la question et ordonna à son compagnon de le suivre.

Après être passés devant l'autel, ils remontèrent le long des travées et débouchèrent au milieu d'un long corridor éclairé par deux torchères. Une porte en chêne massif se détachait plus haut, sur la droite. Cavaco se dirigea vers elle et songea avec une pointe d'inquiétude : « Pourvu qu'elle ne soit pas fermée à clé. » Elle ne l'était pas. Une trentaine de marches enténébrées conduisaient à l'étage supérieur ; les deux hommes les gravirent, tous les sens aux aguets.

— Frère Cambini ! s'exclama le cardinal. Où allez-vous ?
Ce n'est pas possible ! pensa le franciscain. *Que fait-il ici ?*
Le cardinal reprit, effaré :
— Dans l'état où vous êtes ! Quelle imprudence ! Voyez, je vous ai apporté un peu de soupe pour...
Il ne termina pas sa phrase. Cambini s'était jeté sur lui. Le bol se fracassa sur le sol au moment où les doigts du franciscain se refermaient sur la gorge du cardinal. Les yeux exorbités, le prélat chercha à se libérer de l'étau, mais c'était impossible. Les doigts de Cambini serraient de plus en plus fort. Fontenay continua encore un moment de se débattre. Tout son corps fut secoué de spasmes ; il s'affaissa, masse de chair tout à coup privée de consistance. Un dernier soubresaut, et de la salive apparut aux coins de ses lèvres. Cambini abandonna le cardinal sur le dallage.

— Là-bas ! alerta l'Africain, il s'enfuit.
Cavaco avait vu lui aussi le franciscain. Ils filèrent dans son sillage.

Cambini avait dévalé les marches quatre à quatre. Il s'élançait maintenant dans la cour d'honneur ; quelques toises le séparaient de la salle des gardes. Il y était presque quand le souffle de ses poursuivants arriva sur sa nuque.

– À moi ! hurla-t-il à s'en déchirer la gorge. À moi !

Une dizaine de soldats armés de piques et de glaives surgirent presque instantanément, alors que l'Africain venait de ceinturer sa proie.

– Holà ! Que se passe-t-il ici ? rugit l'un des gardes.

– Sauvez-moi ! supplia Cambini. Ce sont les mécréants qui ont agressé Sa Sainteté. Sauvez-moi !

L'Africain jeta un coup d'œil déboussolé en direction de Cavaco.

– Lâche-le... Tirons-nous !

Le premier moment de stupeur passé, les gardes s'étaient ressaisis. Ils marchaient sur les deux hommes.

Cavaco avait sorti sa dague. L'Africain se rua sur le premier soldat.

Un garde, puis un second tombèrent sous les coups de poignard. Mais le combat était inégal. Une lance traversa de part en part le thorax de l'Africain. Si Anibal Cavaco n'avait jeté son arme à terre et crié qu'il se rendait, nul doute qu'il eût subi le même sort. Il se laissa maîtriser et entraîner sans opposer la moindre résistance.

Le chef des gardes chercha alors Cambini des yeux.

La cour était vide.

Palais de Montemor, vingt jours plus tard.

– Non, Sire, répondit Diogo Pacheco. Nous n'avons plus la moindre nouvelle de nos hommes. Le courrier que nous avons expédié à l'un de nos agents à Avignon est toujours sans réponse.

Le roi leva les yeux au ciel.

– Comment est-ce possible ? Vous m'aviez pourtant assuré que ces gens étaient de taille à mener à bien les missions les plus difficiles. Que s'est-il donc passé ?

– Des incapables, Sire ! cria Balthasar. Des moins que rien !

Dom Pedro, assis à la droite du souverain, fit observer :

– Je partage l'avis de notre ami. Appréhender un prêtre seul, désarmé, sans méfiance parce qu'il se croit en sécurité, ne devait pourtant pas être une tâche si ardue.

Gonçalves observa l'infant. Il n'appréciait guère sa présence répétée au sein du Conseil. Quel revirement s'était produit pour que le roi décide tout à coup de faire participer cet infatué personnage à leur réunion ? Il masqua son dépit derrière une expression désolée.

– Vous avez raison, mon seigneur. Je ne comprends pas. Un obstacle imprévu sans doute.

– Imprévu ? répliqua dom Pedro. Dans une affaire de cette importance, je croyais que l'imprévu n'avait pas sa place.

Pacheco vint au secours de son compagnon.

– Pardonnez-moi, mon seigneur, mais l'imprévu n'est pas l'impossible ; c'est une carte qui est toujours masquée dans le jeu.

Afonso fit un geste d'humeur.

– Eh bien soit, nous attendrons !

Il interpella Balthasar de Montalto.

– Qu'en est-il de ce projet de carte factice ?

– J'ai fini, Sire. Cette carte est prête.

– Alors ? En êtes-vous satisfait ? A-t-elle une chance de tromper mon cher gendre ?

Balthasar fit une moue dubitative.

– Comment en être sûr ? Disons que j'ai bon espoir. Pendant quelques jours, je me suis surpris à jouer à Dieu en façonnant un monde à mon image. Reste à voir si les géographes qui se pencheront dessus trouveront cette image suffisamment séduisante pour l'adopter.

– Notre ami est modeste, rectifia Pedro. J'ai vu son travail. Il est admirable. Parchemin et encre vieillis, disposition parfaite des mers et des terres. C'est sûr, ils seront dupes.

Afonso hocha la tête, évita le regard de son fils, et s'adressa à ses conseillers.

– Dans ce cas, faites le nécessaire auprès de doña Inès. Qu'elle rédige sa lettre et qu'elle nous la soumette.

Le trio acquiesça, mais avec une certaine mollesse.

– Qu'y a-t-il ? s'étonna Pedro. Ne seriez-vous plus d'accord ?

Les conseillers échangèrent un coup d'œil embarrassé.

– Parlez ! insista l'infant. Que se passe-t-il ?

Coelho inspira un grand coup et prit sur lui de répondre.

– Mon seigneur, êtes-vous sûr de doña Inès ?

– Je crains d'avoir mal saisi l'insinuation.

– Disons que... Enfin... Ne serait-elle pas tentée pour sauver son père de se livrer à un double jeu ?

Pedro rétorqua avec sécheresse :

– Sachez qu'Inès de Castro a toute ma confiance ! Elle l'a prouvé. D'autre part, *senhor* Pacheco, je vous ferai observer que votre question est non seulement injurieuse mais stupide. Injurieuse, parce que l'intégrité de la personne ne saurait être mise en doute. Stupide, parce que doña Inès n'a aucun intérêt à perdre du temps. Chaque jour qui passe prolonge le calvaire de son père. À quoi lui servirait de dévoiler notre machination ?

– Je...

– À rien, *senhor* ! À rien ! Révéler que la carte est un faux ne sauverait pas don Rodriguez. Le péril ne serait en aucune façon écarté et nos voisins ne relâcheraient pas pour autant la pression qu'ils exercent sur cette jeune femme.

– La discussion est close, décréta le roi. Que chacun assume ses responsabilités.

Il conclut :

– En cas d'échec, dites-vous bien que je serai impitoyable...

Dans l'instant, personne n'eût été capable d'affirmer si la menace visait les conseillers ou dom Pedro.

Burgos, en Castille.

Le Vengeur examina une dernière fois le parchemin posé sur la table et releva la tête.

Trois hommes l'entouraient. Un marin et deux géographes. À leurs côtés, légèrement en retrait, se tenaient Juan et Francisco.

– Alors, *señores*. Votre verdict ?

Le premier géographe hasarda :

– Sire, le verdict est difficile à prononcer. En apparence, cette carte semble correspondre avec l'ensemble de nos connaissances et l'on y retrouve surtout la plupart des indications regroupées dans la *Cosmographia* de Ptolémée. La description de la *terra cognita* est bien celle que nous connaissons.

Il posa un doigt sur la carte.

– Les cinq zones y sont bien définies.

Afonso XI sourcilla.

– Les cinq zones ?

Le deuxième géographe s'empressa de développer.

– Le monde connu est divisé en cinq zones. La *frigida septentrionalis inhabitabilis*, ou zone froide et inhabitable. La *temperata habitabilis*, zone tempérée et habitée, que nous appelons Europe. La *perusta inhabitabilis*, zone torride inconnue et inhabitable. La *temperata habitabilis antipodum nobis incognita*, autre zone tempérée, antipode de la première, habitable, mais qui nous est inconnue. Et enfin, la zone dite *frigida australis inhabitabilis*, zone froide australe et inhabitable.

– Parfait. Tout cela ne me dit pas d'où vient votre hésitation.

– Cette quatrième zone, expliqua le premier géographe, jusqu'à ce jour rien ne nous permettait de la concevoir. Or, voici que cette carte nous révèle une mer qui longerait la zone inconnue, la contournerait à l'extrême sud, pour s'étendre jusqu'aux Indes.

Francisco s'exclama :

— N'est-ce pas précisément la voie que nous recherchons ?

Ce fut au tour du marin d'exprimer son avis.

— Bien sûr, seigneur. Seulement ce qui pose problème, c'est la durée du voyage. Comment être certain que les distances suggérées par l'auteur de la carte sont exactes ? Il suffirait d'une erreur, une seule, pour que le navire qui s'aventurerait au-delà de la *terra cognita* ne revienne jamais.

Juan prit la parole :

— *Señores*, de deux choses l'une. Soit vous croyez à l'authenticité de cette carte, soit vous n'y croyez pas.

Il y eut un moment de flottement interrompu par le premier géographe.

— Il est très probable que la carte soit juste, néanmoins...

— Alors, cessez donc de tergiverser ! coupa le roi. Voyez comme vos mines sont défaites ! Ce jour, qui devrait être un jour de réjouissance, vous en faites un jour de deuil !

Il ordonna :

— Que l'on affrète trois navires sur-le-champ. Eau potable, vivres, qu'il ne manque rien. Le trésor couvrira toutes les dépenses, sans compter !

Il pointa son doigt vers le marin.

— *Capitán* Perez, je vous confie cette mission. À vous de la mener à bien pour la plus grande gloire de la Castille. Il n'y a pas un instant à perdre. Les Portugais ont de l'avance sur nous. Il vous incombera de les prendre de vitesse.

Le capitaine s'inquiéta.

– Leur flotte aurait-elle déjà appareillé ?

Francisco le rassura :

– Non. Selon nos informations, leur expédition n'a pas encore quitté Lisbonne. Il est probable qu'ils attendent la fin de la mauvaise saison. Ainsi, nous conservons toutes les chances de notre côté.

– Allez ! ordonna le roi. Dieu est avec nous !

La porte refermée, le Vengeur apostropha les deux frères.

– Alors ! Qu'attendez-vous pour me féliciter ? N'ai-je pas eu raison d'agir comme je l'ai fait ? Bien sûr, un innocent a été contraint d'en payer le prix. Mais n'est-ce pas la raison d'être de l'innocence ?

– Oui, Sire, approuva Francisco avec soumission. Nous vous congratulons.

Le silence retomba. Ni Francisco ni Juan n'osait poser la question qui leur brûlait les lèvres. Finalement ce fut le roi qui parla.

– *Señores*, vous pouvez vous retirer.

– Et... et notre père, Majesté ? risqua Juan.

Afonso fronça les sourcils.

– Vous n'avez donc pas compris ? Ou n'avez-vous pas entendu ? Il m'a bien semblé pourtant vous avoir dit qu'un innocent, hélas, avait payé le prix de notre réussite.

– Pardonnez-nous, Sire... Cela signifierait que...

– C'est bien triste, je sais. La santé de don Fernández était bien plus fragile que nous ne le soupçonnions. Le pauvre n'a pas résisté à l'humidité des cachots.

– Il... il... ? bafouilla Francisco.

– *Ha muerto,* annonça le roi, impassible. Oui. Pauvre homme.

– Quand ?

– Cette nuit, ou la nuit dernière, je ne sais plus.

Le roi posa sa main sur l'épaule de Francisco.

– Ne soyez pas tristes, tous les honneurs sont vôtres à présent !

20

Palais de Montemor, septembre 1341.

Les cris qui montaient de la chambre de doña Constanza résonnaient dans tout le palais. Cris ponctués de gémissements. Gémissements de fleur déchirée.

À l'étage supérieur, la reine Béatrice et le roi finissaient de dîner, installés l'un et l'autre à chaque extrémité de l'imposante table qui meublait la salle à manger. En vérité, c'est le roi qui engloutissait les dernières bouchées de son plat favori : la *carne de porco à alentejana* ; mélange de palourdes, de porc, fortement assaisonné de coriandre. Béatrice, elle, n'avait rien mangé de toute la soirée.

Elle dit d'un air lointain :

– Saviez-vous que certaines saisons sont plus propices que d'autres aux accouchements ?

Le roi secoua la tête.

– Les périodes d'interdit, comme le carême et l'Avent, sont jugées bénéfiques. Pedro est né en plein carême.

– Ah ? fit le roi pour seul commentaire.

Un nouveau cri s'éleva, plus strident que les précédents.

– Cela ne finira donc jamais ? pesta Afonso.

– Elle souffre.

– Et nous avec.

La reine porta une coupe de vin à ses lèvres.

– Je vous trouve de fort méchante humeur ce soir.

– Comment pourrait-il en être autrement ? Il ne se passe pas une heure sans que je repense à cette carte si précieuse qui nous a échappé ! Perdue à cause de la maladresse de ces hommes choisis par mes conseillers. L'un est mort, le second croupit dans les geôles d'Avignon et le troisième s'est volatilisé !

– Voilà des mois que cette affaire est close. Ne serait-il pas temps de vous faire une raison ? Songez que, dans cette tragédie, c'est le père de doña Inês qui a payé le prix fort. Pour rien.

– À qui la faute ? Si doña Inês ne s'était pas déshonorée en couchant avec mon fils, don Fernández serait encore de ce monde.

– Oh ! Que vous êtes injuste ! Vous savez parfaitement que, même si Inês ne s'était pas éprise de Pedro, la Cour de Castille aurait quand même tenté de la manipuler.

Elle scanda :

– Vous êtes injuste !

Afonso balaya l'air avec dédain.

– Ma chère, vous devriez apprendre que la justice, si elle existe, n'est rien d'autre que l'injustice équitablement partagée ! Arrêtons là, je vous prie, cette discussion. Un enfant va naître.

Il allait porter un ultime morceau de *carne* à ses lèvres, mais laissa son geste en suspens pour s'enquérir :

– À propos. Où est dom Pedro ?

Pedro n'était pas loin. Il chevauchait depuis bientôt deux heures entre vallons et terres plates. Massala galopait à ses côtés. Leurs étalons dessinaient de grands cercles de poussières ocre autour du palais.

– Combien de temps encore allons-nous tourner en rond ? cria Massala, exaspéré.

L'infant ne répondit pas. Il avait la tête toujours pleine des cris de Constanza. Pleine de questionnements aussi et d'angoisses.

Comment dénouer ce mystérieux écheveau où s'entrecroisaient le bonheur et le malheur ? L'allégresse d'être père, le désespoir de ne plus être amant ?

Inès répondit à la pression de la main de Constanza. Depuis bientôt onze heures que le travail avait commencé, elle n'était plus capable de distinguer quelle main lui appartenait. De temps à autre, l'infante relâchait son étreinte pour planter ses ongles dans le bras de sa dame d'honneur. Souhaitait-elle ainsi marquer définitivement son territoire ? Apposer le mot fin sur l'histoire d'Inès et de Pedro ? Graver son triomphe dans la chair de la jeune femme ?

On avait clos les fenêtres. Le feu ronflait dans la cheminée. La pièce sentait la sueur et l'eau-de-vie.

Il y avait surtout des femmes. Une accoucheuse, des servantes. Des femmes, mais – chose exceptionnelle – un homme : Balthasar. Le roi avait exigé qu'il fût présent dans

le cas où un événement fâcheux eût contrarié le dénoue-
ment naturel des choses.

Assis dans la pénombre, il avait l'air de s'ennuyer ferme.
Sans doute – il l'avait pourtant expliqué au roi – parce
qu'il était totalement ignorant des choses de l'enfantement.
Il se souvenait vaguement d'avoir lu un jour un vieux traité
rédigé par un certain Soranus d'Éphèse, dans lequel le
médecin recommandait de saisir l'enfant par les pieds pour
le retourner avant de l'extraire. Il s'était toujours demandé
par quel sortilège on pouvait réussir une telle manœuvre.

– La tête point, s'exclama la sage-femme. Allons ! Un
dernier effort. Poussez ! Poussez !

Balthasar grimaça. Il trouvait ce spectacle hautement
déplaisant. Non, décidément, il n'appartenait pas à cet
univers de femmes.

Inès se sentait près de défaillir. Les cris de l'infante la
rendaient folle, à quoi s'ajoutait une chaleur étouffante que
la vapeur qui s'élevait des cuvettes emplies d'eau frémis-
sante faisait plus insupportable encore.

Elle se donna du courage en laissant son esprit naviguer
vers Pedro. Où était-il ? À quoi pensait-il ?

– Ça y est ! annonça enfin la sage-femme en tranchant
le cordon ombilical d'un coup de couteau. Dieu soit loué,
c'est un garçon.

Elle souleva le nouveau-né d'un geste triomphant.

– Vous avez vu ? Il est coiffé ! La coiffe porte-bonheur !
Il ne faudra pas oublier de la conserver.

Elle renversa l'enfant tête en bas et lui donna une tape
sur les fesses.

– Félicitations, doña Constanza, dit Inès en essayant de contenir son émotion. C'est un beau bébé.

L'infante, les traits couverts de sueur, arbora une expression de gratitude.

– Merci, mon amie.

Elle se souleva légèrement.

– Puis-je le voir ?

La sage-femme ne l'entendit pas, tout affairée qu'elle était à laver le nouveau-né avec du beurre fondu. Ce n'est qu'après l'avoir frictionné à l'eau-de-vie et emmailloté qu'elle revint auprès de Constanza et le posa délicatement sur sa poitrine.

– Voici un futur roi, *minha senhora*. Sa vie sera faite de joie.

Elle crut utile de répéter :

– La coiffe recouvrait son crâne.

La sage-femme devait porter malheur. Dom Pedro n'eut pas le temps de prendre son fils dans ses bras. Luís – c'est le nom qu'on lui avait choisi – Luís fut pris le soir même de convulsions. Balthasar, rappelé d'urgence au chevet du bébé, eut vite fait de reconnaître son impuissance. Luís s'éteignit aux premières lueurs de l'aube.

Décrire ce qu'éprouva doña Constanza est impossible. En apprenant la nouvelle, elle perdit connaissance. On la ranima et elle se mit à délirer, à balbutier des mots sans suite, à plonger dans d'effrayantes parenthèses de silence. Quinze jours et quinze nuits durant, Pedro ne la quitta pas un seul instant.

Elle a perdu, chuchotaient les murs.

Elle a perdu, marmonnaient les arbres et les vallons.

Elle a perdu, ruisselait le fleuve, et bientôt le royaume tout entier reprit cette antienne et la propagea jusqu'aux falaises de Sagres.

Lorsque l'infante recouvra ses esprits, les premiers mots qu'elle murmura à l'oreille de Pedro furent :

– Un autre enfant, vous me ferez un autre enfant. Jurez-le-moi ! Devant Dieu, jurez-le-moi !

Pedro jura.

Mais dans le souffle qui accompagnait son serment, vibraient le nom victorieux d'Inès et l'espérance recommencée.

Burgos, en Castille.

– Nous devons nous faire une raison, reconnut Francisco, l'expédition partie il y a six mois a bel et bien péri.

– Une tempête ? suggéra Juan.

– C'est possible. Ou alors...

– La carte ?

– Une carte chimérique ! Conçue par un fou.

– La lettre du prêtre Jean ? Une chimère aussi ? Impossible ! Aucun esprit n'a pu élaborer une intrigue aussi parfaite. Pour quelle raison l'aurait-il fait ? Pour l'unique plaisir de duper l'empereur de Byzance ? Le roi d'Angleterre ? Le pape ?

Francisco se voûta.

– Comment savoir ? Je suis perdu. Perdu et découragé. Tous nos rêves, toutes nos espérances de gloire fracassés !

Le roi ne veut même plus nous accorder audience. Pire ! Il ne manifeste aucune amertume devant la perte des trois navires et de leur équipage. C'est à croire que le bas-ventre de sa maîtresse, cette intrigante Leonor de Guzmán, possède un extraordinaire pouvoir consolateur.

Juan se pencha vers son frère.

– Tu sais, Francisco, je me demande s'il n'existe pas une explication à la disparition de la flotte que nous n'avons pas envisagée.

– Je t'écoute.

– Et si la carte était un faux ? Un faux créé de toutes pièces par les Portugais pour nous lancer sur une fausse piste ?

Francisco fit des yeux ronds.

– Ce qui sous-entendrait que notre sœur aurait peut-être été la complice d'une machination, allant contre les intérêts de sa famille, du roi, de la Castille ? Tu déraisonnes. C'est impensable ! D'autre part, si nos voisins ont jugé utile d'élaborer une fausse carte, c'est qu'ils ont mis la main sur l'originale. Or, nos espions sont formels : aucune expédition d'envergure n'a été lancée par les Portugais au cours des derniers mois. C'est bien la preuve que ton hypothèse est inepte.

Juan fixa son frère d'un air pensif.

– À ta place je ne serais pas aussi définitif. Médite. Réfléchis. Réfléchis bien, Francisco...

297

La Reine crucifiée

Montemor, Portugal.

Nus, serrés l'un contre l'autre, ni lui ni elle n'avaient cherché à faire l'amour. Se garder ainsi leur suffisait.

– Tu es de retour, murmura Pedro. Libérée de ta promesse. Désormais, tout redevient possible.

– Jusqu'au prochain enfant.

– Amour, je t'en prie. Ne gâche pas ces instants. Pourquoi te tourmenter pour demain ? Ne pensons plus qu'au temps présent. Ne sommes-nous pas protégés par le sort ?

Du bout des lèvres, il effleura son front, ses yeux, son cou et le creux de sa gorge avec ce petit bruit de souffle que font les enfants qui embrassent.

– Dis-moi que tu m'aimes.

Elle répondit :

– Dis-moi que tu m'aimes.

– Tu ne me quitteras plus jamais ?

– T'ai-je jamais quitté ?

– Si tu partais, tu me reviendrais toujours ?

Elle le fixa avec une émotion intense.

– Non. Non, Pedro. On pourra me menacer des pires tourments, enfoncer des clous dans ma chair, me vouer au feu des enfers. Jamais plus je ne t'abandonnerai. J'ai trop souffert, j'ai trop pleuré.

Village de Villanova, région du Frioul, Italie.

– Resservez-vous de ce Montasio, proposa Melchiore de Pordenone. Vous aimiez bien ce fromage, n'est-ce pas ?

298

Aurelio Cambini acquiesça distraitement.

À travers la fenêtre se dessinait la campagne à perte de vue. Cyprès aux ombres noires, vignobles aux ceps tordus sous un soleil timide. Un bref instant, le franciscain se demanda s'il avait bien fait de venir se réfugier ici, dans ce coin d'Italie, niché entre la mer, la plaine vénitienne et les Alpes, qui donnait l'impression d'être au bout du monde. Dieu, combien le voyage avait été long, combien éprouvant ! Il s'était vu mourir cent fois à bord de ce bateau qui l'avait emmené de Massilia à Tergeste. Les élancements de son œil mort mêlés au mal de mer lui avaient rompu le corps et l'esprit.

Il examina furtivement son interlocuteur. Melchiore offrait un contraste parfait avec son défunt frère, Odoric, tant physiquement que spirituellement. Le second n'avait été qu'intelligence et vivacité ; celui-ci avait tout du benêt. Odoric en imposait ; Melchiore était invisible. Au fond, Cambini l'aimait bien. Le Seigneur n'a-t-il pas déclaré : « Heureux les pauvres en esprit, le royaume des cieux leur appartient » ?

Il demanda :

– Où est ton fils aîné ?

– Ludovico ? Il s'occupe de traire les chèvres.

– Il mérite mieux. Tu ne crois pas ?

– Mieux ? C'est-à-dire ?

– Rien. Nous en reparlerons. Ce voyage m'a épuisé. Je vais aller dormir un peu.

Le franciscain se leva et d'un geste machinal palpa sa tunique à hauteur du cœur et s'assura que l'enveloppe en peau de chèvre était toujours à sa place.

Palais de Montemor, salle des Portulans, une semaine plus tard.

La tension qui régnait était si dense qu'une main douée de pouvoirs occultes aurait pu la palper.

Il y avait là les habituels conseillers, Balthasar, Pedro et le roi.

— Ainsi, nota ce dernier, tout est définitivement perdu.

— Oui, Sire, confirma Diogo Pacheco. Le rapport de nos agents est on ne peut plus clair. Ils ont écumé la région. Plus aucune trace du franciscain. À notre avis...

— Votre avis ! interrompit Afonso. On sait désormais ce qu'il vaut. Vos hommes se sont comportés comme des incapables ! Je vous entends encore me vanter les qualités exceptionnelles de ce Cavaco. Balivernes !

Balthasar essaya de calmer le jeu.

— Majesté, à quelque chose malheur est bon. Nous pouvons nous consoler en nous disant que, grâce au stratagème imaginé par dom Pedro, nos voisins ont sacrifié inutilement trois navires et leur équipage.

— Belle consolation ! ironisa le souverain.

Il glissa un regard en coin vers son fils. Depuis le début de la réunion, celui-ci n'avait pas prononcé un seul mot, plongé dans la lecture du rapport élaboré un an auparavant par l'Enchanteur.

— Dom Pedro ! lança Afonso, peut-on avoir votre opinion ?

Le prince éluda la question et interpella Balthasar :

300

– J'ai parcouru avec la plus grande attention votre compte rendu concernant le dossier *Presbyteri Joannis*. Je n'y ai vu nulle part la preuve que ce Cambini aurait pu effectivement posséder cette mystérieuse carte maritime, encore moins comment il aurait pu l'obtenir.

Une expression un peu lasse voila le visage de Balthasar.

– Parce que vous n'étiez pas là lors de nos précédentes réunions. J'ai tout expliqué de vive voix à Sa Majesté, ainsi qu'aux éminents conseillers ici présents.

– Si la tâche n'est pas trop fastidieuse, peut-être auriez-vous la bonté de réitérer vos explications ?

L'Enchanteur fixa le roi comme s'il attendait son autorisation.

– Faites, mon ami ! Faites ! Après tout, ce ne sera que la quatrième fois que j'entends ce récit.

Balthasar prit une courte inspiration.

– Pour que les choses soient claires, permettez-moi de récapituler les données essentielles de cette histoire. En 1145, un certain Hugues, évêque de Gabula, arrive à Rome. Il entre en rapport avec un prélat du nom d'Otto von Freisingen et lui signale l'existence d'un roi chrétien qui se fait appeler *Presbyteri Joannis* ou « prêtre Jean », qui serait à la tête d'un royaume situé en Asie. Le pape de l'époque, en l'occurrence Lucius II, en est informé. Nous ignorons quelle fut sa réaction. Trente-deux ans s'écoulent...

L'Enchanteur inspira une nouvelle fois.

– Le 23 juillet 1177, un courrier, signé du mystérieux prêtre Jean, parvient entre les mains du pape Alexandre III, du roi de France, et de l'empereur de Byzance. Si nous ne savons rien de l'attitude adoptée par les monarques à la lecture de cette missive, nous possédons en revanche des informations sur la décision prise par le pontife. Dans les semaines qui suivent, son médecin personnel prend la route et se rend en Tartarie ; là où, aux dires de la lettre, se trouverait le royaume du prêtre Jean.

Balthasar prit un air dépité.

– Plus de nouvelles. L'homme a dû probablement périr en cours de route. Les années s'écoulent sans qu'il soit fait la moindre mention du dossier *Presbyteri Joannis*. Nous voilà en 1318.

– Près de cent cinquante ans plus tard ? s'étonna Pedro. Un siècle et demi sans que personne cherche à en savoir plus sur cette mystérieuse affaire ?

– On peut supposer que le Saint-Siège de même que les monarques qui se sont succédé rechignaient à lancer des expéditions vers des terres hostiles et sans garantie aucune d'atteindre leur but. Silence donc, jusqu'en l'an 1318. Le nouveau chef de la chrétienté s'appelle Jean XXII. Le siège de l'Église n'est plus Rome, mais Avignon.

– Avignon... Nous nous rapprochons donc.

L'Enchanteur confirma.

– C'est à ce moment que le dossier *Joannis* revient à la surface. Pourquoi ? Voilà près de sept siècles que Jérusalem est occupée par les Arabes. Hormis un intermède d'environ quatre-vingts ans au cours duquel elle fut reprise par les croisés, la Ville sainte n'a cessé de vivre sous le joug de l'islam. La Ville sainte, mais aussi le Saint-Sépulcre, notre symbole à tous, raison d'être du christianisme. Cette situation est une véritable injure faite à la mémoire du Christ. Le tombeau de Notre-Seigneur souillé par des mains impies est vécu comme un blasphème. Si au cours des dernières décennies, plus personne ne s'est intéressé au dossier *Joannis,* en revanche, pas un seul jour ne s'est écoulé sans qu'ici ou là un prince, un prélat ne manifestât l'ambition de libérer la Terre sainte. L'épisode des croisades en est la preuve. Quand il monte sur le trône de Pierre, la décision de Jean XXII est prise. Il faut mettre fin à l'occupation arabe et chasser les musulmans de Jérusalem. Le pontife, de son vrai nom Jacques Duèse, est un homme déterminé. Il le prouve rapidement. À peine installé, il prend parti dans un ancien conflit qui oppose deux factions au sein de l'ordre des franciscains et sévit avec la plus grande virulence contre la faction désavouée.

Balthasar leva les deux mains en guise de mise en garde.

– Ne me demandez pas, seigneur dom Pedro, de vous expliquer en détail les origines de l'affrontement. Nous nous écarterions de notre sujet.

– N'ayez crainte. Je n'ai jamais rien compris à ces combats théologiques. Continuez, je vous prie.

– Jean XXII aspire donc à libérer la terre qui a vu naître le Christ. Seulement voilà, l'Église ne possède ni les armes ni les armées capables de mener à bien une telle entreprise. Les croisades se sont révélées un véritable désastre. Les princes qui règnent sur le monde temporel sont trop occupés à régler des conflits de rivalité. C'est alors que le nom du prêtre Jean est à nouveau formulé. On débat de la question et l'on arrive à la même conclusion exprimée cent cinquante ans plus tôt : si ce royaume existe toujours, si sa puissance est aussi importante que celle que décrit l'auteur de la mystérieuse lettre, alors tous les espoirs sont permis. Les Arabes seront balayés.

Balthasar fit une pause pour rappeler :

– N'est-ce pas le même raisonnement qui fut formulé par nous-même et par Sa Majesté ?

– C'est exact, admit Afonso. Néanmoins, en ce qui nous concerne, je vous précise que, hormis l'espoir de chasser les Arabes, apparaissait un intérêt supplémentaire : l'existence d'une carte maritime.

– J'y arrive, fit l'Enchanteur.

Il demanda :

– Ne pourrait-on me servir une coupe de vin ? J'ai la gorge sèche.

Gonçalves frappa dans ses mains.

– Du vin ! ordonna le *meirinho-mor*, tandis que Balthasar reprenait son récit.

– Jean XXII décide donc d'envoyer des émissaires.

– Un instant, dit Pedro. Vous avez dit tout à l'heure que le nom du prêtre Jean avait été prononcé. Par qui ? Quel est celui qui, un siècle et demi plus tard, a repensé à cette affaire ?

– Un franciscain qui évoluait dans l'entourage du pape et qui, très certainement, appartenait à la faction privilégiée par le Saint-Père.

Pedro plissa le front.

– Comment pouvez-vous en être si sûr ?

– Parce que je ne vois pas d'autres explications et surtout parce que c'est lui qui va diriger l'expédition en partance pour l'Asie.

– Son nom ?

– Odoric de Pordenone. J'ai eu le plus grand mal à reconstituer son existence ; je n'ai réussi que très partiellement. L'homme est né vers 1286, à Villanova, un petit village du Frioul. Dès l'âge de quatorze ans, il entre dans l'ordre des franciscains. Une vingtaine d'années plus tard, il débarque en Avignon. Il remet le dossier *Presbyteri Joannis* à l'ordre du jour et suggère une nouvelle expédition. Le pontife approuve sans réserve.

– Il part seul ? s'enquit Pedro.

– Non. Un homme l'accompagne. Lui aussi appartient à l'ordre des franciscains. Son nom est Giovanni di Montecorvino. Les instructions du pape sont claires : retrouver le royaume du prêtre Jean et profiter du voyage pour répandre la foi du Christ. Je vous épargnerai la description de ce périple. Sachez seulement qu'il a été rapporté dans un manuscrit, dicté par Pordenone lui-même, et que j'ai eu l'occasion de consulter.

– Vous ? Comment ?

– Je vous expliquerai plus tard dans quelles circonstances cela a eu lieu. Revenons à l'expédition, si vous le voulez bien. La mer Noire, Trébizonde, la Perse, le Farsistan, le Sultaniah, Malabar, Fondaraina au nord de Calicut, puis Cranganore, le long de la côte de Coromandel, puis Meliapur et Ceylan. Les deux missionnaires abordent les îles de Nicobar, gagnent le royaume de Sumoltra. Ils traversent Java, et finalement atteignent la ville de Canton en Chine.

– C'est impressionnant, commenta Pedro. Quand je pense que je n'ai jamais franchi la frontière de notre royaume...

– Ce n'est pas fini. Nos hommes débarquent à Shanghai,

le plus grand port maritime de l'Empire du Milieu. De là, ils partent pour Fu-cheu, et Quinsay, une cité célébrée par Marco Polo. C'est ensuite Nan-King, Yangchufu. Ils remontent le grand canal et le fleuve Hwangho et arrivent à Khan-balig, la capitale du grand Khan. Quelque temps plus tard, on les retrouve sur la petite île de Salcette à l'embouchure du fleuve Ulhas, en Inde. Là, ils récupèrent les reliques de quatre frères franciscains morts en martyrs quelques années auparavant. Il s'agit de Thomas di Tolentino, Jacopo di Padova, Pietro di Siena, et Demetrius de Tiflis. Odoric et son compagnon plient bagage pour le Cathay où les reliques sont enterrées. Inutile de vous préciser que, tout au long de cette épopée, aucune mention n'est faite de l'énigmatique royaume, du non moins énigmatique prêtre Jean. Les deux missionnaires ne se découragent pas pour autant. Ils continuent inlassablement d'écumer la région, jusqu'au jour où, en 1328, Montecorvino décède à Pékin ; mort d'épuisement sans doute. Avant de rendre l'âme, il aura eu la consolation d'être nommé archevêque de la cité.

– Et Pordenone ?

– Il repart de plus belle. Ce n'est que deux ans plus tard, en 1330, qu'il revient en Avignon. Il lui faudra plusieurs jours pour relater son extraordinaire aventure au pape. Le Saint-Père, bien que déçu par l'échec de la mission, lui intime l'ordre de dicter son récit afin que la postérité en conserve la trace. Pour ce faire, il lui propose de collaborer avec un autre franciscain lequel vient justement d'arriver en Avignon...

– Aurelio Cambini !

– Parfaitement. C'est ainsi que sous la dictée d'Odoric, Cambini va rédiger ses Mémoires. Dans le courant de l'année suivante, son travail achevé, Odoric quitte Avignon pour sa ville natale de Villanova. J'ai appris qu'il était mort quelque temps plus tard.

Balthasar poussa un soupir et but une gorgée de vin.

– C'est tout ? se récria Pedro. Je ne vous suis plus. À aucun moment vous n'avez fait allusion à une carte maritime !

– Parce que cela, mon seigneur, fait partie de mes certitudes. Ne vous ai-je pas dit que j'avais réussi à consulter l'original des Mémoires de Pordenone ?

– Mais vous ne m'avez pas expliqué dans quelles circonstances.

L'Enchanteur écarta les bras comme si l'explication coulait de source :

– Avignon.

– Avignon ? Vous vous y êtes rendu ?

Balthasar resta un moment silencieux puis :

– Vingt ans, vingt ans durant j'ai consacré mes jours et mes nuits à la recherche de cette carte, persuadé qu'elle devait exister quelque part. Tout ce que je lisais, et j'en ai lu des pages ! tout me confortait dans ma conviction. Voyez-vous, il n'est pas possible que parmi ces milliers et ces milliers de voyageurs, ces marins, ces marchands qui ont exploré notre monde depuis des siècles, il n'en fût pas un qui eût accompli le grand voyage. Volontairement ou non. Poussé par des vents providentiels, emmené par une tempête, entraîné par des alizés. Arabes, Chinois, Indiens, quelqu'un, un jour, avait dû faire le parcours. Inconscience de ma part ? Utopie ? Allez savoir ! C'est parfois à travers l'utopie que l'on atteint l'inaccessible. Comme vous tous, j'ai pris connaissance de la lettre du prêtre Jean. J'ignore si ce royaume existe encore ou s'il a jamais existé. Je sais seulement que cette lettre a inspiré des expéditions que peu de gens auraient osé entreprendre. J'ai guetté, j'ai espéré qu'un utopiste comme moi organiserait un jour un nouveau voyage. Jean XXII fut celui-là. Dès que j'ai eu vent du retour de Pordenone en Avignon, je me suis précipité pour le rencontrer. Je n'ai pas eu le bonheur de croiser Marco Polo. Mais là, j'avais l'occasion unique de *voir* et *d'entendre* un homme que nous pourrions considérer comme son égal.

— Et vous avez réussi ?

— In extremis. Odoric s'apprêtait à partir pour le Frioul et venait tout juste de finir de dicter son manuscrit. Les feuillets étaient là, sur une table. Sous mes yeux. Pordenone m'a tout de suite donné l'impression d'un être affable, courtois, ouvert. Il avait tant vu, tant vécu ! Ce fut tout naturellement et non sans une certaine fierté qu'il m'a convié à lire son récit. Il m'a salué et je ne l'ai plus jamais revu.

Balthasar prit le temps de boire une rasade et s'informa :

— Mon seigneur, savez-vous ce qu'est un palimpseste ?

Pedro répondit par la négative.

— Le terme vient du grec, *palimpsêstos*, gratté de nouveau. C'est un manuscrit dont la première écriture a été lavée ou grattée pour être remplacée par un autre texte. L'usage est courant, étant donné la rareté du parchemin. Il sautait aux yeux que deux feuillets faisant partie des Mémoires de

La Reine crucifiée

Pordenone avaient été rédigés de cette façon. Le premier
d'entre eux évoquait la rencontre du prêtre avec un marin
chinois du nom de Li Feng, rencontre qui s'était déroulée
dans un grand port situé à l'embouchure de la rivière
Huangpu. Certes, décoder un texte imbriqué dans un autre
n'a rien d'aisé. Je n'ai donc retenu que la substance. En
revanche, l'autre feuillet m'a posé beaucoup plus de diffi-
cultés. Et pour cause, il ne s'agissait pas d'un texte...

— Une carte ! s'écria l'infant.

— Une carte maritime. Je ne suis pas marin, mais je suis
géographe. Il était flagrant que ce que j'entrevoyais n'avait
rien de commun avec les portulans et autres descriptions
que j'avais eu l'occasion d'examiner jusque-là. Certaines
régions du monde, les océans, les mers, étaient disposées
de façon totalement nouvelle. J'en tremblai. Pendant toutes
ces années j'avais rêvé de vivre cet instant. Une question
me taraudait toutefois : « Pour quelle raison Pordenone
avait-il jugé utile de recouvrir ces feuillets et de masquer
une carte aussi précieuse ? » Je ne tardai pas à trouver la
réponse. La porte s'est ouverte. Cambini a fait irruption
dans la pièce. Il m'a littéralement arraché le manuscrit des
mains. Comme je protestais, il m'a lancé : « Ce document
est la propriété du Saint-Siège. »

— Le palimpseste, ne l'avez-vous pas interrogé sur sa présence ?

— Bien entendu. Lorsque je lui ai fait part de mon étonnement, il s'est contenté de me répéter séchement : « Ce
document est la propriété du Saint-Siège. » Et il s'est éclipsé
en emportant bien évidemment le manuscrit.

Balthasar soupira.

– Vous imaginez ma colère et ma frustration ! Pour moi, il ne faisait pas de doute que Cambini était l'auteur du palimpseste. Pour quels motifs ? Lui seul le sait. Le jour même, j'ai tenté d'obtenir une audience auprès de Jean XXII. Elle me fut refusée et l'on me conseilla *amicalement* de ne plus me mêler de cette affaire et de rentrer chez moi.

– Et l'affaire est restée au point mort.

– Jusqu'à ce que l'un de nos espions nous annonce le retour de Cambini en Avignon. La suite, vous la connaissez...

Pedro secoua la tête à plusieurs reprises, consterné.

– Avons-nous la moindre idée de l'endroit où aurait pu se réfugier le franciscain ?

Ce fut Pêro Coelho qui répondit :

– Pas la moindre, Votre Altesse. Mais quelque chose me dit que nous le retrouverons un jour...

21

Montemor, Portugal, mars 1345.

Cinq ans déjà. Cinq fois quatre saisons. L'automne a brûlé les arbres, le printemps les a ravivés. Il y eut de tendres étés et des hivers bienveillants. Deux ans après la mort prématurée du petit Luís, doña Constanza accoucha d'un autre enfant. Une fille cette fois. Elle naquit le 24 avril 1342. On la baptisa du nom de Maria. Inès refusa catégoriquement d'en être la marraine. Soutenue par Pedro, elle ne céda ni aux menaces ni aux supplications. Constanza ne put que fléchir. Comme fléchirent le roi, la reine, les conseillers et l'ensemble de la Cour.

Quelques jours après la naissance de Maria, on apprenait le décès brutal du pape. Benoît XII s'était éteint dans son sommeil. Il s'était sans doute épuisé à la tâche. Un nouveau pape accéda au trône de Pierre. À l'instar de son prédécesseur, il était français. Il s'appelait Pierre Roger. Il adopta le titre de Clément VI.

Aujourd'hui, en cette orée du printemps de l'an 1345, le ciel est clair et la campagne verdoie aux alentours du palais. La nature s'étire et s'ébroue dans une lumière transparente. Un parfum indicible embaume les jardins du palais. Et doña Constanza s'apprête à donner naissance à un nouvel enfant.

– Sublime journée, nota Diogo Pacheco en effleurant du doigt une fleur d'hibiscus.

– Pour nous, sans doute, mais sans effets pour celle qui se tord dans les douleurs de l'enfantement. On pourra tout reprocher à l'infante, mais pas son manque de fertilité. Trois enfants en cinq ans ! Quand je pense que ma tendre épouse n'a pas été capable de m'en donner plus d'un en quatorze années de mariage !

Pêro Coelho haussa les épaules.

– Trois en cinq ans. Il n'y a là rien d'exceptionnel, surtout lorsque l'on sait la rage qui habite la génitrice. Et reconnaissons que le résultat n'est guère satisfaisant : un garçon mort-né. Ensuite une fille. *Que tragédia !* Le roi vit plutôt mal l'absence de descendants. En revanche, ce qui me surprend, c'est l'infécondité de la *senhora* Castro. Crois-tu qu'elle soit stérile ?

– Dans son cas, ce serait plutôt un avantage.

Les yeux de Pacheco s'arrondirent.

– Oui, expliqua Coelho. L'absence de progéniture permet d'éviter que s'abatte sur elle le courroux de Sa Majesté. Tant qu'elle n'aura pas d'enfants, *Gorge de cygne* sera en sursis. J'ai l'impression que le roi s'est fait une raison de la relation qu'elle entretient avec dom Pedro. Je crois même qu'elle l'indiffère. Cependant, malheur au jour où elle enfantera ! Surtout si c'est un mâle.

— Surtout, renchérit Pacheco, si entre-temps l'infante ne l'a pas prise de vitesse.

Coelho fit claquer sa langue.

— Alors là... Tu connais le dicton : *Quanto mais perto da igreja, mais longe de Deus.* « Plus proche de l'église, mais plus loin de Dieu ». Tout est écrit, disent les Maures.

C'est en évoquant la fatalité, que le conseiller, sans le savoir, était le plus proche de la vérité. L'*escrivão da puridade* avait à peine achevé sa phrase, qu'un écuyer se précipitait vers eux.

— *Senhores*, annonça-t-il tout essoufflé. Un drame terrible vient de se produire. Doña Constanza...

— Elle a accouché ? coupa Pacheco.

— Oui, oui, *senhores*. Mais...

— Quoi donc ? Vas-tu parler ?

— Doña Constanza est mourante.

La foudre roulant aux pieds des conseillers n'eût pas produit plus d'effet.

— L'infante est mourante ?

— Oui, *senhores*. Dans l'heure qui a suivi l'accouchement, elle a porté la main à sa poitrine et a perdu connaissance.

Les deux hommes se signèrent en même temps et levèrent les yeux vers le ciel. Coïncidence sans doute, de gros nuages gris et noir étaient apparus et recouvraient l'azur jusque-là immaculé.

Les conseillers remontèrent à grands pas l'allée qui conduisait vers l'entrée du palais où déjà des silhouettes affolées couraient dans tous les sens.

Quand ils arrivèrent devant les appartements de doña Constanza, ils y trouvèrent deux hommes en armes qui montaient la garde devant la porte, le grand *chanceler-mor*, Vasco Martins de Sousa, et Gonçalves qui faisait les cent pas.

— Alors ? s'enquit Pacheco.

Gonçalves adopta une mine de circonstance.

— C'est la fin.

— Malheur..., soupira Coelho. Dire qu'il y a trois jours, elle venait de fêter ses vingt-cinq ans. Dom Pedro a-t-il été prévenu ? Et Leurs Majestés ?

— Dom Pedro est au chevet de son épouse. Je ne sais pas où sont le roi et la reine.

— Et le bébé ?

— Aux dernières nouvelles, il se porte bien.

— Une fille ? Un garçon ?

— Un garçon : Fernando. C'est le nom qu'avait choisi l'infante.

Pacheco poussa un nouveau soupir.

— Dieu soit loué ! Si elle devait mourir, ce ne serait pas pour rien.

L'air de la chambre était lourd, plus pesant que les tentures de velours noir et violet dont on avait obscurci les fenêtres. On avait disposé de grands candélabres d'argent de part et d'autre du lit à baldaquin où était couchée doña Constanza. Était-ce la voix caverneuse du prêtre récitant la prière des agonisants ou le souffle attristé des dames d'honneur qui faisaient vaciller les mèches ? À moins que ce fût le cœur battant de Pedro. Agenouillé au pied du lit, mains jointes, on pouvait décrypter aux mouvements de ses lèvres qu'il priait.

Balthasar, à genoux lui aussi, ne priait pas. Voilà bien longtemps déjà qu'il avait acquis une certitude : l'impossible est affaire de Dieu ; les miracles sont affaires de l'homme. Et la malheureuse doña Constanza n'était plus en état d'accomplir quoi que ce soit.

Le regard orienté vers le prince, Balthasar essayait, mais en vain, d'imaginer les pensées qui devaient caracoler dans son esprit. Se sentait-il coupable ? Libéré ? Doña Constanza en allée, il allait pouvoir vivre sa liaison sans entraves. Pour le meilleur, à moins que ce fût pour le pire.

L'Enchanteur quitta Pedro des yeux et porta son attention sur le prêtre. Celui-ci venait de récupérer une urne emplie d'huile et de baume. Il y trempa son pouce et commença les onctions ; d'abord sur les yeux, ensuite sur la bouche.

Il débita sur un ton monocorde :

– Vois notre sœur, Seigneur, toi qui es tendresse pour les pauvres, espoir pour ceux qui te cherchent, et amour pour tous. Accorde-lui le secours de ton Esprit-Saint, fais grandir en elle la vie de Jésus-Christ qu'il a reçue à son baptême. Car tu n'es pas un Dieu des morts, mais le Dieu des vivants, toi qui règnes pour les siècles des siècles. Amen.

C'est à ce moment que doña Constanza battit des paupières.

Elle murmura :

– Dom Pedro.

Le prince lui prit la main.

– Je suis là. N'aie pas peur.

C'était la première fois en cinq ans qu'il la tutoyait.
Elle poursuivit :

– Je vous le confie... Je vous confie Fernando... Accordez-lui la place qui lui revient...

Il répondit par quelques mots inintelligibles et caressa tendrement le front de l'agonisante. On eût dit qu'elle n'attendait que ce geste pour expirer.

Le roi ordonna une semaine de deuil.

Des courriers furent envoyés à travers tout le royaume et jusqu'en Castille pour annoncer la funeste nouvelle.

Le Vengeur était à table en train de festoyer lorsqu'il en fut informé. Il n'eut pour toute réaction qu'un « Dieu ait son âme ». Le matin même, sa maîtresse, l'ardente Leonor de Guzmán, venait de lui faire un septième enfant. Alors, la tristesse n'était vraiment pas de mise.

Étrangement, mis à part Pedro, c'est le roi Afonso qui donna l'impression d'être le plus affecté par la disparition de la malheureuse Constanza. On le vit arpenter plus d'une fois et longtemps les allées du jardin de Montemor, tête penchée, traits soucieux, mains croisées derrière le dos. Pourtant, un enfant avait vu le jour qui assurait sa descendance et celle de la maison de Bourgogne dont il était issu. Alors, d'où venait son tourment ?

La Reine crucifiée

Depuis une semaine pluie et vent mêlés guerroyaient dans les ruelles. Des bourrasques s'engouffraient à travers les interstices, et sifflaient dans les cheminées éteintes. On n'avait jamais vu pareil déferlement dans la plaine vénitienne.

— Croyez-vous que ce soit la fin du monde ? questionna benoîtement Melchiore de Pordenone en se resservant une cuillerée de polenta.

Aurelio Cambini toussa et cracha dans l'âtre.

Depuis bientôt un mois que son corps était secoué d'affreuses quintes qui lui brûlaient la gorge et les poumons, toutes les décoctions prescrites par l'apothicaire du village n'avaient eu aucun effet, sinon de le plonger dans un état de perpétuelle somnolence. Ce mauvais temps n'augurait pas la fin du monde, mais peut-être la fin de Cambini. Depuis qu'il s'était réfugié ici, tous les jours il s'était posé la même question : devait-il révéler ou non le secret à Melchiore ?

Une nouvelle quinte le saisit, le contraignant à se plier en deux, mains crispées sur le rebord de la table. Une glaire s'écrasa sur ses cuisses, visqueuse et striée de sang.

— Melchiore, dit-il entre deux hoquets. J'ai quelque chose d'important à te dire.

L'homme hocha la tête et fixa l'assiette du franciscain :

— Vous n'avez rien mangé. Ce n'est pas bien...

— Écoute-moi donc ! Il s'agit de ton frère, Odoric.

— Ah ?

Aurelio quitta la table, prit le tabouret sur lequel il était

317

assis puis, sous l'œil circonspect de son hôte, se hissa vers l'une des poutres qui barrait le plafond de part en part. Sa main alla à tâtons le long de la face supérieure. Quand il redescendit, il tenait une enveloppe en peau de chèvre.

— Ouvre grand tes oreilles, recommanda-t-il en posant l'enveloppe sur la table. Ce que je vais te confier te paraîtra obscur. Ce n'est pas grave. Sache simplement que tu n'auras que deux choses à retenir.

Le franciscain fit apparaître sept feuillets qu'il poussa devant Melchiore.

— Ceci déjà.

— Qu'est-ce que c'est ?

— Sept lettres dont je suis l'auteur, et qu'il te faudra impérativement faire parvenir à leurs destinataires. Je t'indiquerai en temps et en heure comment et quand. Tu m'as bien compris ?

— Bien sûr.

Melchiore ânonna :

— « Sept lettres qu'il me faudra impérativement faire parvenir à leurs destinataires. Vous m'indiquerez en temps et en heure comment et quand. »

— Parfait. Maintenant voici le second élément à retenir.

Cambini se racla la gorge :

— Il s'agit d'une carte...

Montemor, Portugal, décembre 1346.

— « *Tu es un jardin bien clos, ma sœur, ma fiancée, un jardin bien clos, une source bien scellée. Tes jets font un verger de grenadiers et tu as les plus rares essences : le nard et le safran, le roseau odorant et le cinnamome, avec tous les arbres à encens ; la myrrhe et l'aloès, avec les plus fins arômes. Source qui féconde les jardins, puits d'eau vive, ruisseaux dévalant du Liban !* »

Inès se retint de pouffer avant de donner la réplique :

– « *Lève-toi, aquilon, accours, autan ! Soufflez sur mon jardin, qu'il distille ses aromates ! Que mon bien-aimé entre dans son jardin, qu'il en goûte les fruits délicieux !* »

Pedro se pencha sur le feuillet que tenait la jeune femme et déclama à son tour :

– « *J'entre dans mon jardin, ma sœur, ma fiancée, je récolte ma myrrhe et mon baume, je mange mon miel et mon rayon, je bois mon vin et mon lait.* »

– Arrête, mon amour ! Ce texte est incroyablement impudique.

L'infant récupéra le feuillet qu'il balança sur l'herbe et prit Inès fougueusement entre ses bras.

– Impudique ? Sûrement, pour qui sait déchiffrer le double sens des mots. Mais seul un esprit impudique en serait capable. As-tu cet esprit, ma bien-aimée, ma sœur ?

– Quand l'as-tu écrit ?

– Hélas ! Je n'en suis pas l'auteur. Mais j'aurais pu.

– Qui alors ?

– Un roi !

Inès le considéra avec incrédulité.

– Oui, reprit Pedro. Un roi qui a vécu il y a bien longtemps. Avant même que naisse le Portugal. Bien avant.

– Son nom ?

– Salomon.

— Celui de la Bible ? Impossible ! Le texte est bien trop licencieux !

— Pourtant, c'est la stricte vérité. Ce qui prouve que même les rois peuvent être amoureux... et lyriques par conséquent.

Recouvrant son sérieux, il ajouta :

— Mais aucun n'aura jamais aimé autant que je t'aime. Ni hier ni demain.

Il posa ses lèvres dans le cou d'Inès et chuchota :

— Je t'aime, *Gorge de cygne...*

Le regard de la jeune femme s'assombrit une fraction de seconde.

— Mais pour combien de temps encore ?

Il la dévisagea, surpris.

— Étrange question. Douterais-tu de moi ?

Elle se détourna.

— Que se passe-t-il, Inès ? Je connais par cœur les moindres frémissements de ta voix.

— Pour une fois tu te trompes. Tout va bien.

Elle se leva et mit de l'ordre dans ses vêtements.

— Rentrons. Le soleil se couche. J'ai un peu froid.

Il emprisonna son bras.

— Tu n'as pas oublié que je partais demain aux aurores et que je serai absent pour longtemps ?

— La chasse, oui. Tu accompagnes ton père.

— Il l'a exigé. J'ai été obligé de céder.

— Tu as bien fait.

Elle fit mine de partir. Il la retint.

— Alors, dis-moi maintenant quelles pensées te tourmentent. Ne laisse pas l'inquiétude t'envahir.

Elle lui offrit un sourire rassurant :
— Je t'ai répondu, Pedro. Tout va bien. N'essaie donc pas de lire ce qui n'est pas. Viens. J'ai froid.

Il y avait eu ces étoiles qui palpitaient au-dessus du campement et le scintillement de la nuit. Les braises rougeoyantes. L'odeur de chair brûlée. Les restes du chevreuil capturé, découpé en pièces, dont s'étaient repus les veneurs et les chiens. Il y avait eu ces maisons blanchies à la chaux vive, aux fenêtres carmin ; les *ermidas*, ces chapelles votives couchées en solitaires dans l'écrin des collines ; les citadelles-sentinelles au sommet de la *serra* orientale, ce pilori entrevu sur la place d'Estremoz, à l'extrémité duquel se balançait un voleur encagé, exposé à la vindicte publique ; il y avait eu encore ces troupeaux de porcs noirs bousculés dans la lande et ce soir, enfin, cette halte à l'ermitage de São Paulo.

Les équipages dormaient à poings fermés, les chiens, roulés en boule, ne couraient plus. Le roi s'était isolé sous sa tente et seul Pedro, assis près des flammes, était éveillé. D'où venait ce mal qui, depuis la bataille d'Alcoutim, s'était emparé de lui et qu'il n'arrivait pas à identifier ? Cette fois-ci ce n'était pas l'odeur du sang humain et les traits convulsés des soldats transpercés par son glaive qui l'avaient enivré, mais la vision de ces bêtes innocentes massacrées. Pourquoi ? Une part dormante de son être se serait-elle brutalement éveillée, et avec elle des relents de cruauté emmenés d'un temps où l'on se délectait de sacrifices humains, où l'homme sauvage et inculte se réjouissait de causer la mort ? En lui, Pedro ? Lui qui, à ce jour, ne s'était plu que dans le chant des mots et les métaphores poétiques, voilà qu'il se mettait à ressembler à son père. Non ! Jamais !

Il récupéra sa couverture et s'allongea près du feu. Dormir. Le sommeil serait salutaire. Il est bien connu que la nuit est propice aux fantômes ; s'il réussissait à s'endormir, demain il aurait oublié.

– Seigneur Pedro !

– Massala ? Que fais-tu ici ?

L'esclave avait la barbe couverte de poussière. Ses yeux cerclés de bistre trahissaient une grande fatigue. De toute évidence, il avait dû galoper bride abattue, pour arriver jusqu'ici, sans se ménager.

Il s'agenouilla près de l'infant.

– Il s'agit de doña Inès.

Pedro se dressa.

– Il lui est arrivé quelque chose ?

Le Berbère hésita avant de répondre.

– Je ne sais comment vous dire... Vous ne me tiendrez pas rigueur de...

– Parle !

– Voilà, seigneur. Voilà. Au lendemain de votre départ, doña Inès est venue me rendre visite et avant même de me révéler la raison de sa démarche, elle m'a fait jurer d'en garder le secret.

Massala eut une moue contrariée.

– Allah me pardonne. Mais ainsi qu'il est écrit : « Seigneur ! Ne nous impose pas ce que nous ne pouvons supporter. »

– Vas-tu parler ?

– D'après doña Inès, une damoiselle de ses amies aurait été déshonorée par un gentilhomme de la Cour. Ce gentilhomme serait un triste sire qui n'a plus l'intention de respecter ses engagements. La malheureuse est désespérée et serait prête à commettre l'irréparable. Doña Inès m'a demandé si, à tout hasard, je n'avais pas ouï dire s'il se trouvait parmi les serviteurs ou les servantes du palais une personne qualifiée qui...

– Une avorteuse ?

– C'est le mot.

– Quel est le nom de cette damoiselle ?

– Je ne sais pas. Doña Inès n'a pas souhaité me le révéler.

– C'est pour me raconter cette histoire que tu as fait tout ce voyage ?

Le Berbère fourragea nerveusement dans sa barbe.

– À vrai dire, seigneur... Je ne sais comment l'exprimer. Je connais un peu les êtres humains, les femmes en particulier. J'ai bien observé doña Inès pendant qu'elle me parlait. Son expression habituellement si pure semblait moins tranquille. Un pressentiment.

– Tais-toi !

Pedro ferma les yeux et se laissa envahir par la dernière image qu'il avait emportée d'Inès.

– *Je t'aime, Gorge de cygne.*

– *Mais pour combien de temps encore ?* »

Le prince bondit sur ses pieds et s'écria :

– Viens, Massala ! Il n'y a pas un instant à perdre !

Quand l'aube se leva, le roi donna le signal du départ pour la *serra* de Ossa. C'est au moment où il allait éperonner sa monture qu'il s'aperçut de l'absence de dom Pedro.

Frioul, village de Villanova, ce même jour.

Melchiore ferma respectueusement les yeux de Cambini et s'agenouilla.

C'est curieux, pensa-t-il, comme l'expression de ce franciscain est tourmentée. Melchiore avait déjà vu des morts. Toujours il avait constaté qu'au moment ultime une tension quittait leur visage. La sérénité transparaissait. La tranquille reconnaissance devant la fin des souffrances terrestres. Tandis que sur ce visage-là, tout n'était que crispation, comme si après avoir franchi la porte du ciel, confronté au Créateur, Cambini s'était vu rejeté. Bizarre.

Melchiore se releva et marcha vers la table où étaient étalées une carte maritime ainsi que les sept missives rédigées par le défunt. Il n'avait rien compris, ou si peu de chose, à cette histoire de prêtre Jean, de *zelanti* opposés aux *conventuels*, rien compris non plus à ces malédictions proférées par le franciscain à l'encontre de l'Église. Sans doute l'homme avait-il ses raisons. Pourquoi chercher plus loin ? Après tout, Aurelio n'avait-il pas été l'ami d'Odoric, son frère ? L'un et l'autre étaient des savants. Melchiore n'était qu'un modeste paysan. D'ailleurs, si Melchiore éprouvait un doute quant à sa faculté d'appréhender certaines choses, il lui suffisait de voir à quelles prestigieuses personnalités ces lettres étaient destinées pour être définitivement convaincu que les grandes entreprises de ce monde seraient toujours hors de sa portée.

Il saisit la liste des noms et la relut pour la quatrième fois.

Sa Sainteté le pape Clément VI
Sa Majesté, Philippe VI, roi de France
Sa Majesté Edouard III, roi d'Angleterre
Sa Majesté Constantin XI, Dragasès, empereur de Byzance
Sa Majesté Afonso IV, roi de Portugal
Sa Majesté Afonso XI, roi de Castille et de León

Finalement, seul le septième destinataire appartenait au commun des mortels. Il s'agissait du père Luigi Cremonte, supérieur du monastère franciscain de Tergeste. À quelques lieues d'ici. Plus d'une fois, au cours de son séjour, Cambini s'était rendu là-bas. Melchiore n'avait pas saisi la raison de ces mystérieux déplacements, mais depuis quelques jours les choses étaient claires : c'était le père supérieur qui se chargerait de faire parvenir les lettres par le biais de ses *porte-rouleaux*. Des messagers, avait expliqué Cambini, qui sont aux abbayes et aux monastères ce que les chevaucheurs sont au roi.

Melchiore poussa un profond soupir. La tâche dont il héritait était bien compliquée.

22

Salle du Consistoire, Palais épiscopal, Avignon, juin 1347,

Clément VI fulminait.

Assis, face à lui, la quarantaine de prélats convoqués d'urgence ne disaient mot. À quoi eût-il servi de protester ? Lequel d'entre eux aurait eu ce courage ? Quand bien même ce téméraire se serait manifesté, il n'aurait sûrement pas appartenu au groupe des vingt-cinq cardinaux, tous français, qui devaient leur promotion au nouveau pontife ; vingt-cinq, dont douze étaient même de ses proches parents.

— Comment ? Comment a-t-on permis que se produise pareille bévue ?

Le pontife brandit un parchemin.

— Vous avez lu cette lettre ? L'avez-vous lue ?

Il fouilla dans la poche de sa soutane immaculée et récupéra ses lunettes.

— « *À tous les podestats et consuls, prélats et monarques en tout lieu de l'univers, et à tous ceux auxquels cette lettre parviendra, moi, Aurelio Cambini, frère franciscain, votre*

*petit et méprisable serviteur dans le Seigneur Dieu, vous sou-
haite salut et paix.*

Réfléchissez, et voyez que le jour de la mort est proche !

Vous avez trahi. Trahi et bafoué la cause divine, dévorés que vous êtes par l'ambition, la vanité, la concupis-
cence et les biens matériels de ce bas monde. Vous vous
complaisez dans vos ors et vos palais, tel le porc dans sa
fange. Vous vous êtes détournés de Dieu et de ses commandements. Vous avez détourné l'enseignement du
Christ, Notre Sauveur, qui recommandait vœu de pauvreté. À cause de cela vous serez maudits ! Car il est écrit
que tous ceux qui oublient le Seigneur et se détournent
de Ses commandements sont maudits, et lui-même à
son tour les oubliera. Quand viendra le jour de leur
mort, tout ce qu'ils pensaient posséder leur sera enlevé.
Plus ils furent savants et puissants en ce monde, plus ils
auront de tourments à subir dans l'enfer !

Vous avez menti ! Menti en laissant croire qu'un
royaume chrétien existait quelque part dans le monde
connu : le royaume du prêtre Jean. Faux ! Faux ! Misé-
rables que vous êtes ! Ce sont vos suppôts qui rédigèrent
cette lettre à l'instigation du pape Lucius II. Et tous ses
successeurs, bien que mis au courant perpétuèrent
l'ignoble supercherie. Ils ont laissé faire. Pire ! Ils ont
envoyé de pauvres malheureux s'égarer sur les routes, sur
les mers, mourir au fin fond des abysses, dans le seul
but d'entretenir la rumeur. Parmi ces infortunés, il y eut
mon très cher ami, Odoric de Pordenone. Vous trouverez

ci-joint copie des correspondances échangées dans le plus grand secret entre les prélats impliqués dans cette monstrueuse machination. *Ces pièces appartenaient au dossier 1247B, répertorié sous le nom de Presbyteri Joannis, retrouvé, par la grâce de Dieu, dans les archives du Latran. Et surtout ne vous risquez pas à nier leur authenticité ! N'osez pas ! Les originaux sont en lieu sûr. Ils apparaîtront au grand jour si besoin s'en faisait sentir.*

Vous avez délibérément permis que cette croyance se répande dans le seul but de maintenir votre emprise sur le monde chrétien. Tant que l'espoir régnait de libérer la Terre sainte, tant que vous entreteniez le doute, votre puissance demeurait intacte. Malheureux que vous êtes !

Par la présente, je vous somme de vous dépouiller de toutes ces plaies que sont les biens matériels, vos richesses, vos possessions, vos terres. Priez ! Suppliez Dieu pour qu'Il vous accorde son pardon et qu'Il vous autorise à recevoir le très saint Corps et le très saint Sang de notre Seigneur Jésus-Christ, en souvenir de lui.

À l'intention du peuple qui vous est confié, rendez au Seigneur ce témoignage de vénération : chaque soir faites proclamer par un crieur public, ou avertissez par quelque autre signal, que vous vous plierez à cette sommation. Si vous ne le faites pas, sachez que vous devrez rendre compte au jour du Jugement devant le Seigneur votre Dieu Jésus-Christ.

Frère Aurelio Cambini à Villanova, Frioul.

Le pape s'efforça de reprendre son souffle.

– Des copies de cette lettre ont été expédiées au roi de France, d'Angleterre, du Portugal, de Castille et à l'empereur de Byzance ! Imaginez l'affront ! Vous savez ce qu'il nous reste à faire, je suppose ?

Il n'y eut pas de réponse.

– Démentir ! s'exclama Clément VI. Démentir à tout prix ! Répandre l'idée que nous avons affaire à un faible d'esprit ou un dément ! Vous avez le choix !

Un cardinal risqua :

– L'auteur... ce franciscain. Il a laissé entendre que si nous venions à le contrarier, les originaux...

Le pape renversa la tête en arrière et fixa le plafond.

– Vous n'avez donc rien compris ? Je vous répète qu'il faut nier.

Il se redressa.

– Nier tout en vrac ! Qui donc serait capable de certifier que même les originaux ne sont pas des faux élaborés de toutes pièces ? Qui ? Qui mettra en doute la parole du Saint-Père, la mienne en l'occurrence ? Niez ! Niez tout !

Le silence retomba, à peine brisé par la rumeur des travaux que le prélat avait repris à son compte après la disparition de Benoît XII.

– Quelqu'un, continua Clément VI, quelqu'un a-t-il réussi à obtenir des informations sur cet individu ?

– Oui, Votre Sainteté. Par bonheur, nous avons retrouvé sa trace grâce à deux indices mentionnés dans la lettre ; ceux qui font mention d'Odoric de Pordenone et du village où Cambini résidait. Villanova, près de Tergeste. L'un de nos envoyés s'est rendu sur place.

– Et ?

– Aurelio Cambini est mort. Il vivait chez le frère d'Odoric. Notre homme de confiance s'est rendu au cimetière et il a vu sa tombe.

Un éclair de soulagement détendit la figure du pape.

– Voilà une excellente nouvelle ! L'infâme personnage ne pourra plus nous nuire. Et qu'en est-il du frère d'Odoric ? Est-il au courant de quelque chose ?

– C'est un simple d'esprit. Nous n'avons rien pu en tirer, mais il a confirmé que Cambini avait bien résidé chez lui.

Clément VI leva la main et d'un geste ample et recueilli bénit l'assemblée.

– Allez en paix, mes frères. Et n'oubliez pas : niez, niez tout, même la tête sur le billot !

Montemor, Portugal, juillet 1347.

Le roi Afonso IV s'esclaffa.

– N'est-ce pas vous, Coelho, qui il y a bientôt un an aviez lancé à propos de ce franciscain de malheur : « Quelque chose me dit que nous le retrouverons un jour » ? Eh bien, vous aviez raison !

– Qui aurait pu imaginer ? balbutia l'*escrivão da puridade*. Cette lettre est à peine croyable !

Le souverain repartit d'un grand éclat de rire.

– Une fumisterie ! Une mystification ! Grandiose ! Le royaume du prêtre Jean, un royaume fantôme ! Si cette farce ne nous avait pas coûté si cher, j'oserais applaudir son auteur.

331

Balthasar, la mine sombre, fit remarquer :

– Ne vous en déplaise, Majesté, ce règlement de comptes interne à l'Église ne prouve en rien que la carte n'existait pas. D'ailleurs, Cambini se garde bien d'en faire état dans sa missive. Or cette carte, je l'ai vue ! Vue de mes propres yeux ! Elle existe !

Le visage d'Afonso redevint grave. Il répliqua avec dureté :

– Parfait, *senhor*, alors allez-y ! Partez à sa recherche !

À Londres, à Byzance, à la Cour de France et en Castille, les monarques s'interrogèrent : devaient-ils rire ou pleurer ?

Les frères d'Inès, eux, ne furent pas confrontés à la question, ils étaient bien trop occupés à essuyer le feu des critiques ; celles d'Afonso XI essentiellement.

Montemor, août 1347.

Avec mille et une précautions, Pedro souleva le bébé hors de son berceau et le serra contre sa poitrine.

– Béatrice, chuchota-t-il, Béatrice, fille d'Inès de Castro et de dom Pedro. Tu as les yeux émeraude de ta mère et la noirceur des cheveux de ton père.

Il regarda Inès avec un air de reproche.

– Si Massala ne m'avait pas prévenu... Comment as-tu pu envisager de me priver d'un si grand bonheur ? Quand je pense qu'il y a quelques mois tu as failli...

– Je t'en prie. Tu avais promis que nous ne reparlerions plus jamais de ce moment d'égarement.

– Tu as raison. Néanmoins, réponds à une dernière question, une seule.

Il déposa le bébé dans son berceau et se rapprocha d'Inès.

– Tu étais sérieuse ? Tu étais vraiment déterminée à sacrifier notre enfant ?

Elle répondit sans l'ombre d'une hésitation :

– Oui.

– Par peur ?

– La peur de donner naissance à un garçon. La peur que ton père, la Cour y voient une menace pour Fernando.

Il se récria :

– C'est absurde ! Le fils de Constanza n'est-il pas aussi mon fils ? Au nom de quoi l'aurais-je dépossédé de ses droits au bénéfice de notre enfant ?

Elle baissa la tête, presque honteuse.

– À cause de notre amour, Pedro. Du moins je l'ai cru. Cet amour n'est-il pas démesuré ? Ne nous fait-il pas accomplir les pires folies ? J'ai seulement voulu te protéger de toi-même. Pardonne-moi.

Il la contempla en silence, incapable de déterminer si elle avait tort ou raison.

– Tu es belle, dit-il doucement. Tu n'as jamais été aussi belle. Je...

Il n'acheva pas sa phrase. On frappait à la porte.

– Entrez ! ordonna Pedro.

Un écuyer glissa la tête dans l'entrebâillement.

– Mon seigneur, Sa Majesté vous attend de toute urgence dans la salle du Conseil.

– Maintenant ?
L'écuyer confirma.

Lorsque Pedro pénétra dans la salle, il nota tout de suite la présence de Gonçalves, Pacheco et Coelho ainsi que celle de l'Enchanteur. S'il en fut surpris, il n'en laissa rien paraître. Il remarqua aussi le visage fermé du roi et l'atmosphère tendue qui régnait dans la pièce.

– Vous m'avez mandé, père ?
Le souverain désigna un siège.
– Prenez place.
Les doigts d'Afonso tambourinaient sur la table, alors que dans le même temps il détaillait son fils comme s'il le voyait pour la première fois.
Après un bref silence, il s'informa laconiquement :
– Votre fille se porte-t-elle bien ?
– Grâce à Dieu, oui, père.
– Vous avez estimé honorable de lui donner le prénom de mon épouse, la reine, votre mère.
– Honorable ? N'est-ce pas un grand honneur... que...
Il dut reprendre sa phrase :
– N'est-ce pas un grand honneur que de lui accorder prénom aussi sacré ?
Un masque de glace recouvrit la figure d'Afonso.
– Que je sache, vous avez nommé votre première fille Maria. Dois-je en déduire que vous l'avez jugée indigne, elle, de la faveur accordée à la fille de votre maîtresse ?
– Maria... le choix ne fut pas de moi, mais de Constanza. Je... Je ne... Je ne m'y suis pas... opposé.

334

Les doigts du souverain s'immobilisèrent.

– Arrêtez ce bégaiement !

Quelqu'un gloussa. Était-ce Pacheco ? Ou l'un des deux autres conseillers ? Balthasar eût été indigne de ce genre de réaction. Pedro sentit ses joues qui s'empourpraient. Il serra les poings.

Le roi enchaînait :

– Ma décision est prise ! La présence de doña Inès de Castro en notre palais n'est plus souhaitable.

Pedro vacilla.

– Quoi ? Que dites-vous ?

– Non seulement elle n'est plus souhaitable, mais nous la jugeons indésirable et nuisible. Dans ces conditions, vous informerez cette personne qu'elle a ordre de quitter le Portugal. Nous la condamnons à l'exil.

Dom Pedro bondit vers le roi.

– NON ! Vous ne pouvez pas !

Le souverain se dressa.

– Je ne peux pas ?

– Père, Majesté... je vous en conjure...

Pedro fit un pas de plus. La main d'Afonso le repoussa.

– À partir de demain, doña Inès sera tenue de quitter notre terre et de rentrer en Castille. Je ne veux plus la voir !

– NON !

– Silence !

– NON ! Vous n'avez pas le droit ! Inès est mienne. Je la suivrai ! Fût-ce en enfer.

– Suivre une catin !

L'infant leva le front et lança sur un ton de bravade :

– La nature nous a fait du même sang ! D'origine royale, descendante d'un roi, elle est digne d'un roi !

– Une catin !

– UNE REINE !

Afonso esquissa un geste vers son épée. Affolé, Balthasar s'interposa. Aucun des trois conseillers n'avait jugé utile d'intervenir.

– Calmez-vous, Votre Majesté, implora l'Enchanteur. C'est votre fils.

– Mon fils ?

Pedro fit un pas en arrière.

– Ma position est claire, annonça-t-il. Si vous exilez Inès, vous m'exilez.

– Des menaces à présent ? Eh bien partez ! Partez, dom Pedro !

– Ne me mettez pas au défi ! Je...

Balthasar l'interrompit et s'adressa au roi :

– Majesté, souvent les mots dépassent nos pensées. Effacez de votre mémoire les propos de dom Pedro.

Il suggéra discrètement :

– Ne pourrions-nous envisager une solution intermédiaire ?

Le roi se laissa choir lourdement dans son fauteuil et attendit la suite. Mais l'Enchanteur s'était tourné vers l'infant.

– Écoutez-moi, seigneur. Il n'est pas bien qu'un fils s'oppose à son père. Si Sa Majesté exige le départ de doña Inès, cette exigence doit être respectée.

– Je...

— Laissez-moi finir ! Accepteriez-vous que cette femme se retire, sans pour autant quitter le Portugal ?

Pedro fixa son père longuement.

— S'il ne me reste pas d'autre choix, la réponse est oui.

— Alors, qu'elle s'en aille ! tonna le souverain. Emportez-la où bon vous semblera. Mais j'y mets une condition !

— Laquelle ?

— Qu'il n'y ait pas moins de cinquante lieues [1] entre elle et vous ! Vous m'entendez ? Pas moins de cinquante lieues !

L'infant continua de toiser son père avant de céder.

— Il sera fait selon votre désir.

La reine jeta un coup d'œil mélancolique vers la fenêtre ouverte sur le ciel nocturne. Un air chaud s'était glissé dans la chambre. Elle saisit son éventail et le déplia d'un coup sec. Pas moyen de trouver le sommeil.

Elle avait bien essayé de parler avec Pedro pour savoir où il avait l'intention d'emmener Inès. Mais celui-ci avait catégoriquement refusé de répondre, se réfugiant derrière des questions qui revenaient comme un leitmotiv. *Pourquoi ? D'où venait cette hargne qui habitait le roi ? Constanza n'était-elle pas morte ? Pedro n'était-il pas libre ?*

Et Béatrice n'avait rien dit. Elle connaissait les réponses pourtant. Mais elle n'avait rien dit.

Elle se leva, marcha jusqu'à la porte qui communiquait avec la chambre du souverain. Elle posa sa main sur la poignée et se ravisa. À quoi son intervention servirait-elle ?

---

1. Deux cents kilomètres.

De toute façon, Afonso devait dormir à poings fermés. Elle pouvait entendre son souffle rauque à travers le battant.

Afonso dort, en effet. Mais son esprit remonte le fleuve du temps.

Le ciel est jaune et la terre bleu métal. Les arbres statufiés ne respirent plus. Pas une brise, pas un souffle. Gnomes et succubes se battent à coups de fléaux, et menacent de mettre le feu à tout le royaume. Des enfants grimacent, hurlent des imprécations dans les couloirs du château.

Afonso pousse la porte de la salle du Conseil. Il n'a pas un regard pour son père et s'attable, sourire aux lèvres, près d'un conseiller.

La voix du roi Denis le rappelle aussitôt à l'ordre.

— Dom Afonso ! Voilà plus d'une heure que nous vous attendons ! Une heure ! Vous auriez pu changer de vêtements avant de vous présenter ! Dans quel état vous êtes ! Crotté comme un garçon d'écurie !

— Je rentre de la chasse, père.

— La chasse ! La chasse ! Ne voyez-vous pas que c'est une perte de temps ! Vous pourriez au moins consacrer quelques heures à la lecture et aux affaires du royaume !

Afonso ironise :

— La lecture de vos poèmes ? J'ai bien essayé. Le sommeil a vaincu ma persévérance. À mon avis...

— Silence ! Vous pourriez au moins présenter vos excuses à l'assemblée !

Afonso se lance dans une caricature de révérence.

— *Pardon*, senhores, *j'ignorais que ma présence fût à ce point indispensable.*

Il désigne un tout jeune homme assis à la droite de son père.

— *Sanchez n'est-il pas là ?*

— *Je ne vois pas le rapport !*

— *Vous me surprenez ! Auriez-vous oublié que dom Sanchez est aussi votre fils ? Mon demi-frère ?*

Denis serre les dents.

— *Il l'est en effet. Et lui ne passe pas ses journées à la chasse ! Lui est respectueux des us de la Cour et n'a pas la discourtoisie de faire attendre le roi et ses conseillers.*

Afonso ricane.

— *Comme à l'accoutumée, vous n'estimez que les gens qui sont à votre botte ! Désolé, je n'en fais pas partie !*

Un mouvement se produit dans la salle.

Les conseillers se sont levés comme un seul homme.

— *Désolé, Sire, déclare l'un d'eux. Nous ne pouvons tolérer l'injure.*

Il salue et se retire à reculons, imité par ses compagnons.

— *Voyez ! gronde le roi Denis. Voyez comme on vous méprise ! Vous ne semez que discorde et colère dans ce palais. Quand changerez-vous ? Quand prendrez-vous conscience du rôle qui est le vôtre ? Vous allez avoir trente ans ! Quand ?*

Afonso apostrophe le jeune homme toujours silencieux.

— *Serais-tu devenu muet, Sanchez, mon frère ? D'avoir été nommé Grand Majordome du palais te paralyse-t-il la langue ?*

Un gnome vient de coller son nez contre le carreau d'une fenêtre.

Sanchez part d'un rire nerveux.

— *Est-ce ma faute si notre père vous a jugé indigne d'occuper cette fonction ?*

Le gnome s'esclaffe.

Afonso quitte la table, la contourne et marche vers son demi-frère.

— *Pauvre imbécile ! Sais-tu comment on surnomme notre père dans les rues de Lisbonne ? « Le faiseur de bâtards ! »*

Il crache par terre. Et répète, mais cette fois à l'intention du souverain :

— *Faiseur de bâtards !*

Denis n'est qu'indifférence.

— *Aboyez donc, puisque vous êtes incapable de mordre !*

— *Oh ! Que si ! Je peux mordre. Ne me poussez pas à vous en faire la démonstration !*

Le jeune Sanchez rassure le souverain sur un ton plein d'afféterie.

— *Ne vous inquiétez pas, père. Je ne permettrai pas que l'on vous fasse du mal.*

Le roi tapote la main du jeune homme.

— *Point de crainte à avoir.*

— *Filho da puta ! hurle Afonso.*

Il brandit le poing sous le nez du souverain.

— *Mon cher père, vous allez voir si je ne suis pas capable de mordre ! C'en est assez ! J'exige ce qui me revient de droit. Vous préférez ce bâtard à votre propre fils ? Vous lui accordez tous les honneurs ? C'est votre droit. Le mien est de le récuser ! Ne vous en déplaise, la couronne sera mienne. Si vous n'avez jamais été témoin d'un royaume mis à feu et à sang, eh bien, gagnez le sommet de la plus haute tour de ce château et ouvrez grand les yeux.*

Les gnomes applaudissent à tout rompre.

Les succubes poussent des cris de triomphe.

Le Portugal s'embrase maintenant. Le père et le fils ont ouvert les portes de la Géhenne. Ce n'est plus le Tage, mais le Styx et le Léthé qui coulent le long des vallons désolés. Des Harpies traversent l'azur prêtes à planter leurs serres dans la poitrine de tous les enfants illégitimes.

Haletante, éperdue, accourue de Coimbra où règne la plus sauvage des violences, la reine Isabel, la sainte Isabel, s'écartèle au milieu du ciel, bras en croix pour tenter de s'interposer entre son époux et son fils. En vain.

Le pape en personne adjure Afonso de mettre fin à l'horreur. Il lui écrit. La lettre de Jean XXII est là, sous les yeux du prince. On peut y lire qu'aucune demande de légitimation n'a été formulée par le roi Denis. Sanchez n'héritera pas du trône.

Afonso n'en croit pas un mot.

La lutte acharnée se poursuit. Un an, deux ans, trois ans.

Un bivouac au milieu d'une plaine.

La terre est rouge sang.

Afonso fait les cent pas sous sa tente. Il maudit, il vitupère contre son père et le monde. Il vocifère.

— Arrête, Afonso ! Arrête par pitié ! supplie la reine Isabel.

— Ne t'en mêle pas, mère. Tu n'as que trop toléré les maîtresses de cet individu. Aujourd'hui, c'est aussi ton honneur que je venge !

— Pitié ! Pitié pour le Portugal. Pitié pour moi !

Finalement, Afonso cède aux suppliques de sa mère. Le père se retire à Leiria ; le fils à Pombal. Généreusement, et pour persuader Afonso de ses bonnes intentions, Denis lui accorde la seigneurie de Coimbra, Montemor et Porto. La réconciliation est prononcée devant l'autel. De grandes réjouissances sont ordonnées dans tout le royaume.

Les Harpies déçues se retirent.

Le Styx et le Léthé rendent son lit au Tage.

Pas pour longtemps.

Un an plus tard, la folie d'Afonso le reprend. Tant qu'il n'aura pas eu la peau de son père et celle de Sanchez, le bâtard, il ne trouvera pas le sommeil.

Mutiné à nouveau, le voici qui marche sur Lisbonne, et son père part à sa rencontre, après l'avoir maudit.

Les adversaires se heurtent à Alvalade.

Flèches et pierres recommencent à pleuvoir.

Mais quelle est donc cette silhouette qui se fraye un chemin parmi les hommes de troupe ? Quelle est cette femme qui s'avance à dos de mule entourée de six cavaliers ? La reine ? Mais oui. Isabel encore elle. La Pacificadora. *Elle se campe entre les deux armées. Le combat n'aura pas lieu. Mais, cette fois, le père et le fils ne se réconcilieront pas.*

Lorsqu'il s'éteint, avec ce poignard dans le cœur, le roi Denis laisse son œuvre à un fils qui le hait. Plus que l'âge – il a soixante-quatre ans – plus que les fatigues d'un long règne, c'est ce tourment qui l'emporte dans la tombe.

Maintenant, il faut s'occuper du bâtard.

Vite ! Lui confisquer tous ses biens ! Sanchez résiste. Il prend les armes. La terre portugaise s'embrase à nouveau. Elle s'embrasera trois ans. Et c'est une fois encore la sainte Isabel, la Pacificadora *qui intervient et réussit à instaurer la paix entre les frères ennemis, contraignant Afonso à restituer tous ses biens au bâtard.*

La Reine crucifiée

L'aube est revenue. Le calme aussi. Le Portugal reprend son souffle.

Le souverain est allongé, bras repliés sur sa poitrine. La reine Isabel a rassemblé, autour de son lit de mort, tous les bâtards qu'elle appelle ses fils.

Afonso pousse un hurlement d'animal blessé et se dresse dans son lit.

Il a le visage noyé de sueur. Il tremble. Il gémit.

Ce cauchemar. Toujours le même. Mais est-ce bien un cauchemar ?

Le visage de Pedro s'est juxtaposé sur celui de Denis.

23

Dans un tourbillon de sable et de poussière, l'équipage, tiré par quatre chevaux alezans, s'immobilisa devant le portail du couvent de Santa Clara.

Dom Pedro en descendit le premier et tendit la main vers Inès. Elle confia l'enfant qu'elle tenait dans ses bras à sa suivante et posa un pied sur le sol :

– C'est donc ici que je vivrai, désormais, dit-elle avec un sourire un peu las. Je serai bien loin de Montemor.

– À cinquante-six lieues très exactement. Les désirs de mon père sont respectés à la lettre.

Il chercha Massala des yeux. Le Berbère venait de descendre de sa monture.

– Que les laquais s'occupent des malles. Accompagne la suivante et l'enfant. La supérieure du couvent est prévenue.

Il entraîna doucement la jeune femme au sommet d'une pente verdoyante. Au pied d'un cèdre majestueux, on pouvait voir le paysage qui s'étirait à l'infini, coupé par la ligne sinueuse du Mondego. Le fleuve courait entre les rives ocre. Il traversait Coimbra avant de s'en aller mourir vers la mer.

– Tu apprendras à aimer ce lieu, dit Pedro. Il est digne

d'une reine puisque quatre rois y ont vu le jour. Lorsque mon ancêtre, dom Henriques, décida de transférer la capitale du royaume au sud de Guimarães, c'est sur Coimbra que se porta son choix. Quant au couvent...

Il se tourna vers l'austère bâtisse.

— Il est sans doute l'endroit le plus sacré à mes yeux. Je ne sais si tu t'en souviens. Je t'avais confié, il y a longtemps, que ma grand-mère, la sainte Isabel, avait fondé Santa Clara et qu'elle avait même pensé y finir ses jours.

— Bien sûr. Je m'en souviens. C'est le matin où tu m'as emmenée à Estremoz, dans cette chapelle où j'ai dû gravir je ne sais combien de marches.

Pedro glissa son bras autour de la taille de la jeune femme.

— Un jour. Un jour, je t'en fais le serment, nous vivrons libres.

— Un jour, demain, dans mille ans. Quelle importance ? Depuis sept ans que je t'appartiens le temps s'est arrêté.

— Viens. Je vais te présenter à mère Filippa, la supérieure du couvent.

Mère Filippa les attendait devant le portail du couvent. La tête recouverte d'une coiffe noire. Sèche, le visage pointu parsemé de ridules ; elle n'avait pas quarante ans et elle en paraissait dix de plus. Elle salua le prince avec juste ce qu'il fallait de respect et détailla Inès d'un œil instigateur. On la sentait sur ses gardes.

— Mes respects, *madre*, voici doña Inès de Castro. Elle vivra parmi vous désormais. Elle et ma fille, Béatrice.

346

La supérieure haussa un sourcil, tandis qu'une lueur de réprobation traversait ses prunelles.

– Votre fille, mon seigneur ?

Pedro confirma, imperturbable.

– Oui. Ma fille. Il y a aussi la suivante de doña Inès ainsi que mon serviteur, Massala.

Une expression contrariée anima les ridules.

– Quelque chose ne va pas ? s'enquit Pedro.

La supérieure hésita avant de répondre :

– Vous n'êtes pas sans savoir, monseigneur, que cette demeure existe par la volonté de la reine sainte et que celle-ci a stipulé par testament que n'y doivent résider que les membres de la famille royale.

– C'est bien le cas, ma mère. Le père de doña Inès descend du roi Sanche IV de Castille lequel n'est autre, je me permets de vous le rappeler, que mon grand-père maternel. Par conséquent, sa présence en ce lieu est des plus légitimes.

Les traits de la religieuse ne se radoucirent pas pour autant.

– Pardonnez-moi, dom Pedro. Je l'ignorais.

Elle pivota vers Inès.

– Soyez donc la bienvenue dans notre communauté, doña Inès. Considérez ce couvent comme étant votre demeure.

Elle crut utile de préciser :

– Le déjeuner est servi après l'office du milieu du jour et le dîner après complies. Je suppose que vous participerez aux prières liturgiques ?

Pedro prit sur lui de répondre :

– Bien sûr, ma mère. Mais il va de soi qu'aucune obligation ne peut être imposée à doña Inès.

La religieuse acquiesça.
– Bien sûr, monseigneur.
Elle proposa en désignant l'édifice.
– Souhaitez-vous que je vous fasse visiter les lieux ?
Inès secoua la tête.
– Plus tard, si vous le voulez bien. La route fut longue.
J'aimerais que l'on me conduise à ma chambre.
– Je comprends. Veuillez me suivre, je vous prie.
Elle fit un pas et se retourna aussitôt, brusquement paniquée.
– Seigneur Pedro, vous avez bien mentionné la présence
d'un homme ?
– Oui. Massala. Mon serviteur. Il est chargé de veiller
sur doña Inès.
Elle se frappa la poitrine.
– Seigneur ! Un homme ici ? C'est impossible ! Nos
règles nous l'interdisent formellement.
– Désolé. Il s'agit d'un cas de force majeure. Il est essentiel que Massala demeure aux côtés de doña Inès.
La religieuse manqua de suffoquer.
– Dom Pedro...
– Le droit d'asile, *madre*.
– Dom Pedro...
– Un droit sacré en cas de danger.
Au lieu d'apaiser la supérieure, la dernière remarque de
l'infant l'affola un peu plus.
– Un danger ? Que voulez-vous dire ?
Pedro éluda la question.
– Si vous nous conduisiez à la chambre de doña Inès ?
Elle vous l'a dit. La route fut longue.

La chambre était pour le moins modeste. Elle eût été glaciale, si les boiseries qui recouvraient les murs ne lui avaient conféré un peu de chaleur. Un crucifix projetait comme une ombre menaçante au-dessus du lit. Un prie-Dieu, une armoire de chêne sombre, une table, une chaise.

– Il n'y a pas de miroir, nota Inès, avec une pointe de nostalgie dans la voix.

– J'en ferai placer un.

Elle ôta sa houppelande et se laissa tomber sur le lit.

– Je te sens le cœur lourd, dit Pedro. Ne sois pas triste. Je t'en prie. Pense à demain.

Une larme glissa sur la joue de la jeune femme.

– Je ne suis pas triste, Pedro. Seulement mélancolique. C'est un sentiment que ton peuple et toi connaissez bien. Vous appelez cela la *saudade*, je crois.

– *Saudade* est synonyme de solitude. Tu n'es pas seule. Tu ne le seras jamais. Je vais me battre, Inès. Je n'aurai de cesse que mon père ne cède.

Elle prit la main de Pedro et la porta à sa joue.

– Ton père n'est pas de ceux qui cèdent. C'est un roc. Son cœur est taillé dans l'olivier.

– Le mien peut se transformer en cognée ! J'en ai eu la preuve il n'y a pas longtemps.

Elle sourcilla.

– Que veux-tu dire ?

– J'ai pu constater lors de la bataille d'Alcoutim que j'étais capable de guerroyer et d'abattre mes adversaires sans éprouver le moindre doute.

– Mais n'est-ce pas le propre du soldat que de tuer ? Ce jour-là, tu étais soldat.

– À une nuance près : jusque-là, l'idée de verser le sang, fût-il le sang d'un ennemi, me faisait horreur. Maintenant je sais que c'est possible.

Elle relâcha sa main.

– Pedro ! Pourquoi me dis-tu toutes ces choses ? La guerre, le sang... Ces mots n'appartiennent pas à notre histoire.

– Tu as raison. Dieu veuille que jamais ils n'en fassent partie...

Il se sépara d'Inès le lendemain, à l'aube.

Sur l'horizon bleuté, la main d'un nuage avait retranscrit les mots d'une vieille folle, diseuse de bonne aventure : *Ne souillez jamais le lieu saint, je vous en conjure !*

Palais de Montemor.

Le roi Afonso prit son épouse à témoin.

– N'est-ce pas le comble de la provocation ? Répondez-moi ! Comment a-t-il pu oser installer cette catin dans un lieu sacré entre tous ! Injurier la mémoire de ma mère ! Au vu et au su de mon peuple !

Béatrice soupira.

– Lui avez-vous laissé le choix ?

– J'ai fait bien plus. J'ai concédé ! Si j'avais suivi ma

raison, c'est en Castille et non à Santa Clara que cette femme se trouverait à l'heure actuelle. J'ai concédé !

– Cette concession est tout à votre honneur. Vous n'avez pas à la regretter.

Le roi serra le poing.

– Priez, Béatrice, que ce ne soit pas lui qui la regrette... Adieu !

– Où allez-vous ?

– Chasser ! Chasser pour apaiser le sang qui bouillonne dans mes veines.

Frioul, village de Villanova, décembre 1347.

Balthasar replaça sa cape sur ses épaules, remercia le cocher installé sur la banquette d'une calèche boueuse et se dirigea vers la maison. Il frappa. Melchiore lui ouvrit.

– Puis-je entrer ?

Melchiore hésita.

– Que voulez-vous ?

– Je suis à la recherche de frère Cambini. Au village, on m'a dit que je le trouverais ici.

– Aurelio ?

– Oui. Permettez-moi d'entrer. Il gèle dehors.

Balthasar franchit le seuil.

Un feu ronflait dans l'âtre. Une femme brodait, assise sur une chaise bancale. Deux fillettes jouaient aux osselets dans un coin de la pièce.

L'Enchanteur entrechoqua ses paumes en frissonnant.

– Dieu qu'il fait froid. Ce n'est pas courant, n'est-ce pas ?

Il s'invita sur le premier tabouret.

– Vous êtes un ami d'Aurelio ? questionna Melchiore, pour le moins circonspect.

– Bien plus qu'un ami. Il...

– On ne vous a donc pas dit au village ?

– Quoi donc ?

– C'est bizarre. Les gens sont au courant pourtant.

Balthasar feignit l'étonnement.

– Au courant de quoi ?

– Ben... C'est qu'il est mort. Il y a environ dix-huit mois.

– Non ! Ce n'est pas possible !

L'Enchanteur se prit le visage dans les mains.

Melchiore s'affola.

– Je suis désolé, *signore*. Pardonnez-moi.

– Quelle tristesse ! gémit Balthasar. Quelle désolation !

Et il se força à sangloter.

Les fillettes s'étaient serrées l'une contre l'autre, prises de panique. La femme se précipita.

– Voulez-vous boire quelque chose ? Nous avons un peu d'eau-de-vie.

– Volontiers, volontiers, hoqueta l'Enchanteur.

– Vous ne m'avez pas dit votre nom, risqua Melchiore.

L'Enchanteur avala une rasade.

– Cambini, annonça-t-il d'une voix brisée. Marcello Cambini.

– Comment ?

Melchiore écarquilla les yeux, stupéfait.

– Je suis le frère d'Aurelio.

– Son frère ?

– Enfin, son demi-frère. Mais à mes yeux et dans mon cœur je n'ai jamais fait la différence.

Il plongea à nouveau le visage entre ses mains et se remit à faussement sangloter.

– Trop tard... Trop tard, bredouilla-t-il. *Dio mio ! Che disgrazia !*

– C'est curieux, s'étonna Melchiore. Il ne m'a jamais dit qu'il avait un frère.

– C'est normal. Nos vies se sont séparées lorsqu'il est entré dans les ordres. Lui s'en est allé à Rome et moi je suis parti pour le Portugal, expliqua en reniflant l'Enchanteur.

– C'est pourtant vrai que vous n'avez pas l'accent italien. Il y a longtemps que vous n'aviez pas vu Aurelio ?

– La dernière fois, c'était il y a trois ans, en Avignon. Puis il y a eu cette lettre...

– Une lettre ?

Balthasar farfouilla dans l'amigaut de son pourpoint.

– Tenez. Lisez-la. Elle a probablement été expédiée quelques jours avant sa mort. Mon pauvre frère devait savoir qu'il n'en avait plus pour longtemps.

Melchiore saisit le parchemin et ânonna :

– « *Mon frère bien-aimé, le temps presse. Mes jours sont comptés. Quand tu recevras cette missive, je t'en prie, rends-toi toutes affaires cessantes dans le village de Villanova, dans le Frioul. Je sais. C'est un long voyage de Lisbonne à la plaine vénitienne, mais il est essentiel que tu le fasses. J'ai confié à la personne qui a eu la bonté de m'offrir l'hospitalité une carte maritime. Cette personne a pour instruction de te la remettre.*

Elle est infiniment précieuse. Surtout pour toi, qui as choisi de naviguer sur les mers plutôt que de marcher aux côtés du Seigneur. Je t'embrasse bien affectueusement. Aurelio, ton frère qui t'aime. »

À mesure que Melchiore découvrait le contenu de la lettre, une expression désolée envahissait son visage.

– Si j'avais su, murmura-t-il. Il est trop tard, hélas.

Balthasar fut pris de panique.

– Que voulez-vous dire ? Vous n'avez pas gardé la carte ?

– Je l'ai gardée bien sûr. Et j'ai suivi les recommandations d'Aurelio. Quelques semaines avant sa mort, il m'avait dit : « Garde cette carte précieusement. Tu la remettras à ton fils, Ludovico, lorsqu'il sera en âge d'être marin. Elle fera de lui l'homme le plus envié du monde connu. Mais à lui seulement. À personne d'autre. Jamais. À aucun prix. » C'est que, durant son séjour, Cambini s'était beaucoup attaché à Ludovico.

– Je suppose que vous avez respecté ses dernières volontés ?

Melchiore chercha ses mots.

– Comment vous expliquer... Nous sommes de pauvres gens. Le labour, nos chèvres, le montasio. Je me fais vieux. Je n'ai que Ludovico pour prendre la relève. C'est mon seul fils. Les filles se marieront un jour. Du moins je l'espère. Et le métier de marin...

– Qu'avez-vous fait de la carte ? s'enfiévra Balthasar.

– Ben... Je l'ai remise à mon fils, ainsi que je l'avais promis.

Balthasar se détendit un peu.

– Donc elle est toujours en sa possession ?

– Je ne sais pas. Je crois. Faudra lui demander.
– Où est-il ?
Melchiore désigna la campagne à travers la fenêtre.
– Quelque part avec les chèvres.
L'Enchanteur se leva d'un coup.
– Allons-y ! Vous m'indiquerez le chemin.
– Maintenant ?
– Tout de suite... Je vous en prie !
Melchiore fit la grimace. Il ne comprenait rien à cet empressement.
– D'accord, opina-t-il à contrecœur, suivez-moi.

Monastère de Santa Clara.

Une brise tiède, parfumée d'aromates sauvages, montait du couchant.
Inès marchait droit devant elle. Massala suivait discrètement. Alors qu'ils arrivaient non loin du cloître accolé au couvent, elle s'exclama :
– Regarde ! Une fontaine.
Massala leva les yeux.
En effet, une vieille fontaine de marbre venait d'apparaître entre les fougères, toute sculptée d'exquises arabesques.
Ils s'approchèrent.
La margelle était couverte de griffures. C'est ici sans doute que les clarisses venaient puiser leur eau. Dans le fond de la vasque étaient gravées trois têtes de lions.
– Un bel ouvrage, observa le Berbère. Sans en avoir la

splendeur, ni la grâce ni la finesse, il me rappelle une fontaine entrevue à Grenade, il y a bien longtemps. Dans le palais d'al-Hamra. Le palais rouge.

– Le palais rouge ?

– Oui. Que les chrétiens surnomment l'« Alhambra ».

Inès avisa un banc de pierre.

– Asseyons-nous.

À peine installée, elle demanda :

– Tu as donc connu Grenade ?

Il sourit.

– Grenade, Séville, et bien d'autres villes encore qui bordent la mer Intérieure.

– Tu dois avoir la tête pleine de récits.

– Aussi nombreux que les sables qui couvrent ma terre natale. Des récits de vie, de mort, d'amitié, de trahison.

– Et d'amour ? N'as-tu jamais aimé, Massala ?

– Si je n'avais pas aimé, serais-je un homme digne de ce nom ?

– Pedro est donc un homme très digne.

– Et vous, doña Inès, vous l'êtes tout autant que lui.

Une ombre passa dans les prunelles vert émeraude d'Inès.

– Il a parlé de danger... Saurais-tu pourquoi ?

Le Berbère secoua la tête.

– Non. Mais votre histoire elle-même n'est-elle pas synonyme de danger ? Sitôt que le destin vous a liée à dom Pedro, vous et lui étiez en péril.

– Sans doute. Mais un élément nouveau s'est greffé. Nous ne sommes plus deux. Il y a aussi notre enfant. C'est pour lui que je tremble maintenant.

– Il ne faut pas.

La main de Massala se referma sur le pommeau orné d'ailes de son poignard.

— Vous voyez cette lame ? Elle n'attend que mon signal pour jaillir de son fourreau. Malheur à celui qui osera la défier ! Je vais vous confier un secret, doña Inès. Un secret que je n'ai jamais confié. Même pas à dom Pedro. Il y a un instant vous me demandiez si j'avais jamais aimé.

— J'ai cru comprendre que...

— Oui. Elle s'appelait Leila. Elle avait les cheveux couleur de miel et des dents de nacre. Elle était toute ma vie. Nous vivions alors dans une oasis aux portes du désert, un village paisible, au cœur de la vallée du Draa. Leila m'avait fait le don de quatre enfants. Trois garçons. Une fille. Je ne sais pas si le bonheur existe en ce monde, mais ce que j'ai connu lui ressemblait. Jusqu'au jour où...

Il se racla la gorge.

— Une tribu arabe a fait irruption dans le village et ce fut l'horreur. Ces hommes étaient des chiites et nous haïssaient, nous, les kharijites. Je revois encore les volutes de sable soulevées par leurs chevaux. J'entends et j'entendrai jusqu'à mon dernier jour les cris de ma douce Leila mêlés à ceux des enfants. Les Arabes ont tout dévasté. Le feu montait de partout. Il n'est plus rien resté. Rien que des cendres et des braises fumantes. J'avais une lame plantée ici (il mit son doigt à hauteur de sa hanche droite) ils m'ont laissé pour mort. Ils n'avaient pas tort. Car, dès ce jour, je n'ai plus vécu. J'ai fait semblant de vivre.

Il conclut d'une voix rauque :

— Vous êtes la Leila de dom Pedro. Je ne permettrai jamais que le malheur se reproduise. Jamais...

24

Santa Clara, 2 août 1349.

Pedro, mon bien-aimé,

Deux ans aujourd'hui. Béatrice trottine dans le jardin avec Massala. Je peux les voir par la fenêtre. Elle est magnifique. Mutine à souhait. Vive. Tu peux être fier d'elle. Depuis une semaine que tu ne l'as vue, c'est fou ce qu'elle a changé. Les enfants changent si vite. Nous aussi sans doute. Mais nous faisons semblant de ne pas le voir. Quand je pense que je vais avoir trente ans bientôt ! Trente ans. Je devrais me sentir vieille, vieille, et pourtant, j'ai l'impression d'être encore celle que tu as entrevue, ce jour béni, dans la cathédrale de Lisbonne. L'amour, j'en suis sûre maintenant, nous insuffle un peu d'éternité. L'amour mais aussi l'enfantement. Dans le miroir – ce miroir pour lequel tu as tant bataillé auprès de madre Filippa – dans ce miroir j'aperçois le galbe de mon ventre. De savoir que je porte à nouveau la vie me rajeunit. C'est bête. Je sais. Pourquoi mentir ? J'ai très peur de la vieillesse. Non pour les rides qu'elle nous donne, mais peur que tu ne me trouves laide. M'aimeras-tu encore lorsque je serai vieille ? Voûtée, chancelante ?

Dans le tiroir, j'ai rangé tes lettres. J'en ai compté cent vingt. Deux de moins que les miennes. Tu vois ? C'est encore moi qui t'aime le plus.

Le soir en m'endormant, je relis tes mots. Puis je m'endors en imaginant très fort que tu es à mes côtés. J'imagine ton souffle. Je sens ta peau. Et je me blottis contre toi.

Massala est mort d'inquiétude. Il se précipite vers moi dès que je tente de soulever le moindre objet. Il s'affole même lorsqu'il me voit prendre ma tapisserie. À croire que ce nouvel enfant qui va naître est un peu son enfant.

Un garçon cette fois ? Je le voudrais bien et, dans le même temps, mes anciennes peurs me reviennent. Il sera ce que Dieu voudra. Plus que quelques semaines. J'ose espérer que tu seras à mes côtés d'ici là.

Inès qui se meurt sans toi.

Montemor, 10 août, 1349.

Mon bel amour,

Comment peux-tu imaginer un seul instant que je cesserai de t'aimer lorsque tu seras vieille ? N'aime-t-on plus la vie parce que survient l'automne ou l'hiver ? N'es-tu pas ma vie ? Allons ! Arrête donc de te torturer, pense seulement à notre enfant qui s'apprête à venir au monde. Garçon ou fille ? Quelle importance. Il sera de nous. C'est tout ce qui compte. Chasse aussi tes peurs. Elles n'ont plus aucune raison d'être. Ne me suis-je pas plié aux désirs de mon père ? Et puis, sache que j'ai un plan. J'ai commencé à l'exécuter. Je t'en parlerai en temps voulu.

J'ai appris hier une bien triste nouvelle. Tu te souviens de Balthasar, celui que nous surnommions l'Enchanteur. Balthasar est mort hier soir. Il faut dire que depuis son retour du Frioul, il n'était plus du tout le même homme. Il avait perdu toute envie de vivre. On l'apercevait, errant dans les couloirs du palais, soliloquant des heures entières, hébété, fuyant même la compagnie du roi. Par moments, il me faisait penser à un spectre. Je crois qu'il a dû tomber malade lors de ce déplacement improvisé en Italie où il était parti poursuivre sa quête, obsédé comme jamais par cette mystérieuse carte maritime. À son retour, nous avons bien essayé de connaître le résultat de ce voyage, en vain. Nous n'avons pu lui arracher que des bribes, des phrases sans suite, où il était question d'un jeune berger, de fromage et de chèvres. Je crois bien qu'il délirait. Pauvre homme. Un écuyer m'a rapporté les derniers mots qu'il a prononça avant de mourir : « *Uma cabra comeu a minha vida.* » Une chèvre a mangé ma vie. Je me demande encore ce qu'il voulait dire.

Je te quitte, ma tendresse. Dans quelques jours je serai à tes côtés et nous accueillerons ensemble notre nouveau-né. Je t'aime.

Dom Pedro, vivant grâce à toi.

361

Montemor, septembre 1349.

Pêro Coelho découpa un morceau de chevreuil et le porta à sa bouche.

– Un garçon, dit-il la bouche pleine. Doña Inès lui a fait un garçon.

– Oui. J'ai appris la nouvelle, confirma Gonçalves. Comment l'ont-ils appelé ?

– João.

– C'est grave. Es-tu conscient du danger que cette naissance représente ? Aveuglé par sa passion, dom Pedro pourrait bien décider de privilégier ce bâtard au détriment de Fernando, son fils légitime. Pire encore, il serait capable de faire assassiner Fernando.

– Assassiner son propre fils ? se récria Coelho. Tu déraisonnes !

Gonçalves eut un sourire ironique.

– Te souviens-tu des propos que tu nous tenais il y a quelques années ? Tu clamais : « Encore faudrait-il que toutes deux – Inès et Constanza – accouchent d'enfants mâles. Et le chemin sera bien long qui débouchera sur un choix de l'infant ! » Nous sommes arrivés au bout du chemin.

Coelho se défendit, sans conviction.

– Pour l'heure, rien ne prouve que mon raisonnement soit erroné.

– C'est ce que nous verrons. En tout cas, tu ne peux nier que les choses soient en train de s'envenimer. Surtout depuis qu'un élément que personne n'avait prévu est venu s'immiscer dans cette histoire. Le mécontentement du peuple. Je suppose que tu es au courant de la rumeur qui s'est installée : *Olho gordo !* Doña Inès porte malheur. Et pour cause. D'abord, il y a eu ce tremblement de terre, puis cette épidémie de peste. Et voilà que depuis deux ans le pays traverse une période de sécheresse tout à fait unique dans son histoire. Les paysans sont convaincus que c'est doña Inès qui en est la responsable. Sans compter qu'un peu partout, des voix s'élèvent critiquant ouvertement l'existence dissolue menée par dom Pedro. La voix des gens d'Église, bien sûr, mais aussi celle des nobles. Parmi ces derniers, on voit la division qui s'installe. Certains prennent parti pour l'infant ; d'autres pour le roi. Certains pour le fils de Constanza, d'autres pour celui d'Inès.

Gonçalves conclut avec gravité :

– Cette histoire est en train de pourrir notre royaume.

– Que faire ? C'est au roi de réagir.

Le *meirinho-mor* dodelina de la tête.

– Évidemment. Mais ne sommes-nous pas ses conseillers ? Le roi est sous l'influence de la reine, laquelle joue un rôle temporisateur dans cette affaire. Il serait peut-être temps pour nous de prendre les choses en main.

Coelho approuva, tout en exprimant une nuance :

– Tu as parlé de la mauvaise humeur du peuple. Patientons. Avec un peu de chance, une autre raison de mécontentement surgira. Patience...

La raison espérée par Pêro Coelho ne tarda pas à survenir. Six mois plus tard, le 27 mars 1350, le roi Afonso XI, dit « le Vengeur », rendit l'âme alors qu'à la tête de son armée il faisait le siège de Gibraltar.

À peine eut-il fermé les yeux, qu'au grand dam de la belle Leonor de Guzmán, *ricos hombres* et chevaliers proclamèrent Pedro Ier, le fils légitime d'Afonso et de dona Maria, roi et seigneur de Castille et de León. L'adolescent venait d'avoir quinze ans. Enfin ! Pour dona Maria, l'épouse humiliée, la délaissée, celle que l'on avait tant avilie, l'heure de la vengeance avait sonné. Dans les semaines qui suivirent, elle s'empressa de chasser de la Cour tous les bâtards, fruits des ébats du défunt roi et de sa maîtresse. Puis, sans état d'âme aucun elle fit jeter son ancienne rivale dans un cachot de la prison royale. Manifestement cela ne suffit pas à calmer la rancœur accumulée au cours de toutes ces années. Jour après jour, semaine après semaine, elle prit plaisir à traîner « la Guzmán », comme elle l'appelait, partout où elle se déplaçait, afin de l'offrir, fers aux chevilles et poignets entravés, aux quolibets de la foule. Mais ce ne devait pas être assez. Dix mois plus tard, dans un ultime besoin d'assouvissement, dona Maria ordonna l'assassinat de Leonor. On la retrouva égorgée dans une cellule de la prison de Talavera.

Au Portugal la nouvelle fut accueillie avec jubilation et non sans fierté. Enfin, l'honneur du royaume, tant bafoué par le « Vengeur », était restauré.

– Voilà, s'écria le petit peuple, voilà comment il faut traiter ces femmes de mauvaise vie !

Femme de mauvaise vie...

Inès.

Femme de mauvaise vie...

Tout naturellement, la formule courut sur toutes les lèvres. Ces mots voyagèrent jusqu'aux portes de Montemor, aux confins de la *serra* Estrela, et un matin, leur écho atteignit Santa Clara.

Nous étions au mois de mai et, hormis quelques timides ondées, le ciel refusait obstinément d'entrouvrir ses vannes. Inès, seule, pleurait à chaudes larmes.

Pedro la serra un peu plus fort entre ses bras. Il s'efforçait de l'apaiser, mais on voyait bien que lui-même souffrait.

– Qu'allons-nous devenir ? questionna la jeune femme, désemparée. Veux-tu me quitter ? Veux-tu me quitter ?

– Arrête, Inès. Je t'en conjure.

– Ne vois-tu pas que ton peuple me déteste, qu'il hait nos enfants ! Qu'il me compare maintenant à Leonor de Guzmán. Ne vois-tu pas combien je suis salie ?

– Plus pour longtemps. Ma décision est prise. Elle est irrévocable.

Inès le dévisagea, effrayée.

– Tu me fais peur. Quelle décision ?

L'infant prit une courte inspiration avant d'annoncer :

– Je vais t'épouser, Inès.

Elle resta sans voix.

– Oui, reprit-il. Nous allons nous marier. La cérémonie, pour les raisons que tu imagines, se déroulera dans le plus grand secret. Sois convaincue, néanmoins, que l'heure venue, j'annoncerai nos épousailles à la terre entière.

– Tu es fou, mon amour ! C'est impossible. Tu...

– J'ai tout prévu. Tout. Dom Gil, l'évêque de Guarda, est un ami. Il nous accordera sa bénédiction. Il sera ici dimanche. Il y aura aussi le capitaine Sanche ; celui qui a voulu m'arrêter lorsque je me trouvais à Sagres. Il m'appuie, il est pour nous.

Elle en avait le souffle coupé. Elle balbutia :

– L'évêque ? Comment est-ce possible ? Ne sait-il pas que nous sommes parents ? L'Église interdit et condamne formellement les unions consanguines !

Pedro extirpa un pli de sa poche et le confia à Inès.

Clément VI, évêque, serviteur des serviteurs de Dieu, à notre très cher fils dans le Christ dom Pedro, fils aîné de notre cher fils dans le Christ, Afonso, illustre roi de Portugal et de l'Algarve, salut et bénédiction apostolique. La rigueur des Saints Canons émet une défense et une interdiction sur l'union par le mariage afin de la rendre impossible entre ceux qu'unit un lien quelconque de parenté, pour la sauvegarde des bonnes mœurs publiques. Dans certains cas, toutefois, il est possible à celui qui est évêque de Rome, de par le pouvoir absolu qu'il détient en tant que représentant de Dieu, de tempérer une telle rigueur en accordant une dispense par faveur spéciale.

Or, poussé par une bienveillance particulière à ton égard, pour certaines raisons qui nous permettent d'espérer à l'avenir la paix et la tranquillité dans ces royaumes, nous voulons accéder à tes prières. Dans ta lettre, tu nous as humblement demandé qu'il te soit possible d'épouser n'importe quelle femme noble, dévouée à la Sainte Église de Rome, même si vous étiez consanguins et parents en ligne collatérale au deuxième degré d'une part, et au troisième degré d'autre part, et que même s'il existait un obstacle de parenté ou d'affinité entre vous au quatrième degré, vous puissiez vous unir légalement par les liens du mariage. Par pouvoir apostolique de faveur spéciale, nous annulons et abolissons tout et nous accordons notre dispense à toi et à celle que tu épouseras. Ainsi, la génération qui naîtra de vous deux sera légitime, sans autre obstacle. Qu'aucun homme, par conséquent, n'ait l'audace d'aller de façon présomptueuse à l'encontre de notre dispense, sinon qu'il soit assuré de s'exposer à l'ire et à la colère du Dieu Tout-Puissant et des bienheureux apôtres saint Pierre et saint Paul.

Fait à Avignon, le douzième jour des calendes de mars, en la huitième année de notre pontificat.

Elle porta la main à son front, prise de vertige.

– Comment est-ce possible ? Par quel miracle ?

– L'argent. L'argent. Même le Saint-Siège est sensible à ce pouvoir. Les débats furent âpres, c'est vrai. Mais je ne doutais pas de la victoire. Ce n'est pas tout. J'ai fait venir tes frères. Ils seront nos témoins.

– Mes frères ?

– Ils sont en route.

– Quelle imprudence ! Ce n'était pas nécessaire. Pas après ce qui s'est passé. Cette histoire de carte. Vos rivalités.

– C'est du passé. Il n'est plus utile d'en parler. Je tiens à ce que des représentants de ta famille soient présents. Ils combleront l'absence des miens, puisque les miens nous ont désertés.

Elle se jeta dans les bras de l'infant.

– Mon Dieu, tout va si vite...

Les yeux d'Inès flamboyaient. On pouvait y lire une infinie reconnaissance, une joie éblouie et en même temps de l'anxiété. Une anxiété diffuse dont on sentait que rien n'aurait pu la vaincre.

25

Santa Clara 1ᵉʳ septembre 1349.

Pedro souleva son fils et le contempla comme s'il s'agissait du seul enfant de l'univers.

– Je t'aime, João. Tu ne le sais pas encore, mais un jour
tu comprendras ce que veut dire ce mot. Un jour, tu seras
grand et c'est moi qui me sentirai tout petit.

Il confia le bébé à la suivante d'Inès et s'enquit :

– Es-tu prête ? Massala a sellé les chevaux.

– Oui.

Le couple quitta la chambre et se dirigea vers le patio
où les attendait le Berbère. La mine sombre, celui-ci salua
et aida la jeune femme à se hisser sur l'une des montures.

– Encore une mauvaise nuit ? ironisa l'infant. Ou
serait-ce la nourriture du couvent qui ne te réussit pas ?

– Un peu de charité, mon seigneur. Je sais que mes états
d'âme ne comptent guère à vos yeux, mais vous pourriez
au moins essayer de compatir.

– Compatir ?

– Oui, gronda Massala. Compatir ! Ne voyez-vous donc

369

pas dans quelle situation vous m'avez placé ? Passe encore qu'un fidèle musulman soit forcé de vivre cerné par des nones, mais lui servir du porc un jour sur deux est d'une cruauté sans nom !

Pedro laissa échapper un petit rire.

— En effet. Je compatis.

Il fit un pas vers Massala et palpa sa bedaine.

— C'est vrai, constata-t-il faussement inquiet. Tu maigris à vue d'œil.

— C'est cela. Moquez-vous. Vous n'êtes qu'un prince sans cœur.

Inès intervint.

— Rassure-toi. Je te promets d'intervenir personnellement auprès de *madre* Filippa.

Le Berbère s'inclina.

— Grâce vous soit rendue, doña Inès. Vous au moins vous me comprenez.

Il enchaîna très vite, mais sur ton plus grave :

— Il y a aussi autre chose qui me chagrine : vous manquez de prudence.

— Que veux-tu dire ? s'étonna Pedro.

— Cette idée de vous promener sur le fleuve sans escorte, ne me plaît guère.

— Nous ne sommes pas en guerre, que je sache, répliqua le prince. Que voudrais-tu qu'il nous arrive ?

— Il ne s'agit pas de guerre, mais d'esprits malfaisants. Vous n'ignorez pas quels sont les sentiments du peuple à l'égard de doña Inès.

Il désigna l'horizon et précisa :

— Là-bas, sans protection, n'importe quoi pourrait vous

arriver. Allons, soyez raisonnable. Laissez-moi vous accompagner.

Pedro secoua la tête.

– Il n'en est pas question. J'ai passé l'âge des chaperons. Et de toute façon...

L'infant caressa le pommeau de son épée en poursuivant :

– Avec ceci je ne crains rien, ni personne. Mais trêve de bavardages.

Il enfourcha son cheval et lança avec un sourire :

– Allons Massala ! Ne fais pas cette tête. Et si tu t'ennuies, va donc présenter tes hommages à *madre* Filippa !

Depuis une heure déjà, habilement gouvernée par un marin, l'embarcation descendait lentement le Mondego dans un silence que troublait à peine le clapotis de l'eau. Dans le ciel, là-haut, un soleil insolent brûlait les rares nuages, tandis qu'alignés le long des rives, arbres et collines noyaient leurs ombres vertes dans les méandres du fleuve. Bientôt apparurent les murailles de Coimbra. Portée par le courant, l'embarcation se glissa dans la ville jusqu'à hauteur de Lapa dos Esteios. Toute la flore du monde semblait s'y être donnée rendez-vous. Dans des parfums indicibles s'entremêlaient platanes, buis, oliviers, hortensias, iris, œillets et lis blancs, menthe, lauriers et romarins, pêchers, orangers, citronniers et néfliers et sans doute mille autres arbres encore.

Inès ne disait rien. Mais on la sentait subjuguée par le spectacle.

– Coimbra mérite bien son surnom de « la verte », observa Pedro.

– C'est donc au jardin d'Eden que tu souhaitais m'emmener ?

– Non, plus en amont. Patience. Nous ne sommes plus très loin.

L'infant chercha confirmation auprès du marin :

– N'est-ce pas Manuel ?

– Oui, seigneur.

Il pointa son doigt vers un point situé en amont et poursuivit :

– En amont de la porte de Santa Clara.

– La porte de Santa Clara... N'est-ce pas là qu'est gravée une curieuse inscription qui aurait été rédigée par un mudejar, après la reconquête de la cité ?

– C'est exact.

– Quelle inscription ? interrogea Inès.

Pedro cita :

– « J'ai écrit cela en mémoire de ma permanente souffrance. Ma main périra un jour, mais la grandeur restera. » Curieuse phrase...

– Qui témoigne en tout cas du sentiment d'humiliation et de tristesse que dut éprouver l'auteur, contraint tout à coup de vivre sous domination chrétienne.

– Juste retour des choses, rétorqua Pedro. Un siècle plus tôt, c'étaient les chrétiens, les mozarabes, qui devaient prêter allégeance aux Arabes. La roue de la Fortune n'est jamais immobile. Et les vainqueurs d'aujourd'hui pourraient être les vaincus de demain.

– Nous sommes arrivés, annonça le marin. Souhaitez-vous que j'accoste ?

L'infant opina.

Une fois l'embarcation immobilisée, Pedro débarqua le premier et tendit la main à Inès.

La jeune femme mit pied à terre et scruta le lieu avec émerveillement.

– Que de bassins et de fontaines ! Et ces arbres. Ils m'ont l'air centenaires.

– Viens, suis-moi.

Il l'attira au pied d'une fontaine de marbre décoré d'un triton bicolore et déclara avec un sourire complice :

– *A fonte dos amores...* La fontaine des amours. C'est ainsi qu'on la surnomme. J'ai voulu que ce lieu soit le témoin de mon serment. Un serment que ni le temps, ni les obstacles qui jalonnent notre chemin ne parviendront à effacer.

Il porta la main sur son cœur et ajouta avec gravité :

– Moi, Pedro, prince de Portugal, je jure ici d'aimer, de chérir, de protéger la dame de mes pensées et ce, au-delà des hommes et des lois. Je jure, si la mort nous sépare, de l'attendre toute l'éternité, jusqu'à l'heure du Jugement Dernier. Et parmi les anges, les élus ou les damnés, je fais le serment de la retrouver.

Le silence retomba.

La gorge serrée par l'émotion, Inès contemplait Pedro.

Au bout d'un long moment elle réussit à murmurer :

– Nous n'attendrons pas le Jugement Dernier. Ni toi ni moi ne mourrons jamais. On ne meurt pas lorsque l'on aime. Jamais...

26

Palais de Montemor, cinq ans plus tard.

Le roi Afonso se tenait dans une attitude hiératique.
Raide. Les yeux vides d'expression, les ongles presque
incrustés dans les accoudoirs de son fauteuil.

Il fixa tour à tour ses trois conseillers, pour s'arrêter sur
Diogo Lopes Pacheco.

— Cinq ans, commença-t-il la voix étonnamment calme.
Cinq longues années. C'est le temps qu'il vous a fallu pour
me révéler cette infamie. Cinq ans.

— Majesté, protesta Pacheco, le secret était total, absolu.
Hormis les acteurs présents dans l'église de Guarda, personne n'a été mis au courant. Il y a seulement deux semaines que le sacristain nous a transmis l'information. Avant
de vous prévenir, nous avons jugé plus sage de vérifier ses
dires. L'évêque a confirmé. Selon lui, la lettre du pape avait
l'apparence d'une sommation. Il n'a pas pu s'opposer au
mariage.

Le souverain frappa du poing sur l'accoudoir.

— Et mon fils a eu l'audace d'associer à son crime les

375

frères de cette catin. Des hommes qui ont cherché à nuire au royaume ?

– Il y a plus grave encore, Sire, fit observer Gonçalves. Nous avons appris qu'il ne se passe pas un mois sans que ces personnages et votre fils ne se retrouvent à Santa Clara. Or, vous n'êtes pas sans savoir que depuis la mort d'Afonso, Francisco et Juan ne sont plus en état de disgrâce. Au contraire, le nouveau roi les a ramenés à la Cour et les a réintégrés dans leur fonction. Aujourd'hui, ces deux mécréants sont plus proches du trône qu'ils ne le furent du temps du souverain défunt.

– Que diable manigancent-ils aux côtés de mon fils ? Qu'y a-t-il derrière cette connivence ?

Pacheco répondit avec une certaine solennité :

– Un complot, Sire.

– Un complot ?

– Nous en sommes convaincus.

– Expliquez-vous !

Gonçalves prit la relève :

– Leur plan est clair : attendre votre mort pour installer ensuite doña Inès sur le trône du Portugal. Une manière indirecte pour la Castille de faire main basse sur notre pays. Inès reine, entourée de ses frères, avec de surcroît l'appui du roi, et c'en sera fini de notre indépendance. Sans compter que votre fils accordera probablement sa succession à João, son fils naturel.

Afonso respira à pleins poumons.

– Très bien, murmura-t-il. Alors que me suggérez-vous ?

Un silence lourd s'insinua dans la pièce.

Les trois conseillers se consultèrent du regard. Mais ils savaient la réponse à donner.

– Il n'existe qu'une seule solution, Majesté, annonça Pacheco.

– Je vous écoute.

– Éliminer Inès de Castro.

Le roi réprima un sursaut.

– Vous... Vous voulez dire l'exiler ?

– Non, Sire. L'éliminer *physiquement*. Elle vivante, le royaume continuera d'être en péril.

– Pacheco a raison, approuva Gonçalves. Vous devez mettre un terme à cette menace. Il y va de la survie du Portugal. Jusque-là, vous avez fait montre d'une extraordinaire magnanimité. À présent, il est temps d'en finir.

– Tuer Inès...

– Oui, Sire. Vous n'avez pas le choix. C'est elle ou le Portugal.

Une tempête venait-elle de se lever dans la tête du souverain ? À moins que ce fût un torrent déchaîné qui dévalait les parois de son cœur, ou l'odeur de la mort qui le prenait à la gorge. Ses mains se crispèrent. Une pâleur extrême faisait comme un masque sur sa barbe et ses rides. *Tuer Inès...* Tout à coup, revenu d'outre-tombe, il entrevit le visage plein d'arrogance de son père. Il formait une sorte de mosaïque éclatée avec le visage de dom Pedro.

Un rictus déforma les lèvres d'Afonso. Il se raidit.

– Qu'il en soit ainsi ! Que je n'entende plus parler d'elle. Mais prenez garde : tuez-la de vos propres mains. Vous m'avez entendu ? de vos propres mains ! Je ne veux pas qu'elle tombe sous les coups d'un misérable homme de paille. Que le sang noble verse le sang noble. Allez !

Santa Clara, 7 janvier 1355.

Elle est là, assise sur le banc de pierre, près de la fontaine. Elle lit. Massala se tient à quelques pas et joue avec la petite Béatrice. João, le dernier-né, dort dans son berceau.

Un bruit de galop résonne dans le silence.

Inès relève prestement la tête et pose la main sur son cœur.

– Pedro ! C'est Pedro qui revient !

Le Berbère a un rire affectueux.

– Ah ! doña Inès, vous n'êtes pas raisonnable. Dans sa dernière lettre il vous annonçait sa venue pour demain.

– Et alors ? Pourquoi n'aurait-il pas changé d'avis ?

Massala hausse les épaules.

– En effet. Pourquoi pas. Il...

Incrédule, les yeux exorbités, l'esclave regarde sa chair transpercée. Est-ce possible ? A-t-il basculé dans la folie ? Cette lance plantée en plein milieu de sa poitrine, comment a-t-elle surgi ? Cette fleur rouge qui forme ses pétales à travers le tissu ne peut être réelle. Du sang ?

Un cri. Non, une exhortation ! C'est la voix d'Inès.

Trois hommes vêtus de noir. Ils ont fondu comme l'éclair. Ils sont à un souffle de la jeune femme. Leurs épées scintillent.

– Non ! hurle Massala.

Ses doigts se referment sur la hampe. Il tente de l'extirper. La hampe se brise.

Il rampe vers Inès. Désespéré.

Il ne voit plus le visage de la femme. Elle parle. Que dit-elle ?

– Pitié pour mes enfants... Pitié pour eux.

Un coup sec. Puis un deuxième. Un troisième. Comme un bruit de pas dans une flaque d'eau.

L'eau de la fontaine maintenant. Rouge. La vasque. Rouge.

Les enfants sont epargnés, mais le corps d'Inès est traîné, on lui écarte les bras. Elle fait penser à une crucifiée. Les lames plongent à nouveau.

Les trois ombres se retirent, avalées par le couchant.

27

Le ciel est jaune et la terre bleu métal. Les arbres statufiés ne respirent plus. Pas une brise, pas un souffle.

Le Portugal s'est embrasé.

Le roi Afonso et son fils ont ouvert les portes de la Géhenne. Ce n'est plus le Tage, mais le Styx et le Léthé qui coulent le long des vallons désolés. Des Harpies traversent l'azur.

Haletante, éperdue, la reine Béatrice tente de s'interposer entre son époux et son fils. En vain.

La lutte acharnée se poursuit. Elle se poursuivra toute une année.

Avec les frères d'Inès, accourus de Castille, dom Pedro ravage les provinces du Nord, s'acharne sur les domaines du roi et de ses conseillers. Il marche sur Guarda, où nombre de fuyards se sont réfugiés. La ville est mal défendue. L'évêque, dom Gil, fait déployer aux limites de la cité des voiles de bateaux et fait savoir au prince qu'il mourra plutôt que de se rendre. Dom Pedro cède. L'évêque ne l'a-t-il pas uni à Inès ? Pedro se retire à Canaveses.

Il maudit, il vitupère contre son père et le monde. Il vocifère.

Il ne se souvient plus de la prophétie de la vieille sorcière d'Évora : *Le feu et la lame. Le combat du lion et du lionceau.*

– Arrête, Pedro ! supplie la reine Béatrice venue à la rencontre du prince. Pitié ! Pitié pour le Portugal. Pitié pour moi !

Finalement, Pedro cède aux suppliques de sa mère.

Le 15 août 1356, fête de Notre-Dame, a lieu la réconciliation officielle entre le roi et le prince. Elle est prononcée devant l'autel. De grandes réjouissances sont ordonnées dans tout le royaume.

Pour lui témoigner sa confiance et son affection, Afonso accorde à son fils la haute et basse juridiction du royaume, à condition qu'il l'exerce au nom du roi et en harmonie avec les lois reconnues. Le peuple, soulagé, voit se dissiper cette grande démence qui a menacé le pays dans ses fondements mêmes.

Diogo Lopes Pacheco, Alvaro Gonçalves et Pêro Coelho ont fui le Portugal. On les dit réfugiés en Castille.

Lorsqu'il s'éteint, le 28 mai 1357, le roi Afonso IV laisse son œuvre à un fils qui le hait. Plus que l'âge – il a soixante-six ans – plus que les fatigues d'un long règne, c'est ce tourment qui l'emporte dans la tombe.

28

Palais de Montemor, 10 novembre 1357.

Pedro écarta un invisible fil de son pourpoint et fit signe à son architecte d'avancer.

— Alors ? Où en sont les travaux ?

— En voie d'achèvement, Sire. Les marbriers et les ciseleurs ont admirablement travaillé. Dans une semaine au plus tard, les deux sarcophages d'Alcobaça seront achevés. Selon votre désir, nous les avons placés dans l'église du monastère, au bout de la nef centrale, près de la sacristie.

— J'avais demandé du marbre blanc.

— Parfaitement. Nous avons taillé le plus immaculé qui soit.

— Les deux gisants se font-ils face ?

L'architecte confirma.

— Six anges soutiennent le gisant qui figure Votre Majesté. Au pied de l'autre, toujours selon vos instructions, nos sculpteurs ont représenté une crucifixion et un Jugement dernier.

— C'est parfait. Vous avez bien dit une semaine ?

— Oui. Une semaine.

— Vous pouvez vous retirer.

Le nouveau roi de Portugal se tourna vers son capitaine général.

— Votre rapport. J'écoute.

L'homme s'avança.

— Grâce au pacte que vous avez conclu avec le souverain de Castille, nous avons pu nous prévaloir de la sentence que vous avez prononcée à l'égard des trois assassins. Les dénommés Pêro Coelho, Diogo Lopes Pacheco et Alvaro Gonçalves.

— Meurtre et trahison ! Ont-ils été arrêtés ?

— Deux d'entre eux seulement, Sire. Pêro Coelho et Alvaro Gonçalves.

— Pacheco ?

— Il chassait la perdrix lorsque nous sommes arrivés. Nous l'avons attendu. Alors qu'il était sur le chemin du retour, un mendiant auquel il avait coutume de faire l'aumône l'a averti de notre présence. Il lui a prêté ses guenilles. Grâce à quoi il a réussi à nous filer entre les doigts. Il semble qu'il soit passé en France.

Pedro poussa un cri d'exaspération.

— Les deux autres, où sont-ils à présent ?

— Dans la prison royale.

La salle de torture sentait la sanie et la sueur.

Des torches accrochées aux parois de pierre diffusaient une lumière jaunâtre sur les instruments macabres. Des braises fumaient dans un brasero.

Les deux conseillers étaient rivés aux murs, bras attachés au-dessus de la tête, fers aux pieds.

Pedro s'approcha lentement de Pêro Coelho.

– Tu m'as pris ma vie.

Se tournant ensuite vers Alvaro Gonçalves, il ajouta :

– Et toi tu m'as jeté en enfer.

En guise de réponse, les deux hommes s'enfermèrent dans un silence hautain.

Pedro tendit la main vers l'un des bourreaux.

– Une dague ! La plus effilée !

Le bourreau s'exécuta.

Pedro posa la pointe de la lame à hauteur du cœur de Coelho. Le conseiller ne broncha pas.

La pointe s'enfonça. Elle creva les chairs.

Coelho se contorsionna, essayant de s'arracher au mur.

La pointe continua de se frayer un chemin entre les côtes.

Elle amorça un cercle, creusant une béance rougeoyante.

Le sang s'était mis à gicler par jets discontinus. Le pourpoint de Pedro en fut maculé.

Le corps de Coelho fut pris de soubresauts. Il exhala un soupir et rendit l'âme.

La lame continua de fouiller les chairs.

Pedro ordonna aux bourreaux :

– Brisez-lui les côtes !

Trois coups de maillet résonnèrent dans la salle.

Lorsque la béance fut suffisamment large, Pedro y introduisit sans frémir une main. Ses doigts se refermèrent sur le cœur et l'extirpèrent d'un geste sec.

– Noir, dit le souverain. Noir comme le deuil. Noir comme la médisance. Ce cœur a la noirceur des lâches.

Il jeta l'organe dans le brasero et marcha vers Gonçalves.

Au moment où la dague s'enfonçait dans son thorax, le

conseiller poussa un hurlement terrifié qui s'éteignit dans une sorte d'aboiement. Celui d'un chien qu'on assassine.

Montemor, salle du trône, 15 novembre 1357.

Alcaides, alferes-mor, corregedores, rico-homem, tout ce que la Cour comptait de nobles était réuni dans l'immense salle. Tous sans exception, vêtus de leur tenue d'apparat, s'étaient rendus à la convocation de leur souverain. Bien que l'on fût à la mi-journée et qu'un soleil resplendissant luisît au-dessus du palais, on avait allumé tous les candélabres.

La même interrogation lancinante courait sur toutes les lèvres : *Que se passait-il ? Dans quel dessein le roi les avait-il réunis ? La guerre avec le royaume d'Aragon, suggéra quelqu'un. Une abdication, proposa un autre.*

Un roulement de tambour mit un terme aux questionnements et aux rumeurs.

– Le roi ! annonça le Grand Majordome.

Pedro apparut, tête haute.

À peine eut-il franchi le seuil, qu'un mouvement désordonné se fit parmi l'assemblée.

Le roi n'avançait pas seul.

Un lit mortuaire suivait sur lequel une forme était allongée. Une forme décharnée. Un lambeau d'humain. Si ce cadavre n'avait pas été revêtu d'habits royaux, il n'y aurait eu qu'un squelette.

Un silence effrayant envahit la salle du trône.

Stupeur, effarement.

Était-ce bien elle ? Était-ce possible ? Elle, déterrée ? Qui d'autre ?

Les porteurs traversèrent la salle d'un pas solennel. Arrivés devant l'estrade occupée par deux trônes couverts d'or, ils déposèrent leur funèbre fardeau et s'immobilisèrent.

Pedro leva la main.

L'éclat de cent trompettes retentit, soutenu par un nouveau roulement de tambour.

Le silence revenu, il ordonna :

– Installez doña Inès sur le trône !

Murmures étouffés.

Une fois le squelette calé entre les accoudoirs et le dossier, Pedro reprit, mais cette fois à l'intention du Grand Chambellan.

– La Couronne !

Le Grand Chambellan marcha vers l'estrade. Il tenait un coussinet de velours pourpre sur lequel scintillait un diadème.

Pedro souleva le diadème et le plaça sur le crâne de la défunte. Il s'assit ensuite sur le trône voisin, et lança d'une voix forte :

– *Senhores !* Veuillez rendre hommage à votre reine ! La reine crucifiée !

Et comme nul n'osait réagir, il réitéra son commandement :

– À genoux ! À genoux devant doña Inès !

Les premiers nobles se présentèrent alors devant le trône. À tour de rôle, ils mirent un genou à terre et à tour de rôle baisèrent la main pantelante du cadavre.

La nuit est tombée sur le royaume, mais c'est comme s'il faisait plein jour ou que les étoiles avaient quitté le ciel pour la terre.

Cinq mille cierges, tenus par cinq mille galériens que l'on a fait venir de Lisbonne, éclairent les quinze lieues qui séparent Montemor du monastère d'Alcobaça.

Un souffle de folie morbide, mêlé au parfum des aromates, passe sur la campagne.

Doña Inès est allongée sur une litière, portée par des chevaliers qui se relaient toutes les heures. Des gentilshommes leur font escorte, mais aussi des femmes du peuple, des enfants, des vieux, des jeunes.

Pedro caracole en tête.

Alcobaça apparaît aux toutes premières lueurs de l'aube.

Le roi entre le premier dans l'église.

Il remonte la nef centrale.

Les deux sarcophages sont là. Ils se font face. L'un d'eux est sans couvercle.

Les chevaliers y déposent respectueusement la dépouille d'Inès.

Dom Gil, l'évêque de Guarda, est présent. Il récite la prière des morts. Les cloches sonnent le glas.

Pedro s'agenouille devant sa reine.

Sa main se tend vers le sarcophage. L'écu armorié des Castro alterne avec le blason du Portugal. Sur la frise, une inscription est gravée :

ATÉ AO FIM DO MUNDO
Jusqu'à la fin du monde.

Épilogue

Dom Pedro régna pendant dix ans. Il mourut à Estremoz, en 1367. Selon ses vœux, on le ramena à Alcobaça où, depuis, il repose au côté d'Inès. Avant de s'éteindre, il aura eu soin de désigner comme successeur Fernando, le fils né de son mariage avec doña Constanza.

Annexe

Inès et Pedro dans la littérature.

Leur passion fut rapportée pour la première fois par Fernão Lopes (1380-1459), sous le titre *Chronique de D. Pedro I.* Il semble que cette chronique faisait partie intégrante d'une œuvre plus vaste dont nous avons perdu la trace. Par la suite, l'histoire fut intégrée dans le poème épique de Luís Vaz de Camões (1524-1580), les *Lusiades,* œuvre considérée comme étant un véritable monument de la littérature portugaise. Au fil des siècles, d'autres auteurs se sont inspirés de cette passion, parmi lesquels Henri de Montherlant, qui en fit une pièce de théâtre (*La Reine morte*), Victor Hugo, (*Inez de Castro*), pièce de théâtre aussi, qu'il rédigea à l'âge de dix-sept ans, Antonio Ferreira (*La tragédie Castro*) ou encore Luis Vélez de Guevara (*Régner après sa mort*).

Pedro d'un point de vue historique.

Sur son règne, l'opinion des chroniqueurs de son temps diverge. Pour les uns, il fut Pedro le Justicier, pour d'autres, Pedro le Cruel. Après la mort d'Inès, la chasse devint sa passion première. On le verra passer, galopant avec ses piqueurs, ne lâchant jamais sa proie, et l'achevant de ses propres mains.

Toute sa vie durant, il se montrera d'une extraordinaire prodigalité. Ainsi que l'écrit Fernão Lopes : « Le roi dom Pedro était heureux de donner, au point qu'il demandait souvent qu'on lui desserrât la ceinture – que l'on portait alors pourtant peu serrée – pour que ses mouvements fussent plus aisés et qu'il pût donner plus largement, ajoutant que, *le jour où le roi ne donnait rien, il ne méritait pas son titre.* »

Son désir de justice tourna à l'obsession, lui faisant commettre des actes extrêmes qui ne manquèrent pas de choquer ses contemporains. Cette justice, il l'exerçait selon la formule de Fernão Lopes : « *aos modos antigos* », c'est-à-dire avec une rigueur impitoyable et pas toujours contrôlée. Sur ce thème, Fernão Lopes précise encore : « Et s'il est dit dans l'Écriture que les tempêtes et les malheurs s'abattent sur le peuple quand le roi néglige la justice, on ne peut dire cela de ce roi. Pendant son règne, en effet, nous ne trouvons pas un seul cas où il ait pardonné à quelqu'un la mort d'une personne – même si cette dernière l'avait méritée de quelque façon – ou commué la peine du meurtrier en un châtiment qui lui permît d'avoir la vie sauve. »

À l'instar des autres souverains de son époque, il définira de nouveaux rapports avec le Saint-Siège et le pouvoir royal.

Sur son mariage avec Inès, le doute demeure. Toujours selon Fernão Lopes : « C'est au mois de juin de la quatrième année de son règne que le roi prit la décision de déclarer publiquement qu'Inès avait été sa femme. » Après avoir convoqué nombre de personnes, nobles et amis intimes, il jura, la main sur les Évangiles « qu'alors qu'il était infant et que son père vivait encore à Bragance, il y avait peut-être environ sept ans – mais il ne se rappelait ni le jour ni le mois – il avait reçu pour femme légitime, par consentement matrimonial de validité immédiate, selon le rite de la Sainte Église, doña Inès de Castro, fille de don Pedro Fernández de Castro, et que cette même doña Inès l'avait reçu pour mari de la même manière ». Trois jours après cette réunion, Don Gil, l'évêque de Bragance, confirmera avoir célébré la cérémonie.

La dispense du pape :

Pour les besoins du roman, nous l'avons attribuée à Clément VI. En réalité, d'après Fernão Lopes, l'auteur en serait Jean XXII. Voici les propos que le chroniqueur met dans la bouche du notaire de dom Pedro s'adressant aux sceptiques : « Le roi, notre seigneur, désire que cela ne soit plus tenu secret ; il veut au contraire que vous en soyez tous informés afin d'éviter qu'un doute sérieux puisse naître à l'avenir à ce sujet. [...] Aussi le roi m'a-t-il demandé de vous informer complètement et de vous montrer cette bulle qui lui fut accordée lorsqu'il était infant et dans laquelle le pape lui accordait la dispense nécessaire pour épouser n'importe quelle femme, fût-elle sa proche parente comme l'était doña Inès ou plus encore ».

Le texte de la bulle est intégralement reproduit dans la chronique de Fernão Lopes. Un faux ? Sans nul doute. Si nous nous appuyons sur la chronologie officielle, que constate-t-on ? Pedro est né en 1320. Il épouse en premières noces, Blanca de Castille. Il divorce presque aussitôt. Jean XXII meurt en 1334, le 4 décembre, très précisément. En 1340, Pedro se marie avec doña Constanza. Elle décède neuf ans plus tard. Si Pedro a bien épousé Inès vers 1355, il s'avère donc impossible que Jean XXII, qui n'était plus de ce monde, ait pu lui accorder la dispense en question. En imaginant qu'il eût épousé Inès *avant* la mort de

Jean XII, soit au plus tard en 1339, comment aurait-il pu épouser par la suite doña Constanza ? La seule explication à ce faux réside probablement dans la volonté tenace de dom Pedro à vouloir rendre son honneur à Inès et la légitimer aux yeux du peuple et de la Cour. La cérémonie funèbre qu'il imposera s'inscrit dans cette démarche.

La lettre du prêtre Jean.

La figure mythique d'un roi-prêtre oriental appelé Johannes a pris contour au XIIe siècle. Elle puisait dans deux traditions chrétiennes apocryphes, faisant du prêtre Jean un descendant, d'un côté, des trois rois mages et, de l'autre, de saint Thomas. Il serait un monarque tout-puissant et appartiendrait à l'Église nestorienne[1]. L'affaire – telle que rapportée dans le roman – fait tache d'huile. La perspective que laisse entrevoir la lettre a le don d'enflammer les imaginations du monde latin : il s'agit d'établir un lien, politique et militaire, entre le royaume du présumé prêtre Jean et les royaumes chrétiens ; l'Islam serait alors pris en tenaille et anéanti ; la Terre sainte débarrassée de la présence des impies. Dans les mentalités occidentales, le roi Jean représente le rempart de la chrétienté contre le monde musulman ; le centre, donc, de tous les espoirs.

Que la lettre ait été prise au sérieux est démontré par tous les textes de voyageurs qui, au cours de deux siècles, partiront à la quête de ce royaume. Dans un premier temps, on le situa aux Indes, puis en Chine et enfin en Afrique. Marco Polo croyait

---

1. Les nestoriens furent les adeptes d'une doctrine hérétique prêchée par Nestorius qui attribuait à Jésus-Christ une double nature, divine et humaine.

à son existence et pensait le trouver lors de ses pérégrinations au travers de l'Asie. Aller à la recherche de Jean constitua un objectif incontournable pour la majorité des voyageurs et des missionnaires qui partaient pour l'Asie au cours des XIIᵉ et XIIIᵉ siècles. Nul ne le rencontre, nul ne le trouve. Au fil des siècles, la plupart des expéditions maritimes portugaises auront pour principal objectif de localiser cet empire. En 1498, lorsque Vasco de Gama rejoint le Mozambique, il interroge les indigènes sur le personnage. On lui dit qu'il devrait être un peu plus au nord. Au nord, existe en effet une Éthiopie chrétienne, mais elle est non nestorienne et point de prêtre Jean, ni de royaume qui ressemblât de près ou de loin à la description présentée dans la fameuse lettre. Qui en fut l'auteur ? Un mythomane ? Un auteur à l'imagination débordante ? Un facétieux ? Quel qu'il soit, on peut lui reconnaître qu'il a indirectement participé à l'essor des expéditions terrestres et maritimes et stimulé l'esprit de découverte.

Odoric de Pordenone.

Voyageur et missionnaire infatigable, son parcours évoqué dans le roman est, à quelques nuances près, fidèle à la réalité. Ses Mémoires furent publiés sous le titre : *Les voyages en Asie au XIVᵉ siècle du bienheureux frère Odoric de Pordenone.* Il fut béatifié en 1755.

DU MÊME AUTEUR

Aux Éditions Albin Michel

LES SILENCES DE DIEU, roman, Grand Prix de la Littérature policière
2003.

Aux Éditions Gallimard

L'ENFANT DE BRUGES, roman, 1999.

À MON FILS À L'AUBE DU TROISIÈME MILLÉNAIRE, essai, 2000.

DES JOURS ET DES NUITS, roman, 2001.

Aux Éditions Denoël

AVICENNE OU LA ROUTE D'ISPAHAN, roman, 1989.

L'ÉGYPTIENNE, roman, 1991, prix littéraire du Quartier latin.

LA POURPRE ET L'OLIVIER, roman, 1992.

LA FILLE DU NIL, roman, 1993.

LE LIVRE DE SAPHIR, roman, 1996, prix des Libraires.

Aux Éditions Pygmalion

LE DERNIER PHARAON, biographie, 1997.

Composition IGS
Impression Bussière, octobre 2005
Éditions Albin Michel
22, rue Huyghens, 75014 Paris
www.albin-michel.fr

ISBN 2-226-15678-X
N° d'édition : 23076. – N° d'impression : 053826/4.
Dépôt légal : novembre 2005.
Imprimé en France.